Tangerine

Christine Mangan
克麗絲汀·曼根———著　力耘———譯

愛麗絲
的訪客

獻給我的父母，他們堅信我總有一天會寫出一本書來。

也獻給R.K.，永遠愛你。

序曲

西班牙

三個大男人好不容易才把屍體從水裡拖出來。

是個男的。他們頂多只能看出這一點，沒別的了。當時有幾隻鳥站在他身上，大概只是被領帶上那塊閃爍的銀飾引來——喜鵲，男人們突然想起來。那他應該看到三隻囉，其中一人對另兩人說。這人試著想幽默一下，但技巧不甚高明；喜鵲有三，葬禮就來，他腦中不斷響起這句童謠。三人合力抬起屍體，沉甸甸的重量教人吃驚。人死掉以後會變重嗎？另一人大聲說出疑惑。他們一起等待警方到來，盡可能不低頭看，避開那兩窪空洞洞、曾經是眼珠子的大窟窿。這三人原本互不相識，但現在卻被某種比親屬關係更深的連結綁在一起。

其實只有第一句是真的——其餘皆出自我的想像。現在我有很多時間做這件事。

橫豎我就這麼坐著，凝視房間對面的窗景。景色隨時序更迭變化，卻也僅此無他。有人可能會說我在「觀察」，但我認為凝視與觀察完全是兩回事——就如同發呆與思考，兩者天差地別。

今天很溫暖，夏天就快到了。日光漸褪，天空披上一抹獨特的黃，暗示地平線彼端即將有暴風雨來襲。也唯有在這種時刻——空氣炎熱滯濁，威脅近逼，我才能閉上眼睛，吸氣，再一次嗅到坦吉爾的氣息。那是一種如窯爐溫暖、但不是燃燒的氣味，有點像烤棉花糖，不過沒那麼甜；聞起來帶點辛辣味，隱約覺得熟悉，像是肉桂、丁香、或小荳蔻這一類的，最後變成另一種全然陌生的味道。這個氣味教人寬慰，猶如兒時回憶，密密包圍、悉心呵護，許你一個童話故事般的美好結局。當然，實情並非如此。因為在這襲氣味與寬慰之下，蒼蠅嗡嗡擾人，蟑螂攪和亂竄，餓貓虎視眈眈、盯著你的一舉一動。

大多時候，這座城市看起來就像一場興奮刺激的夢境，一處閃閃發亮的海市蜃樓——我幾乎能說服自己它一度存在，我去過那裡，我所回想起的人物地點亦全屬真實，並非憑空捏造的虛渺幽境。時光飛逝。時間將這些人物地點先變成歷史、再化為故事。我發現我記不住兩者的差異，因為現在我的腦子時常捉弄我，拿記憶玩把戲；

在最慘也是最美好的時候，我會忘記她。忘記發生過的一切。這感覺相當特別，因為她總是蟄伏在我身邊，作勢衝破浮出。但有些時候，我連她的名字都不復記憶，所以我養成隨手拿紙寫下來的習慣，什麼紙都行。每到夜晚，待看護離開，我便有如兒童學習天主教教理般喃喃自語，彷彿反覆唸誦有助記憶、且能防止我再度遺忘——因為我絕不能忘記。我提醒自己。

有人敲門。一名年輕的紅髮女子捧著餐盤，走進房間。我注意到她的手臂覆滿雀斑，密密麻麻，那些細小的棕色點點幾乎完全遮蓋底下蒼白的肌膚。

不知她是否數過這些小點。

低下頭，我看見床頭櫃上有張紙，紙上潦草寫了一個名字。這名字糾纏著我。它雖然不是我的名字，感覺卻很重要，彷彿這是我應該要想起來的一件事。我放鬆思緒。我發現這法子挺管用的：盡力逼自己不要思考，同時盡可能偷偷地、暗暗地想。

但我什麼也想不起來。

「準備吃早餐了嗎？」

頭一抬，我發現有個深紅色頭髮的奇怪女孩站在我面前。我迷糊了。她看起來絕對不超過三十歲，所以我們倆肯定差不到幾歲。**紅髮象徵厄運**，我心想。不是有人說，若要航海遠行，絕不能讓紅髮的人上船？我覺得我應該很快就會有一趟海上之旅了——我要去坦吉爾。現在我開始焦慮了，急切地想叫這個紅髮掃把星快點離開我房間。「妳從哪裡冒出來的？」我斥問，不滿她連門都不敲就擅自進來。

她不理會我的質問。「妳今天不餓嗎？」她手中的湯匙盛滿某種灰色物質，我費勁想擠出它的名字，但我的腦子拒絕給我答案。於是我生氣了。我推開湯匙，指著床邊那張紙條，「拿去扔掉。」我說。「老是有人留給我這種不知所云又毫無意義的字條。」

我窩回床上，將薄被一口氣拉到下巴底下。

雖是初夏，我心想，但我的房間突然冷得像冬天一樣。

第一部

坦吉爾

一九五六

1
愛麗絲

禮拜二是上市場的日子。

不只我，整座城市皆如此。里夫地區的婦女浩浩蕩蕩走下山，吹響序曲；她們的籃子、推車堆滿蔬果，巍顫顫地左右掛在驢背上。而坦吉爾則以熱情喧鬧作為回應：人群傾巢而出，街上擠滿男人女人、外國人和本地人。這堆指一指、那堆買兩斤，你討價我還價，最後掏出銅板換來一點點這個和一些些那個。這幾天，太陽似乎更形熾熱、更加燦亮，導致我的頸背曬得有如燒傷。

此刻，我站在窗前俯視下方爆滿的人群，暗自希望今天仍是禮拜一。然而我也知道，禮拜一永遠只是虛假的盼望、空幻的慰藉，因為禮拜二終究會來，我也得被迫站在底下這片洶湧翻騰的混亂中，被迫站在一個個教人印象深刻的里夫婦女面前：她們以各種鮮豔色彩妝點自己，攫取眾人目光，兩隻眼睛則毫不客氣地打量我單調乏味、完全無法與她們匹敵的服裝，神色亦略帶擔憂——擔心我多付了錢卻渾然不知，擔心我給錯銅板，擔心我措辭有誤，擔心我當眾出糗、使她們不得不哈哈大笑，而這一切的一切全都是證據——證明我大錯特錯，竟然決定來到這裡。

摩洛哥。這個名字猶如魔法，憑空變出一片巨大、荒漠般的空無景象，以及高懸空中、光芒萬丈的赤紅太陽。我頭一次聽約翰說起這地方時，正勉強小啜一口他塞給我的雞尾酒，還因此嗆咳一陣。我們在倫敦皮卡迪里區的麗池飯店見面，而且還是因為茱德姑姑堅持要我去，我才去的。自從幾個星期前、我從班寧頓學院歸國以來，我經常感覺到這份敦促與堅持，猶如一樁永遠擺脫不了的頭疼事。我回到英國也才幾個月，認識約翰的時間更短，然而就在那一刻，我很確定我感覺到了什麼——他的興奮、他的旺盛精力充滿我倆周圍的空間，穿透溫暖的夏日空氣，陣陣傳送過來。我傾身靠向那股能量，渴望抓住它、握緊它，宣示所有權；於是我任自己應允這個屬於我倆的安排與決定。非洲。摩洛哥。若是幾個禮拜前，我會猶豫；說不定幾週之後，我只能大笑——但是在那個特別的日子、那特別的一刻，我聆聽約翰的話語、他的承諾和他的夢想，它們一個個都變得好真實，彷彿全部都能付諸實現。我發現，這是我離開佛蒙特以來頭一回萌生想要的念頭——我並不明確理解自己想要什麼，而且我也懷疑，這個念頭並非此刻坐在我面前的男子使然，但我仍深切渴望某種東西。我輕啜他點給我的飲料。香檳已然變溫，氣泡也沒了；我嚐到舌尖的酸味，感覺肚腹翻攪。我伸出手——趁我還未改變心意——手指覆著他的手。

儘管約翰．麥克埃利斯特肯定不是我一直以來夢想的典型——他太聒噪又熱愛交際，性情急躁且偶爾有些魯莽——可是我發現自己深深陶醉在他獻上的機遇與無限可能之中：讓我遺忘，將過去拋諸腦後。

讓我不再想起佛蒙特州綠山，那個冰冷冬日的每一分、每一秒。

現在，事發一年之後，我依舊困在重重迷霧中，一次又一次在記憶迷宮中跌倒，找不到出口。**或許這樣也好**——後來當我告訴茱德姑姑，我的記憶宛如罩著一層朦朧光澤，使我再也想不起來那個恐怖夜晚到底發生了什麼事、甚至連之後幾天的事情也記不得了——她如此對我說。過去的事就放下吧，她極力勸服我，好似我的記憶是某種能牢靠地裝箱打包、保證永遠不會洩露箇中祕密的東西。

而我某種程度也算是對過去閉上眼睛，只看著約翰、看著坦吉爾、看著摩洛哥的熾烈驕陽，睜大眼睛迎向他許諾的冒險——當然少不了求婚和一只恰當的戒指，但沒有實際儀式，只有簽署雙方姓名的一張紙。

「可是這樣行不通吧？」起初我並不同意，「我們幾乎不認識彼此呀。」

「誰說我們不認識？」他再三安撫。「妳的家人和我們家其實是親戚，如此說來，妳我可說是再熟悉不過了。」他戲謔地大笑。

我決定不冠夫姓——這點我相當堅持。就某種程度而言，在經歷這麼多風風雨雨之後，能保有部分的自我、我的家庭和家人，對我來說非常重要。不過還有一些別的理由，一些很難清楚說明、就連對我自己也解釋不清的理由。因為，理論上來說，雖然姑姑對我的監護權將因為我立下婚約而解除，但是在我滿二十一歲以前，她對我的財產信託仍舊握有實際宰制權；換言之，在我二十一歲生日後，爸媽的遺產才會真正轉入我名下。這種雙重監護的作法實在非常嚴謹也令人沮喪，也因為如此，每當我遞出護照，上頭總還是寫著「愛麗絲．希普萊」。

剛開始，我告訴自己坦吉爾沒有那麼糟。我想像自己成天在摩洛哥豔陽下打網球殺時間，想像成隊的僕人卑躬屈膝聽候我們差遣，想像我們以會員身份周旋於全城各種私人俱樂部之間——世上還有比這更糟糕的生活方式，我心裡明白。但後來，約翰一心想體驗真實的摩洛哥，真實的坦吉爾，因此當他的朋友或生意夥伴紛紛雇用廉價摩洛哥幫傭、而他們的妻子亦日日流連游泳池畔或籌劃派對，約翰則是對這一切避之唯恐不及。他和摯友查理在城裡到處閒晃遛達，不是往澡堂或市集裡鑽、就是躲進咖啡館深處抽麻菸，無時無刻不費盡心思博取本地人的喜愛，對自己的同事同鄉則不屑一顧。當初力勸約翰遷居坦吉爾的人就是查理。他不厭其煩地向約翰描述這個國家的傳說故事——美麗風光，無法無天的自在逍遙——直到約翰幾乎愛上這個未曾謀面的國度。而我在一開始也竭盡所能，陪他逛跳蚤市場挑傢俱、至露天市場採買食材。我也曾與他同坐咖啡館，啜飲牛奶咖啡，試著在這個塵土飛揚、炎熱不堪、教他一見鐘情卻始終令我自覺格格不入的城市裡，重新撰寫我的未來。

後來出了跳蚤市場那場意外。

當時，攤商與小販推擠叫賣，古董及垃圾無序地隨興堆疊，一層蓋過一層；我才轉身，約翰就不見了。我愣在原地，陌生人從四面八方穿越、推撞過來。熟悉的焦慮感逐漸升起，我的掌心越來越濕黏，視野邊緣亦有黑影舞動——那些條狀、扭曲的幽靈。醫生表示那只是某種症狀，但對我而言卻無比真實，有血有肉，伸手可及。幽靈越來越多，灰暗的身影徹底佔據我的視線，在那一刻，我驚愕地體認到自己離家有多遠，和我原本為自己設想的人生已然離得好遠好遠。

事後，約翰笑著堅持他不過只離開了一分鐘，然而下回他再邀我一起出門時，我搖頭拒絕了；之後的再下一次，我又搪塞別的藉口。既然不出門，我便投入大把的時間——漫長、孤單且日復一日的個把鐘頭——從我們舒適的公寓逐步探索坦吉爾。第一週的歷程結束時，我已掌握從公寓這一端到另一頭要走幾步路：四十五步，但時有增減，端看我的步距而定。

到後來，我覺得約翰的懊悔逐漸籠罩我倆心頭，態勢越來越明顯：我們的談話內容僅限於實際事務與財務狀況（我的定期津貼成為我們的主要經濟來源）。約翰不擅理財——有一次，他咧嘴笑著向我承認；當時我也微笑回應，以為他是指他不在乎錢，也不擔心沒錢。但我很快了解到，原來他言下之意是他的家產幾已散盡，餘下的僅足以維持體面穿著，好讓他能繼續作戲，宣稱自己依然擁有繼承得來卻已不復存在、深信自己理當擁有的財富。一切全是假象。於是，我只好每週按時交出津貼；至於這些錢最後花到哪兒去，我不在意也不真的感興趣。

每一個月，約翰仍持續他偶爾神隱的習慣，懷抱我無法理解的狂熱與喜愛，一頭鑽進這座謎樣的城市，獨自探索她的祕密；而我則依然裹足不前——我是我自己的俘虜。

我瞥瞥時鐘，蹙了蹙眉。前一次抬頭看時鐘，時間才剛過八點半，但此刻時針分針正穩定邁向正午。我輕聲責備自己，快步走向稍早——我渾然不覺已過了好幾個鐘頭——攤在床上的外出服。今天我已經答應約翰，我會去市集。今天。我允諾自己再試一次。我低頭打量：衣如其人，活脫脫就是一副尋常婦女準備出門採買必需品的尋常打扮：褲襪，皮鞋，以及我遷居坦吉爾前、在英國購置的連衣裙。

我把連衣裙套過頭，聽見前襟發出微微的撕裂聲——約莫是領口和蕾絲縫合之處。我皺起眉頭，抓近細瞧，一看見破損的布料便竭力止住顫抖，告訴自己這並非徵兆，亦不代表厄運，完全不具任何意義。

房間頓時變得太過溫暖。我踏出陽台，當下彷彿極需逃出高聳的屋牆。我閉上眼睛，絕望地想感受微風拂面；我等待，但一絲微風也無，只有坦吉爾始終不變、乾枯炙人的酷熱，無情進逼。

一分鐘過去。又一分鐘。我靜靜聆聽自己的呼吸，突然意識到有種遭人窺視的古怪感覺。我睜開眼睛，朝下方的街道迅速一瞥。沒人。只見幾個本地人步履匆忙朝市集走去。收攤的時刻緩緩到來。「好好振作！」我低聲叮囑自己，同時掉頭返回安全的室內。儘管方才才為自己打氣，我仍緊緊關上身後的窗門，心臟怦怦跳。瞄瞄時鐘，竟然已經一點半了。市集之約可以再等等，我告訴自己。

這個約定必須延後，我心裡明白。我用顫抖的手拉緊窗帘，就連最微弱的陽光也不讓它透進來。

2 露西

我抵著欄杆，豔陽狠狠照在身上。腳下搖晃的程度益發強烈，我的胃也隨之翻攪；渡輪走走停停，笨拙地緩緩邁向終點：摩洛哥。我趕緊抓起行李袋。過去幾個月，我不時夢見那些一字排開的雄偉建築，活力充沛卻又錯綜複雜宛如迷宮的露天市場，以及豐富多彩的馬賽克磚和漆牆鮮豔的胡同窄巷。渡輪準備靠港，我伸長脖子，迫不及待想一睹初次見面的真實非洲。在這之前，我已嗅到她的味道——非洲的氣味從岸上飄送過來，引誘我們，允諾某種比我在冰冷的紐約街道所體驗過更深刻、更豐富無限的未知與期盼。

還有愛麗絲，她也在這裡。隱身在這座生氣勃勃的城市某處。

走下渡輪，我掃視人群、搜尋她的臉龐。乘船渡海的這幾個鐘頭，我努力說服自己相信，儘管發生過那些事，她說不定仍會在港口迎接我。但她不在這裡。人群中沒有半張熟悉的面孔，只有十數名年輕男孩或上了年紀的男子卯足全力勸誘、說服我以及其他剛下船的旅客，購買他們提供的各種服務。「我不是導遊，就是個本地人，而且大家都認得我。我會帶您走訪其他導遊都不知道的祕境。」眼見此番說詞收不到效果，這些本地人轉而亮出商品：「女士要買皮包嗎？」或者向我身後的男士問道：「先生買條皮帶吧？」他們敞開長衫，取出各式商品，連番掃過每一位謹慎低頭、初來乍到的旅客眼前：珠寶、小木雕、充滿異國風情且造型奇特的樂器。而我就跟其他人一樣，不耐煩地揮手、撥開這些廉價小物。

介紹坦吉爾的旅遊指南不多，但我把能找到的文獻資料全部讀過，一句一句理解這座我即將稱之為家的城市（不論時間有多麼短暫）。我讀了伊迪絲．華頓和馬克．吐溫的文章，甚至一度迫於無奈而拿了安徒生的幾頁故事來讀；結果令我訝異的是，眼前反倒是安徒生的故事幫助最大，讓我做好準備、面對當地導遊急切猛烈的攻勢——他們有如蝗蟲過境，無數張臉孔猶如海嘯襲來、撲向剛靠岸的船隻，胸有成竹地向毫無經驗的天真旅人兜售服務。我或許沒什麼經驗，但「天真」一詞肯定無法套用在我身上。於是我打起精神、做好心理建設，以事先鑽研的知識和單字武裝並保護自己，對抗眼前這幅渾沌景象：我確切知曉在離開安全且相對安靜的渡輪之後，我將踏入一個什麼樣的世界。但說到底，華頓、吐溫或甚至是安徒生的文字終究無法化為利劍和盾牌，無一能助我做好萬全準備。

我嘗試避開商販導遊，緊握地圖，彷彿想證明我的決心。我搖頭，先是嘀咕一句法文non, merci（不了，謝謝）、接著是西班牙文no, gracias，最後萬般挫折地擠出我在行前惡補的寥寥幾句阿拉伯文之一la, choukra，但沒一句派上用場。我繼續推開人群，一步步決心遠離港口、進入市區。那群導遊大多被我拋在後頭，但仍有不少堅持不懈、從港邊一路隨我爬上通往舊城區的緩坡曲徑。「您迷路了嗎？需不需要幫忙？」到了最後，獨剩一名男子拒絕放棄。起初他並不引人注目，只是緩慢而堅定地跟在我身後；他步履悠閒，與我的步調逐漸趨於一致。他英語說得比其他人好，詞彙運用得當，滔滔不絕地描述他打算帶我去哪些地方參觀，而且全都是其他遊客到不了、也無緣一睹的好所在。

我盡可能不理睬他，無視逼人的炙熱已使我雙頰滾燙發紅，亦無視蟄伏在這座城市迷宮裡、每繞過一個轉角便迎面撲來的成群蒼蠅。幾分鐘之後，他超前並攔住我的去路；礙於不得已，我只好停步、狐疑地盯著他，抓緊我唯一的行李袋。我試著推開他、想擠過去，但他牢牢站定，半步不妥協。

「沒錯，」他微笑，「我就是隻擾人的蚊子，我知道。」他傾身靠近，溫熱潮濕的氣息拂過我的臉。「小姐，聽好，我說呢，您最好還是讓一隻蚊子跟著您。您曉得為什麼嗎？」他停頓，彷彿在等我回答；「一隻蚊子能遏阻其他蚊子靠近，叫他們閃得遠遠的。」他先是微笑地揚起頭，接著突然縱聲大笑；那尖銳、突如其來的聲響迴盪在包圍我倆的牆垣之間，嚇得我一個踉蹌，行李袋重重落在腳邊，雙膝也結結實實磕在堅硬、覆滿塵土的小徑上。

我放聲尖叫，一邊躲開男人伸出的手、一邊迅速評估損傷：新買的灰褐色褲襪毀了（售貨員反覆強調這是上等貨，我才萬般不捨地掏出一塊五美元買下它）——膝蓋上方裂開一道口子，並且一路往下綻線；此外我還注意到一滴即將化為血珠的憤怒紅點。我的心情益發沮喪。「運氣真背。」我咕噥。

那蚊子好似感知我的不安與惱怒，又往前靠近一步。「您是不是迷路了？」他低語，突然壓低聲線、語氣堅定，好似我的突發狀況需要來點戲劇效果。「您知道您要找什麼嗎，親愛的小姐？」

聽聞他的提問，我靜默不語——但也只有一下子——思索我來到這塊陌生異鄉到底是為了什麼？我太常夢見這裡，以致後來每當這塊土地浮現心頭，總是罩著一襲閃亮、不真實的氛圍；就連此時此刻，我已踩在她堅實的土地上，這感覺依舊不像是真的。我突然喘不過氣來。但是就在這時候：有了。眼前浮現屬於她的模糊影像。

這一切全是為了她。於是我重新振作起來。

「我知道。」我厲聲回答，聲音堅決而篤定。我起身、魯莽地推開他，使得我倆肩膀相撞；他感受到這份撞擊的力道，感受到我用身體推撞他的重量。「我清楚知道我的目的地。」

蚊子自討沒趣地聳了聳肩，終於慢步離去。

吸引力。進入班寧頓學院的第一年——那校舍是一小群或說坐落、或說隱身於佛蒙特州綠山心臟地帶的奇特建築——我拿起字典認真翻查這個詞的意思。**對事物自發或自然萌生的喜好。因擁有相類的特質而形成的關係**。我亦著手尋找同義詞，譬如**相似、傾向**。我把它們全抄在筆記本上，不論去圖書館或教室皆隨身攜帶。我把這本藍色封皮略微磨損的筆記本緊扣在胸前，悉心保護亦掛記在心，一次也沒遺落過：它是我珍藏金玉良言、名言錦句的寶庫。我不時展頁細讀，在早上第一堂課之前讀它，晚上入睡前也讀。我低聲唸誦，彷彿我必須銘記這些話語好應付日後的測驗，彷彿這些字詞已和我的課程、和我能否在班寧頓生存融為一體。

初見愛麗絲之後數週，我偶然讀到**吸引力**這個特別的詞。那一刻的心情既酸楚又深刻——它表達了某種我還不知道自己正尋尋覓覓、找尋其描述方式的一個詞。這個詞描述我和愛麗絲在初見面後短短幾週內所形成的、某種我倆都在彼此身上感覺到的特殊感，而這種感覺遠遠超出任何理性描述範圍。於是我決定，「吸引力」可以算是個不錯的開始。

我倆是在入學第一天見面的。愛麗絲站在我們分配到的宿舍走廊上——這種木板屋每棟有兩層樓，每層樓大概有十數間房，一樓還有一間附壁爐的共用起居間。她在找我們的房間，手裡捧著一大疊書，彷彿「隱身消失」是她當下最衷心的期盼。其實她也差不多快「消失」了——她的臉和上半身幾乎消失在那疊顯然太過沉重的書堆後面。當時我已經曉得她是我室友。到校前，我們先透過安排互相認識，並多次魚雁往返、亦附上照片，好讓彼此一眼就能認出對方。儘管如此，我仍禁不住等待、拖延，盡可能延後相見的那一刻——我不想就這麼上前幫她、冒然自我介紹。時機未到。

於是我等待。我觀察。

我不曾見過如此纖細的手腕和腳踝。夏季末了，她那有如芭蕾舞伶的裙擺輕飄飄地抵著小腿肚，纖薄上衣清晰可見內裡的短袖背帶式內衣。她擁有一頭金色長髮，那種捲度比較像是做出來的、而非天生。待她終於走近，我看見她光亮的指甲呈現淡淡的粉紅色，若有似無，難以察覺——她的妝容也同樣適用這套描述。有那麼一瞬間，我納悶她到底有沒有上妝；但下一刻我認為她畫了妝，只是幾乎看不出來，雖不易察覺仍依稀可見。這妝上得極好，旁人恐難體會其用心程度。她這麼做非為了博取注意、或乞求關注，然而她所做的一切卻牢牢吸引眾人目光。

於是我才知道，她已然習慣他人注視，習慣在眾人面前展現自己。而她也同樣坦然告訴我，她從來不曾攢錢存房租，從不擔心沒錢填飽肚子，也無需斤斤計較手上的現金能再撐一個星期或是一兩天。即便如此，我並未疏遠她（不像我對待其他女同學的方式）。這個女孩身上不見絲毫驕縱之氣，亦不曾流露半點優越感。學院裡的其他女孩汲汲營營想證明自己比他人優秀，成天炫耀度假細節、不時把幾個她們心知能令人恐懼敬畏的大人物名號掛在嘴邊；但我很快發現，愛麗絲和她們完全不同。其他女孩費盡心思打探誰是乞丐（即她們口中「拿獎學金的窮學生」），但愛麗絲對待我這個「來自隔壁小鎮的乞丐」的方式，與對待其他人並無不同。那天，在我們還沒互相問候之前，我看著她，打心裡覺得她看起來十分仁慈且和藹，甚至有點孤單。

後來我回到房間，表面上假裝盯著空蕩蕩的白牆壁，實則屏息以待，等待她慢慢走近，卻又在那個瞬間深怕我若蹉跎太久、若再多等一分鐘，說不定就會錯過她，將她拱手讓人。最後，她終於出現在房門口。我微笑招呼：「我是露西．梅森。」我伸出手、同時走向她，彷彿我想說的每一個字、每一句話皆扭曲纏結成這一個不起眼的手勢，好似現在與未來的一切端賴這一刻如何決定。我彷彿等待了無盡這麼久——雖然不過是須臾片刻——思忖她會不會握住我的手，思索這個動作將引領我倆走向何方、以及我倆相偕共度的旅程將如何開展。

她將手裡的書本換至另一手，臉上綻開微笑。「我還擔心妳會忘了呢。」這句話使她臉頰飛上兩朵紅雲，而她的英國口音字正腔圓；「我是愛麗絲。愛麗絲．希普萊。」

她的手好溫暖。「很高興見到妳，愛麗絲．希普萊。」

隔天早上，我細心著裝打扮。

我動手整理散落在摩洛哥傳統客棧裡的隨身物品。昨晚我租了間房，想在長途跋涉後讓自己好好換件衣服、重振精神，不想頂著一頭亂髮、踩著扯裂的褲襪現身愛麗絲家門口。我巡視屋內，一回，再一回，直到我滿意地確認自己沒落下任何東西，這才關門離去。

來到舊城區，我站在某個小攤販前排隊買早餐——某種我沒見過、外形像辮子的麵包，表面撒了芝麻，餡料嚐起來像過期的麵糊。我倚牆立食，感覺麵糰奇異的紋理緊貼我的舌頭和口腔，不時停下來小啜一口和麵包一起買來的牛奶咖啡。我放眼街頭，任視線漫遊。

我看著咖啡館裡的觀光客啜飲薄荷茶，看著一群本地人卸貨，從驢背交到搬運工手上再送進店裡；後來，我的視線終於對上他。

他坐在幾公尺外，廣場上櫛比鱗次的某間咖啡館裡。個兒高、黝黑，稱不上英俊。我猜他是本地人，但也無法百分之百確定。他戴著一頂軟呢紳士帽，帽緣低垂遮住半張臉，帽冠則鑲了一圈鮮豔的紫色緞帶。我又多站了幾分鐘，感覺他的視線停在我身上，好奇他到底在看什麼、又或者何事引他如此注意。今天早上，我確實費了番心思仔細打扮，穿上我在這趟跨海之旅前購入的體面洋裝（吊牌上的數字足足耗去我一小筆積蓄）。我用左手順順衣裙，喝完咖啡，上路遠離鬧區，走出男人好奇探詢的注視。

經過近一個鐘頭的瞎走亂逛與多次原途折返，無視侍應生的輕蔑訕笑（因為我在這種炙人的大熱天竟然副武裝：一身正裝還繫上小領巾），我一次、兩次、三次經過同一間餐館門口，甚至一度瘋狂地以為每一條路最終都會通往「小廣場」；最後，我終於找到了。穿過舊城區和卡斯巴區往西走，愛麗絲的宅邸安坐在昨日我首次踏入的渾沌地帶外緣。旅遊指南標示此處為「瑪商區」，早在我還未意識到任何實質改變之前，我就已經感受到某種奇妙變化了：此處的街道兩旁有路樹（惟其模樣在我看來相當罕見且不熟悉），綠意較濃，此外還有一種說不上來的輕盈感，彷彿隨著我越走越近，壓在我肩上——不對，正確說來是肩胛骨之間——的緊張壓力亦逐漸消散。說不定這只是因為我離她越來越近，我心想。於是我停步，放下行李袋，深深吸一口氣。

這棟建築本身並不起眼，輕易隱身在其他樓房之間：建物本體以白石塊建成，另以鍛鐵陽台和寬敞大窗點綴；我想，這款建築就算在巴黎亦不顯突兀。當然，這種視覺上的熟悉感是可預期的，但我仍無法排開微微的失落感——我花了這麼長的時間才來到這裡，歷經數月的規劃和攢存，數不清幾個鐘頭的輪船、火車再遠渡重洋，一路風塵僕僕，故我的心緒也因為探索這塊新天地而疲累受折磨。因為如此，我對這趟旅程的終點自然期待甚高——我想像閃閃發光的大門，富麗堂皇的宮殿，總之是某種戲劇化、最隆重亦最極致的象徵：**這是妳的獎賞——妳終於找到屬於妳的道路了。**我伸出手指，按下電鈴。

我等了好一會兒，但無人回應。我感覺心臟越跳越快——難不成她回歐陸去了？還是我抄錯地址？我緊盯手中的紙條，紙上的墨水因反覆攤摺而有些模糊。我想像自己掉頭回到港邊，看見自己又買了一張船票，無視渡船工人嘲笑奚落的眼神（因為他們才剛載我渡海靠岸），笑著看我登上渡輪，再一次、而且是挫敗地跨海折返。門兒都沒有。我用力甩甩頭。一想到紐約，就想起另一段烏雲罩頂的茫茫冬日，想起我在那座城市各處落腳過的、狹小拮据的分租雅房，想起數不清的女人足蹬高跟鞋在走廊來回小跑步的聲響。然後還有氣味——儘管午後陽光炙熱，我仍禁不住打了一記寒顫。那股詭異、沉重的香水味彷彿牢牢緊跟她們每一個人，甚至濃烈瀰漫在大夥兒共用的浴廁牆壁之間。這種刺鼻的味道總是帶著一股膩死人不償命的甜味，猶如某種即將腐敗的果物。我用力撇撇嘴。**不要。**我才不要回去。無論發生什麼事我都不回去。

「請問哪位？」

我先聽見聲音，然後才看見她。我把頭稍稍往後仰，眩目的陽光令我什麼也看不見。我舉手遮陽，設法擋掉部分陽光，這時，她的身形才終於呈現在我眼前，卻也被燦亮的白光分割成好幾片。

「愛麗絲？」我並未拔高音量，短暫陶醉在喊出她名字的喜悅中；「是我。」

她離我太遠，我無法確認，但我似乎聽見她倒抽一口氣的尖銳氣音；因為如此，我不得不按捺內心的雀躍，開心地發現我竟帶給她意外驚喜。「怎麼著？」我又開口，這回稍微提高音量，「難不成我還得爬牆？」

她緊張一笑。「噢，不，當然不需要。」她倚著鐵欄杆，欄杆頂端仿照常春藤的外型彎折扭轉，末端剛好抵在她的腰際。她抬手按住喉嚨——這是她緊張時會出現的小動作。「妳等一下，我馬上下去。」

等待期間，我漸漸感覺耳內起了微微的騷動。小時候，我曾罹患嚴重耳疾，隨著年紀增長，同樣的疼痛總會定時發作、逼得我不得不求醫診治。但是，無論我有多頻繁就醫，醫師總是笑著搖搖頭，再三安撫道，**妳的耳朵沒事，完全沒問題**，然後送我出門離開。有位醫師多花了點時間看診，指示我用手指捏住耳垂上方、輕輕拉扯；**如果這麼扯會痛**，他說，**代表耳內有感染。如果不痛，那麼可能只是⋯⋯**他拉長尾音，沒把話說完。後來他提到，他曾經在一群特殊病患身上見過類似症狀，而那似乎是一種只會影響「高智商」病人的神經問題。雖然我懷疑這只是他自我吹捧的說詞，證明診所往來的都是有頭有臉的人物，並非真心想幫助我；不過，此刻我站在這裡，我仍利用等待愛麗絲下樓的空檔重複那個動作，檢查疼痛源頭，確認有無感染跡象、是否需要診治。完全不痛。但那股騷動仍持續未消。

愛麗絲現身大門口，氣息微喘，臉頰浮現兩朵微紅，頸部下方冒出一小片痱子。每當她焦慮的時候，她老是喜歡搔抓鎖骨相接的這處位置。不曉得這回她是在我抵達之前、還是之後抓出來的；又或者，這片粉紅小點純粹只是此刻包圍我倆的近午炎熱所致。

她完完全全就是我記憶中的模樣。真的。雖然只過了一年，對我倆而言卻是好長一段時間，此刻再見到她，感覺恍如隔世。她的個子依然嬌小——她討厭 *petite*（小）這個字，我知道——但除此之外，我找不到別的詞彙形容她。嬌小、金髮的她仍保有年輕女孩的苗條身段，不過這也是她多次經歷生離死別的實證。她戴了一串珍珠項鍊，剛好垂在領口上緣，而我這會兒才驚覺這條項鍊好突兀，和我們四周的景致相當不協調。我抗拒著心底突如其來的衝動——我想伸手抓住項鍊、從她頸間扯下，然後看著一粒粒珠子落地四散、灑在街上彎彎曲曲的隙縫裡。

「妳氣色真好。」我說，傾身吻吻她的雙頰，「好久不見了。」

「是啊，」她低喃，眼神明亮但遙遠；「是啊，確實。」

我的手清楚感覺到她突出的骨架。她退後一步、跨回門框，站在門檻後——這個動作洩露了她的焦慮，但我猜她不想表現出來。愛麗絲示意我跟著她，我依言照辦，看著她領我登上一段狹窄階梯，聽她提醒我得小心踩過哪幾級；接著，她喃喃為這幢屋子的破舊敗壞連番致歉、說個不停——這也是她緊張時的小習慣。「這間屋子真的很漂亮，真的，只是有些地方亟需修整打理。我跟約翰講過好幾次了，但他好像都沒聽進去。我真心覺得他好像比較喜歡這副模樣。他說，藝術家都住在這種地方，尤其是作家。他舉過好些例子，講過幾百遍了，但我就是記不住。不過，我覺得這似乎也是妳會喜歡的風格。待會兒我得問問他什麼時候下班回家。」

約翰。愛麗絲離開班寧頓之後認識的男子。而我最近才得知，她之所以搬來摩洛哥，也是因為他。

「他不在家？」我問。

「誰？」愛麗絲蹙眉，「噢，約翰。不在，他不在家。他在工作。」

「他好嗎？」我問，一副大家都是多年老友似的；只不過這句問候聽來十分敷衍，我趕緊掩飾——「妳呢？妳好不好？」

「我很好。我們都很好。」她答得飛快，憋著氣一次說完。「那妳呢？」

「能來坦吉爾我很開心。」我微笑。**見到妳更開心**。

後面這句話我沒說出口，但我能感覺那幾個字在胸口穩定搏動。說真的，部分的我甚至相信她也聽見了——又或者即使聽**不見**，也**感覺得到**。

待我倆移步室內（其實是站在前廳的木板地上。地上鋪了一塊圖樣繁複的地毯），我才逐漸意識到：行李袋仍沉甸甸懸在我手上。我好奇她為何還未伸手接過去、帶我到客房，好讓我倆能放輕鬆坐下來，像往日那般閒話家常。也許是我期待太多，這我明白，我還以為一切都能毫無罣礙地重回過去——回到那恐怖之夜以前的模樣。但我仍禁不住期盼。我一度把這份希望埋進只剩空洞的胸口，但不論藏得多深，希望仍在；不僅如此，她的站姿、她走動的方式（雖然有如受驚的籠中鳥）亦透露些許訊息，令我揣想我們的問題其實並非橫亙在我倆之間的祕密，而是截然不同的東西。

回想起那幅掛在班寧頓宿舍床頭、摺痕累累的舊地圖，我好奇愛麗絲怎會選上坦吉爾。那幾年，我倆常常玩這個遊戲：我們會決定畢業以後要去哪兒，一起去哪些地方冒險，然後用圖釘標記在地圖上（顏色死板的白漆牆不堪一擊，乖乖陷下）。愛麗絲選了巴黎。或者在她自覺特別勇敢的日子，她挑中布達佩斯——但坦吉爾從來不在選擇之列。至於我的圖釘則落在偏遠的區域：開羅、伊斯坦堡、雅典，都是一些路途迢遠、難以企及的地點——但是有愛麗絲在我身邊，這些地方不再遙不可及。

等我們畢業以後，我帶妳去巴黎。在我們初遇後不久，有天晚上她這麼說。當時，我們躲在「世界盡頭」——那是從學校「大草坪」末端延伸出來的一塊地，腳下大地彷彿突然消失不見；但你若低頭往下看，會發現眼前竟是一大片連綿起伏的平緩山丘，猶若海市蜃樓，如夢似幻。當時夜幕低垂，草地濕氣已滲透身下的棉布毯，但我們仍不捨離去，滿心歡喜地無視逐步進犯的水氣。

我捏捏她的手，回應她。那時候，我已經知道她名下有一筆信託基金，也曉得她每個月都會收到零用錢（每個月初，她的信箱總會準時出現一張以老派、謹慎的字跡寫著她全名「**愛麗絲・伊莉莎白・希普萊**」的支票），但這項提議——將這份津貼與邀請擴及另一個認識不到幾星期的女孩——完全違反我所理解的邏輯。我心頭一緊，彷彿拒絕相信當真有人心性如此慷慨、如此善良；因為就我過往的經歷而言，這種善意不可能存在。我在佛蒙特州的小鎮長大，距班寧頓僅數哩之遙，我始終認為，我的家鄉就只是在前往其他無限美好目的地的路上，會經過的地方，無人會特意為之停留。獎學金給了我機會，把我從一間挨著修車廠的擁擠房舍牢籠中撈出來，送往僅僅相隔數英里、卻截然不同的嶄新世界。

但後來，巴黎之約從未實現。

取而代之的是，愛麗絲來到坦吉爾，這個她從未在我們的地圖釘上標記的地方。而且和她一起來的也不是我。

「露西，妳怎麼會來坦吉爾？」愛麗絲的問句敲醒我的白日夢。

我眨眨眼。這句話令我有些驚訝。「來看妳呀，那還用說？」我以相稱的語氣笑著說，盡力隱藏情緒。

我看著愛麗絲——*凝神細瞧*——這是重逢以來我頭一次好好看著她。誠如我稍早注意到的，她比上回見面時更纖細，也更蒼白（考量到本地的氣候，這點並不尋常）；眼睛底下有黑眼圈，而且她看起來——至少我覺得——她已經有好一陣子沒有好好睡覺了。她的手指再一次焦慮地回到鎖骨間，那裡的膚色比我剛抵達時更顯紅潤異常。時間已近正午，她仍披著黃色晨褸（衣襬及踝，腰間隨意打個結）並且素著一張臉（絲毫未見化妝品的痕跡）；而她的頭髮——那一頭曾經閃閃發亮、豐厚蓬鬆的金色捲髮——這會兒短了許多，鬆垮垮地垂下來；略顯黯淡的色澤則暗示她需要好好洗一洗頭髮了。

「一切都還好吧，愛麗絲？」我走近了些，順手將行李袋擱在腳邊。

「當然，當然好。」又一次倉促回應。

「如果有什麼不對勁的事，妳會告訴我吧？是吧？如果妳跟約翰——」

她反射地縮了一下。「沒有。我們沒事。一切都很好。真的。只是妳嚇了我一跳，如此而已。」她微笑，但聲音有點緊繃，隱約帶著尖銳、僵硬的感覺。

然後，她稍微放鬆肩膀，笑容也沒那麼僵了，並且首度認真打量我：從我蓬鬆的髮型（早上我特別用大量髮膠固定，但這會兒卻心酸地意識到，因為天氣炎熱，我的頭髮已開始毛躁捲翹了），再到我身上這件黑色繫腰襯衫式連身裙（價錢相當於我一個月的房租）。我這身打扮與學生時代的風格截然不同，這我知道；但想到在闊別一年多以後，我又將再見到愛麗絲，我一心只想證明這些日子以來，我過得還算不錯。我這麼做並非沾沾自喜，不像其他女孩只想大肆炫耀、誇讚自己的成就，或想激起妒意、招人眼紅；我沒有這些意思。我只是想讓愛麗絲知道，我們在班寧頓共度的每一天、每一夜，意義有多麼深刻；我們夢想的未來也並非只是打發時間的時髦消遣。我是認真的，句句真心。我想讓她明白這一點，讓她看見我並未食言——即便我們之間發生了那件事，我依然如故。

「妳看起來很好呢，露西。」她評論道。只不過，我覺得這話聽來比較像是妥協，好像她並非為了某種理由這麼說，而是不得不這麼說。

「妳也是呀。」我回應，急切迎合她的讚美。不論這份恭維究竟給得輕鬆、還是頗為掙扎，我猜我們彼此都很清楚，此番應對純粹是禮尚往來。

她再次笑起來，羞怯的笑靨和我剛入學時見到的一模一樣；那時她非常害羞，經常拿不定主意。隨著四年求學生涯逐漸邁向終點，她幾乎已徹底擺脫那種自我貶抑的不確定感；但現在那些習性又出現了，一個接一個冒出來。「我該沏壺茶招待妳的，」她焦慮地想填補所有靜默的空隙，「但恐怕約翰又忘記買瓦斯了。沒有瓦斯，我連開水都沒辦法燒。不過還是讓我帶妳去起居間坐坐吧。我可以張羅別的飲料。」她提議，伸手要拿我的行李袋。

我阻止她，堅持我自己來就好，唯恐行李袋的重量會令她直不起腰。她轉身時，我看著她的肩膀，晨褸略薄的布料根本藏不住邊角突出的肩膀。削瘦的雙頰、皮包骨的肘部、以及好似在顫抖的雙手（幾乎察覺不出來，但確實如此），我全看在眼裡。

「真不敢相信已經過了這麼久了。」我隨她穿過走廊。我一邊走，一邊注意到這公寓的每一吋幾乎都塞滿了，所以在走動時，我幾乎不可能不踢到椅腳、絆到軟座墊。接著我很快發現，這屋子就連牆壁也不甚安全：在重重牆漆之上，還掛著一層以各式飾品組成的綿密裝飾。在我眼中，碟盤是其中最教人著迷的品項，材質有銀、銅和陶瓷，有些上了漆，有些樸實無華；望著一排排碟盤固定在色彩鮮豔的牆面上，若要說其中有什麼品味或模式，我實在看不出來。

「我明白。」她終於回答。「班寧頓彷彿是上輩子的事了。」

走進起居間，我把行李袋放在腳邊的地毯上。幾秒鐘過去，她和我左看右看、環視整個空間，好似我倆再次連結、尋回彼此、重回過去的方法就藏在坦吉爾這座異國都城的裂紋縫隙中。

「我去弄點飲料過來。」她說，明確而堅定地走向起居間側緣。

「謝謝妳，愛麗絲。」我伸手輕觸她的手，她縮身一顫，肌膚抵著我微微滑動。

「愛麗絲，妳確定一切都沒事？」我壓低音量，猶如耳語。

起初她不願意看我。然後，她緩緩抬起削瘦甚至凹陷的臉龐，雙眸熠熠發亮；

「是的，露西。一切都好極了。」她快步離去，返回走廊。

後來我才想起一件事：她並未提及當年的意外。

但是同樣的，我也沒提。

我在浴室裡待了好一會兒。我把濕毛巾按在臉上，設法使雙頰的紅潮消退。走出浴室，汗濕的髮絲仍貼著臉頰，我發現門口有一疊漿挺的粉紅色毛巾，上頭擺著幾塊扇貝形肥皂。我聽見愛麗絲在廚房唱歌。

我擱下毛巾，一邊聽著歌詞，一邊含著微笑穿過走廊，將髮絲撥回耳後。她唱的這首歌，我在廣播上聽過。我最近一次分租的寄宿公寓的幾個女室友，集資合買了一台奶油金色的銀調牌收音機。起初，這台收音機輪流放在她們各自的房間裡（炫耀成分居多），後來輾轉淪落至樓下，大多時候遭人遺忘，最後成為公共區的固定擺設。

我隨著旋律哼唱。「看來，妳的歌聲還是沒進步多少呀。」我出聲調侃，語調微微上揚，讓她無須費神傾聽就能聽見我說的話。

廚房傳出笑聲——我發現她的回應不再像早先那般猶疑不定了。「妳先找個地方坐。我馬上就來。」

我回到起居間，頭一次仔細審視這個地方：這裡和其他房間差不多，同樣以深色木頭和皮革為基調；在晌午熱力烘烤下，室內瀰漫皮革獨特的甜膩氣味。數十本書四散在屋內各處，我瞄瞄其中一本（狄更斯的作品），另一本則是出自我沒聽過的俄國作家手筆。就我所知，愛麗絲不特別愛看書。在我倆同宿的四年間，我試著鼓勵她多看書；但不管我如何努力，她仍舊不屑一顧。它們都太嚴肅了，她如此抱怨。我還記得我曾經這麼想：假如這話出自其他人之口，我肯定嗤之以鼻；但因為是愛麗絲，感覺反而不可思議地相稱。愛麗絲陷在沉重書堆中的形象，怎麼想怎麼不對勁；她是光與空氣的化身，彷彿她生來就是為了體驗生活，而非閱讀其他人的生活經驗。我跟她提過一次，她的回應則是大笑幾聲、揮手駁斥我的想法。但這是真的：愛麗絲會在一大清早、天色未明時喚我起床，拖著我來到大草坪那幾張大木椅旁（掛在她手臂上的毛毯則一路垂至濕漉漉的草地上），堅持我們必須比其他人先看到日出。在那無數次沉靜的片刻中，我每每讚歎地望著我倆的呼息化為裊裊白煙，讚歎我們竟能找到彼此。愛麗絲的母親也是佛蒙特這間小學院的畢業生（她是美國人，後來跨過大西洋嫁給英國人），因此學院極力邀請愛麗絲進入母親的母校就讀，作為紀念。愛麗絲總是有辦法端出試探的微笑，把我從圖書館舒適的藏身處拖出來、從逝者的回聲中撈出來，塞進活生生的世界裡。我拉緊身上的毛毯，朝她溫暖的身體靠近了些；雖然心知不可能，但我仍深深盼望這般時刻能持續到永遠。

我任手指滑過書封，好奇探看，發現有幾本書的內頁還未裁開。愛麗絲下嫁的那個男人的形象，在我腦中逐漸成形。

「剛才，看見我站在妳家大門口，妳很吃驚？」我喊道，順勢窩進皮沙發，身上幾乎立刻冒出一層薄汗。

廚房一片安靜。

「愛麗絲？」我又喊了一次，微微蹙眉。我左扭右抬，試著讓緊貼沙發皮革的肌膚輪流透氣，暗暗希望汗水不會浸濕我的新衣裳。我已然察覺，坦吉爾的空氣流動得很慢，幾乎感覺不到；空氣似乎就這麼懸著，窒悶潮濕。我想到「慵懶」這個詞，感覺相當貼切。

「噢，是呀。」她的聲音有些模糊，聽起來好像離我很遠，不只是在隔壁房間。「是啊，大吃一驚。」

我還來不及多問幾句，就聽見前廊傳來門把轉動的聲音。「愛麗絲？」有人喊道，嗓音比我想像的低沉不少。「妳在嗎？」接著似乎又更壓抑了些，「我猜，妳今天還是沒去成市集吧？」

事後回想，我非常確定在那個瞬間，我的心跳停了一拍。

是呀，我常常這樣。心臟有微微的雜音，但是沒什麼好擔心的——至少醫師這麼告訴我。這個毛病不會造成任何不良影響，他們再三保證，只是我的心臟仍偶爾（或說久久一次）拒絕規律跳動：發作時，我的心跳大概只會停頓極短暫的一瞬間，或者比這個瞬間還短，卻也長得足以使下一次心跳猶如回響，砰砰重擊胸膛；彷彿有人重重踩我一腳，或推我一把。是說，事情都過了這麼久了，我大可重新思索當年的場景——我的記憶相當程度受到最終揭露的事實左右——但我幾乎可以斷定，那時我的心跳確實漏了一拍；或許是某種警告，或許是察覺危機。坦白說，我沒有任何方法憑以確認，但我相信我的心想告訴我某件事、試圖警告我：此刻，有個男人正緩步通過走廊，朝我所在的房間走來。

有時候我會想：要是當時我聽從警告，結果不知會變成怎麼樣。

一名男子走進我的視野。

我看著他黝黑、雀斑點點的臉，金髮梳高成時下流行的大波浪，此人看起來就像大多數與我年紀相仿的男人：神情快活，充滿朝氣，熱情洋溢，且還未被日復一日的生活瑣事磨得單調乏味。他相貌英俊，至少這點我敢確定。但話說回來，雖然對某些人來說，他的五官堪稱賞心悅目，不過我卻覺得有些盛氣凌人，而且相當不耐看；此外，我還瞧出一些別的，某種更實際、更具體的特質，但我很快揮開這些想法，理智地推斷那說不定只是西裝剪裁的莊重線條所致。儘管我對男士的時尚風格所知有限，但我看得出來，他這身行頭所費不貲：三件式斜紋西裝（跟坦吉爾完全不搭調），帽緣偏窄的棕色紳士帽。我發現（而且有點嫉妒），在熱死人不償命的摩洛哥，身穿厚重布料的他看起來卻泰然自若，不以為意。

「家裡有客人。」愛麗絲喊道，音調怪怪的，「是露西。」假音？可以這樣形容嗎？我納悶。

「露西？」他覆誦，站在起居間的門檻上，滿臉疑惑。

「露西呀，親愛的。我大學同學。」愛麗絲發出空洞的笑聲。「我跟你說過很多她的事。」

她肯定沒說過。從愛麗絲首度提到我名字的那一刻起，約翰的臉就罩上震驚與狐疑的表情；由此可知，他從來不曾聽聞我這號人物。

「晚餐好了嗎？愛麗絲？我餓死了。」約翰邊說邊解掉領帶，他的聲音透露些許疲憊。也就是在這個時候，他才注意到我：坐在他家沙發上的陌生人。約翰閃過一絲不耐的表情，但他似乎再把我仔細瞧了一遍——打扮得體，還算好看——於是他的五官放鬆下來，轉為驚喜、愉悅的神情。「妳肯定就是那位大名鼎鼎的露西了。」他促狹地說，一手順順領帶、同時伸出另一隻手。「真好，我們終於見面了。」

我也伸手回握，但瞬間後悔——因為我的掌心都是汗。「很高興認識您。」

他偏了偏腦袋、勾了勾嘴角，笑得有些得意（但我懷疑他是自以為有魅力）。感覺得出來，他正在解讀眼前的情勢，試著釐清他到底認不認識我——又或者更糟糕的：該不該認識我。他在等待我的暗示。我繼續保持沉默。幾秒鐘過後，他問我：「口渴不渴？」

就在這時候，愛麗絲剛好走出廚房，手上端著銀托盤。我半起身想接過來，但她很快就把托盤放在起居間角落的木製吧檯上。

她已經換掉早先那件晨褸。儘管已近向晚時分，她卻穿了一般的白天外出服；這身絲綢便裝採包臀設計，一看就知道並非時下流行的款式，但以前也沒見她在班寧頓穿過。然而奇怪的是，她不只穿著變了，整個人的感覺也和剛才招呼我的那個女孩不太一樣。眼前的她隱約流露某種輕浮氣息。不久前她還滿面愁容，但顯然因為有了夫婿陪伴，憂愁一掃而空。夫婿，這兩個字卡在我喉嚨深處，說出不口。我看著她將雞尾酒斟入酒杯，動作俐落卻有些超現實，彷彿她一下子變得纖弱易碎，而我甚至懷疑她會不會在我倆眼前化成無數碎片。

「妳剛才說，她是妳大學時代的老朋友？」約翰明顯在問愛麗絲。「好個意外驚喜。」她遞上酒杯，他伸手接下；玻璃杯外的水氣已凝成水珠，徐徐滑下。「我還真不曉得，我家這位喜歡夢遊奇境的愛麗絲竟然有朋友。」他揶揄。

「我當然有朋友！」愛麗絲笑著說，但我看得出來，這句評論傷了她。

「而且酒還是冰的！」他抬了抬眉毛。「我終於知道今天有多特別了。咱們這兒可從來沒喝過**冰的**馬丁尼唷，**露西**！」最後兩個字聽起來像某種指控。我從愛麗絲手上接過飲料。「我已經開始喜歡有妳在這裡了。」他打趣道，貪婪地大喝一口。「說到這個，妳當真一個人來坦吉爾？」我點點頭，他微笑追問，「從哪兒出發？」

「紐約。」我說，但眼睛看著愛麗絲。

他蹙眉。「妳丈夫不擔心嗎？我是說，像妳這樣單獨旅行。」

我繼續強撐著笑臉。「恐怕沒有這一號人物為我憂煩。」

我說得輕描淡寫，但愛麗絲別開視線，約翰卻傾身靠過來，不想（或看起來不想）輕易放過我。「沒有這號人物？半個也沒有？」

我嘆氣，「恐怕是這樣沒錯。」

「難道紐約連一個男人都不剩？戰爭不至於把他們全殺光吧？還是——還是他們全都被妳嚇跑啦？」他又笑著問我。

我瞥見愛麗絲微微瑟縮。「別這麼刻薄，約翰。」她咕噥。

「我只是想追根究柢嘛，沒有惡意。」他誇張地搔搔臉頰，「紐約的單身女子——這畫面我怎麼想都覺得不可能是真的。況且，喏，看看她——」他朝我的方向比了比，「我就是沒辦法相信。」他又湊過來，「也許是妳太挑剔？是這樣吧？又或者還有別的原因。」他繼續推理，語氣有些嘲諷，「我聽過不少妳們這些班寧頓女孩兒的事蹟。」

愛麗絲倏地臉紅。「噢，別說了，約翰。」

「好吧，總而言之，妳人在這裡，」約翰的語氣輕鬆愉快，但我發現笑意卻未延伸至他眼中，「說不定我們可以在坦吉爾幫妳物色到有意思的對象。這種人這裡可多了！只不過呢，」他搖搖頭，「我不確定他們這會兒有沒有心思博取美人芳心。妳可真會挑時間，剛好在這時候來到摩洛哥。」

我皺起眉頭，「你的意思是？」

「妳沒聽說？」約翰戲謔一笑、挑挑眉毛，似乎打算來點喜劇效果。「本地人開始蠢蠢欲動了，我親愛的。」

「噢，別老是那樣說話。」愛麗絲不自在地動動肩膀，好似能藉此更縮進自己的內心世界，遠離這場對話。

「哪樣說話？」約翰反問，佯裝無辜。

「好像……」她思索，嚴肅地瞄他一眼，「好像這一切無關緊要似的。」

他轉向我，笑了笑。「有時候，我覺得愛麗絲喜歡想像她比我們任何人都還要了解本地人的困境——」他戲弄地說，「儘管她本人鮮少離開這間屋子，儘管除了我以外，她不跟別人交流。」

「才不是這樣。」她辯駁。

「好吧，並非完全不交流。」他讓步。「不過妳還是對這整件事太敏感了。」

我察覺愛麗絲的表情變得很僵硬。「但他們為了什麼事蠢蠢欲動？」雖然我已大致有了概念——根據過去兩星期隨手翻閱的報章雜誌內容——但我仍開口探問。

「為了獨立呀。」約翰回答，眼睛瞇成一條縫；「他們已經厭倦老是當別人的附屬品。我不怪他們，我完全理解。但這表示最近會常常見到法國佬，他們得保護自己的利益，直到事情告一段落。其實從兩年前、穆罕默德遭驅逐之後──那算是騷動的開始──法國人就開始增派兵力了。當然，這裡是坦吉爾，所以這邊的情況稍微不同；又或者不管怎麼說，這裡都應該不一樣。但話說回來，若妳仔細觀察，妳會發現法國人無所不在。這些法國佬似乎以為他們只要抓住希望不放，就能反轉情勢、讓事情照他們的意思走。所以他們的小間諜才會在城裡到處跑。」

「間諜？」我問。

「噢，別說了。」愛麗絲啐道，輕啜一口。我發現她的手似乎在顫抖。「依我看，約翰有時候會以為自己是偵探小說裡的人物，老覺得有人在監視他，不是法國人就是其他人。所以請妳別太在意他說的話。妳在這裡非常安全，露西。」她停頓一下。「嗯，跟所有待在摩洛哥的人一樣安全。我是這樣想的。」

我的腦中突然閃過一幅畫面：約翰在某地的露天窄巷裡鬼祟伏行，愛麗絲則遭人監視跟蹤──跟蹤她的人正是她自己的丈夫。愛麗絲猶如電影中的落難少女，約翰則是惡棍流氓。我奮力壓下一股寒顫。

「她不是法國人，她當然不會有事。」約翰輕蔑地一揮手，打破魔咒。「我認為愛麗絲毋須擔心那些藏在罩袍底下的傢伙會衝著她來。噢，我指的是那些特別為法國佬準備的槍械武器。」

我感覺自己臉紅了。一股惱怒、憤慨的刺痛感，火燙地漫過全身。

「但話說回來，這種話題肯定相當敏感吧？」我加重語氣，意在指責約翰對待愛麗絲的輕視態度。接著，我未及深思熟慮即脫口而出：「我們應該是在討論壓迫者與被壓迫者，是吧？還有什麼話題比這個更敏感？」

對於我這番意見，約翰銳利的小眼睛閃過某種惡意，因此我好奇他會如何回應。然後那抹眼神消失了。在我還未能充分理解自己是否當真看見那樣的眼神之前，它便已消失無蹤。「哎呀，」他說，「我明白了。原來妳也是**那種人**呀。」

我刻意面無表情。「哪種人？」

「妳知道嘛，就是**那種**女人。」他說，灌了一大口酒。「離廚房家務遠遠的……那種作風的女人。」

「好了，約翰。」愛麗絲神情痛苦，聲音緊繃壓抑，臉色益發蒼白。

「什麼好了？」約翰笑言，「我只是評論，沒別的意思。」

「是的，沒錯。」這會兒換我小啜馬丁尼。「你的評論很正確。我確實是**她們**之一。不進廚房的那種女人。」我微笑，拒絕示弱。

「啊哈！」約翰喊道，舉手往大腿一拍，「妳瞧？」他問，轉向愛麗絲，「我就說嘛。」

「是呀。」她答，但不看他。

我傾身湊向他，「所以，事情是真的？」我問，急著想擱置女權話題。「我是指獨立。」

約翰點點頭，顯然——或至少看起來——也很滿意能繼續討論。「噢，是啊。其實差不多都談妥了、也開始進行了。法國佬已經放手不再控制摩洛哥，這意味西班牙那邊大概也快了。接下來十之八九會輪到坦吉爾。誠如我先前說過的，這樣很好，獨立永遠都是好事一樁，但恐怕咱們全都只是在跟未來借時間，就像過去一樣。問題是時間不等人哪！」他又喝了一口。「若有誰不願跟上腳步，最後肯定落得人事全非。」

我蹙眉。「怎麼個人事全非？」

約翰頓了一下，抬眼看我，看似並不十分理解我的提問；然後他一拍腿，恍然大悟。「說的也是。問題就在這裡，不是嘛？」

我點頭，退回並坐直，「是呀，我也這麼認為。」

於是，我們三人陷入沉默，各自盯著手上的雞尾酒——我不禁納悶，這種人怎麼可能偷走愛麗絲的芳心？我想起過去、想起我們計劃的每一件事，萬分訝異這一切竟然全部換成我眼前的景象，換成**這個人**。當然，我也曉得事情沒這麼簡單。

「所以……」約翰突然開口，令我們從沉思中驚醒。「露西，妳計劃在這裡待多久？」

「我還沒決定。」我回答。

他點點頭。「世界上有這麼多地方可去，但究竟是什麼風把妳吹到坦吉爾來？」

「旅行呀，那還用說。」愛麗絲答得飛快——太快了。我禁不住這麼想。「或許你可以推薦露西一些不錯的景點？」她對約翰說，然後轉頭看我。她這個動作不由得使我想起網球賽——選手一來一回的底線抽球總是教我暈頭轉向。「如果妳想看看坦吉爾以外的地方。」

我點頭，但並未接腔，滿副心思都繞著一個念頭轉：她之所以提出這個建議——提議我去其他城市走走——完完全全只是為了把我請出這間公寓，希望我離她、離約翰遠遠的。至於目的為何，我還無法確定。

「我個人偏好坦吉爾。」約翰表示，但此刻他似乎對手中的馬丁尼更感興趣；方才他又續了一杯，而我和愛麗絲則是連第一杯都還沒喝完。「大多數的人會說，妳絕不能錯過馬拉喀什。話是沒錯，但我自己在那邊待個三、四天就膩了。我看妳大概連三天都待不下去？」雖然他並未轉頭，但這個問題的對象顯然是愛麗絲。「舍夫沙萬肯定值得多待幾天，卡薩布蘭加應該也不錯，但我知道一定有很多人會發誓菲斯是摩洛哥所有城市中最棒的。當然，沿途妳會常常被攔下盤查，挺煩人的，不過妳只要亮出該有的證件資料，一切都不會有問題。」約翰連珠砲似地說完，然後停下來、打量我，表情有些古怪；「但妳真的對這些地方有興趣嗎？」

「當然。」我答道，但這並非真心話。我不是真的感興趣。至少短時間內我不打算離開坦吉爾。我的視線在這兩個人——這對夫妻——之間游移，斷定絕對有什麼事出了差錯，我感覺得出來。因為這種氣氛似乎填滿我們所在的整個空間，滋滋作響，呼喊著想攫取注意。我用眼角餘光觀察愛麗絲，不禁覺得她好像著魔了一樣——這麼形容她確實奇怪，我承認，但這似乎是眼前唯一貼切的形容詞：她彷彿被過去的自己——宛如幽魂的存在——糾纏不放。「我會記在心上。」我又加上一句，「不過目前我打算把注意力放在坦吉爾。」

「明智的決定。」他點頭讚許。「那麼在這段小小的假期裡，妳打算住在什麼地方？」

我不安地動了動。在那一刻，我感覺愛麗絲的視線釘在我身上。「我還不太確定。」

「哦？那麼請妳務必賞光住下來。咱們可不能讓愛麗絲的朋友住進那種可疑的客棧——特別是咱們家裡還有空房，不住下來說不過去。」他輕輕頂了頂愛麗絲，「妳說是不是，親愛的？」

愛麗絲眨眨眼，好似受了驚嚇，彷彿她方才並未認真聆聽我們對話，放任自己神遊太虛，心思早已遠遠飄離我們三人所在的起居室。「是啊，」她終於應道，只不過聲音有氣無力，聽不清楚。然後她動了動，再次以更堅定、果決的語氣說：「是的，那當然。」她轉向我，但視線稍稍偏離——約莫落在我肩上某一點。「露西，妳一定要住下來。不住我們家實在說不過去。」

「可不是嘛。」約翰點頭。「畢竟客房就這麼空著也太浪費了。房裡堆了不少我工作的文件等等之類的東西。」他轉向愛麗絲，而她——我注意到——竟然莫名其妙臉紅了。「那間房最初規劃的用途可不是儲藏室呀。」

我怎麼可能不懂他的意思。但我懷疑，這番話的用意不僅是要我明白當家作主的人是誰、也意在使她困窘尷尬。這個念頭——這份認知——使我的五臟六腑以某種無以名狀的方式強烈翻攪；我以為愛麗絲也有同樣的感覺，因為她臉紅的原因似乎不只尷尬這一項，應該還摻雜其他情緒，某種她無法訴諸言語、深埋心底的騷動。

「兩位實在太慷慨了。」我說，音量大得出乎我意料，或許是我想平息在屋裡鬼祟游移、迫近威脅且盤踞不去的不安吧。

「那就這麼說定了。」約翰晃晃酒杯，搖轉冰塊；「順帶一提，如果妳真的這麼熱衷於坦吉爾，咱們不妨去聽聽爵士樂。或許就這個週末吧？第一輪可以先去狄恩那邊走走。」愛麗絲張口欲言，但約翰迅速搖頭制止；「噢，不行，我親愛的。我們絕對不能讓妳的朋友大老遠來到這座城市、卻沒去狄恩那裡晃晃。這肯定會遭天譴，妳也知道。」

我試圖想像愛麗絲置身坦吉爾爵士俱樂部、甚至坐在吧檯邊的畫面，但我想像不出來。以前班寧頓的同學大多著迷於這種嘈雜刺耳、煙霧彌漫的隱蔽場所（校內校外都有），但愛麗絲從來不感興趣。起初，我常拖她一起去，深信我至少能找到一處適合她的地方，但後來我不得不被迫接受失敗。於是，我們轉而窩在宿舍，用藏在衣櫥裡的幾瓶酒自己做調酒，放唱片聽音樂，在小小的房間裡跳舞；我們甚至還把織毯當魔毯，在木板地上滑來滑去，最後雙雙倒在地上、爆出歇斯底里的大笑。想起這段往事，我不禁嘴角上揚。「我很樂意。如果愛麗絲也一道去的話。」我說，朝她的方向點點頭。

我的回應似乎令她有些慌亂。「我應該會去吧。就像約翰說的，那裡是大家都會去的地方。」

這會兒，酒精已然解放我的舌頭。看來，愛麗絲的雞尾酒配方依然和我記憶中的一致、加入大量琴酒；我感覺琴酒逐漸發威、使我放鬆，是以平常我會克制自己不輕易說出口的話，此刻開始叫囂著掙脫束縛。「但是妳比較想做什麼？愛麗絲？」我逼問，拒絕承認這個問題已使她露出不安的表情。

「愛麗絲不喜歡做決定。」約翰先一步說。雖然他臉上帶笑，但他似乎話中有話，暗藏惡意，某種我先前並未注意到、比單純斥責更強烈的情緒。

我又感覺到稍早那股惱人的耳內騷動，但我輕輕甩頭、不予理會，彷彿這麼做就能趕走充斥耳內的奇怪脹痛。有那麼一瞬間，我懷疑是不是有什麼沙漠小蟲爬進耳朵——我讀過這類報導，解法是將水灌入耳道，接著眾人屏息以待，等待證據浮現、真相大白。我想像自己擺出報導中的俯臥姿式，而約翰聳立在我身旁，睥睨俯視。

至於愛麗絲，她表現出一副決意忽視這句評論的模樣；而她也已經起身離開沙發，堅持再幫我們倒一杯雞尾酒。我遵從她的指示、遞出酒杯，但我也隱約意識到，我已經不記得最近一頓像樣的餐點是什麼時候吃的了。今天早上，我曾勉強嚥下一塊怪里怪氣的麵包，然後就是再前一天、登上渡輪前隨手抓來的一把薄脆餅（畢竟當時我太緊張，我的胃也承受不了其他食物）。

「不是這樣的。」她坐回我旁邊的位置，輕聲反駁。約翰的評論已是好幾分鐘以前的事，因此我看得出來，他被她這番宣言搞糊塗了。她突然用肩膀頂頂約翰，「才不是這樣。」她又說一遍，這回聲音大了些。「說真的，咱們今天晚上就去狄恩酒館如何？」愛麗絲微微一笑，但聲音顫抖；「好好招待露西，歡迎她來到坦吉爾。」

我再一次明確意識到她這種異常開朗的情緒。與稍早斯多噶式的平靜無欲相比，這實在是很大的轉變，幾乎可說是失控，彷彿她的情緒隨時都有可能突然變糟，徹底崩潰。於是我不禁懷疑，愛麗絲的微笑（笑聲空洞、沒有感情），還有她在屋內走動、張羅飲料，忙著填補談話之間的空白等種種行為，是否意味著她已瀕臨崩潰邊緣？這個愛麗絲和我過去認識的愛麗絲截然不同。但話說回來，撇開我在班寧頓的最後一年到底學了什麼不談，我倒是深刻體悟到：天底下沒有所謂的「絕對」。每一件事都會改變，只是時間早晚的問題。時光猶如白駒過隙，不受約束；縱使我們一心想令其停駐、或改變未來、或重寫過去，終究枉然。

道理很簡單：因為時間根本停不下來。任誰也辦不到。

3 愛麗絲

我錯了：關於過去，關於塵封已久的往事，我實在錯得離譜。

前往酒館的路上，由於夜幕迅速降臨，我的眼睛忙著搜尋踏實好踩的地面，但心口卻大聲怦怦跳，斥責我方才的莽撞發言。我不該隨約翰的挑釁起舞。約翰就是約翰，我心裡明白，他的每一句話皆意在傷人、造成破壞。我應該像往常一樣保持沉默才對。可是後來他卻用那種方式提起客房、批評我們停滯不前的事業——而那正好是我的決定，我的錯。然後再加上她。她總是用那種古怪、過分好奇的眼光瞅著我，感覺非常親暱熟悉，卻又詭異地陌生且遙遠：分別至今，橫亙在我們之間的年月、以及分隔大洋兩岸以來所發生的種種，再再使我喘不過氣來。

露西．梅森。那天早上，當我第一眼見到她，我一度不敢相信自己的眼睛。但真的是她，就站在我坦吉爾的住處大門口：她臉上的表情縮短我們的距離，驅散那一夜的晦暗與迷霧，再一次提醒我有多了解這個人，而這個人對我而言又是何等熟悉，以致我和她有時彷彿融為一體、彷彿是同一個人。然而從事實來看，我總是有種奇怪的感覺，認為自己對她的了解實在少之又少。

我想起少數還沒忘光的莎士比亞作品，有句名言常在我腦中徘徊不去：以往的只算得是序幕。

所以她出現了：我的過去終於成為觸手可及的有形實體（或是任何我確定她會使用的華麗詞藻）。露西．梅森。當時我嚇了一跳，緊緊抓住才剛披上的舊晨褸，瞬時忘記那天的所有待辦事項，急忙走向大門。行進間，我滿腦子都是前一天我扯裂領口那個愚蠢且糟糕透頂的意外，以及它可能象徵的含意、預言的後果（是否還有其他更貼切的形容方式？）我絞盡腦汁，在前室友熱切的注視下左思右想——不對，「室友」這個詞並不精確。她曾是我的朋友。在我們之間出問題之前，她曾是我自認最親近的朋友。

我們站在前廳。在對話的空檔中，我想起那晚我對她說的最後幾句話。我告訴她……不，我對她咆哮，印象中那是我唯一一次提高音量對她說話，我說了一些很糟糕、很可恥的話，說我希望她消失、希望再也不要見到她。然後，我想起之後發生的事，想起事發當時我腦中的念頭、想起我說了哪些話——但不是對她說，不是露西，而是在我恢復意識之前就已消失不在的那個人。

我的臉頰越來越燙，察覺她正在觀察我——在那一刻，我很確定她明確知道我在想什麼。

她和我記憶中的她不太一樣。起初我說不上來是哪裡不同，只能用眼睛搜尋線索，尋找任何能告訴我她為什麼——在我們之間發生過這麼多事以後——出現在這裡的線索。她瘦了些，五官更立體、輪廓也更分明，於是我才明白，她其實是比我記得的還要漂亮；不過還有些別的——某種奇特的氣質，使我臉紅且不得不別開視線的灼熱目光。這一切無不令我又愛又恨。

我輕輕嗓子。「露西？」她的名字就這麼脫口而出，猶如宣示，好似包含諸多隱喻，卻又毫無意義。自從離開佛蒙特綠山、輾轉定居摩洛哥黃沙撲面的巷弄間以來，我從來不曾（就連一次也沒有）期盼再見到她。想到我們之間發生的事、我對她說過的話、以及懸在我心中的種種疑問——她的所作所為，還有我只能想像卻無從求證的過去——我沒想過要再見到她。我的心臟又開始怦怦狂跳。

我盯著她的臉。有那麼一瞬間，我瘋狂幻想：是不是**我**透過某種方式、將她從大西洋彼端召喚過來？儘管我的心縈繞著憤怒與不信任，但她仍設法感應到我的不開心、我的沮喪，終而具體現身在我眼前，猶如我想像出來、但非我所願的精靈仙子。我一逕注視著她。坦吉爾的晨間熱氣開始在周圍蠢動，令人安心卻也暗藏危險，就像她一樣。她永遠都是我的騎士，盔甲閃閃發亮——這份認知沉甸甸地抵著我的胸膛。

推開門，我走進狄恩酒館。**坦吉爾**——這是我進門後的第一個念頭——就像這間酒館，將所有人、每一個人奇妙地混合在一起：這裡有本地人也有外國人（法國人、摩洛哥人以及其他），有人穿西裝打領帶，也有人一派休閒輕鬆；不論這些人是誰、打從哪裡來，彷彿此刻在坦吉爾的每個人全都擠進這間幽暗的小酒館。嘈雜聲響鋪天蓋地。人聲話語猶如音爆，互相咆哮疊蓋。刺耳笑聲此起彼落，極不和諧地蹂躪、折磨聽覺。我看見有個男人跌坐地上，因為酒精和大笑而滿臉通紅；他的女伴——一身光亮的黑緞禮服，配上閃亮的鑽石大耳環——頭一仰，發出只能令我聯想到犬吠的恐怖噪音（但我旋即意會那是笑聲）。我們繼續走向酒館深處，腳下也感覺到無數飲料灑在地面上所造成的黏滯。

「我去拿酒來。」約翰喊道。他並未費心先問我們想喝什麼，逕自轉身走向吧檯。這會兒時間已經不早了，因此空位不多，相鄰的更少；我們認真找了幾分鐘，終於在店內後方的隱蔽角落找到空桌。過了一會兒，約翰端著飲料現身；他皺起眉頭，低頭瞪著我們。「你不想坐這裡？」我懷疑（不，我**知道**）約翰想坐在更顯眼的位置，這是我和他在坦吉爾一起生活後才慢慢學到的，而這只是他的諸多脾性之一。他喜歡站在聚光燈下，無止盡地需要旁人關注。或者不該說這是一種**需要**（這個詞可能太刻薄、太算計了），但事實就是如此。不管約翰人在哪裡，似乎總有人回頭看他，旁人的視線似乎總會在他身上徘徊流連。這似乎是某種自然法則，他也因此開始期待，而且就連我都開始覺得，這已經是日常生活的一部分。其實我自己也有過類似的感覺——感受到他奇特的吸引力，就是這股力量領我來到坦吉爾、來到狄恩酒館、來到這特別的一刻：我的過去與現在分別坐在我左右，而我正輕啜著微溫的琴酒。

在那個當下，我好想反抗：為他對待我的方式（明顯想懲罰我）而懲罰他。我說要出門的這個決定惹惱了他，而原因可能就是這個決定並非出自於他（就為了這個簡單理由）。他頻發牢騷，抱怨他已經工作一整天了；「但她到底是哪位啊？」他質問，在浴室鏡中對上我的視線。「我非常確定，在今天以前，我從沒聽妳提過她的名字。」等他俐落地噴了香水、抹上髮油並悉心梳齊（髮油強烈的氣味令我反胃），而我們三人也終於踏出公寓之後，他的心情又變了。酒精使他變得暴躁惱怒，但他仍設法擠出大大的笑容，隱藏情緒。

而我從頭到尾都能感覺到她。露西。她坐在我旁邊，視線穿過昏暗的室內，觀察約翰，觀察周遭的一切，就像以前一樣。她才剛到坦吉爾不過幾個鐘頭，我卻已經能明顯察覺她對我的影響——她始終有辦法影響我：給我力量，為我壯膽，她的存在猶如一副我永遠無法獨力套上的盔甲。

約翰抓來一張凳子。「這裡很好。」他說，語氣更嚴厲了些。他轉動杯中的琥珀色液體，那氣味像煙、像塵土，以及某種更古老的東西。「好啦，妳覺得怎麼樣？」他轉向露西，大手一揮、比比四周的環境；「這裡不算特別厲害的地方，不過總是吸引很多顧客上門。」

露西點點頭，但沒接話。我盡力擠出笑臉，舌邊泛起微酸的滋味。沉默繼續。一股猶如摩洛哥空氣的濃厚張力，圍聚在我們周圍。

「所以，來自美國的露西．梅森小姐，」約翰微笑，「妳到底是做什麼的？我是指在真實世界裡。」

「打字，處理稿件。」她回答。「我在出版社工作。」

他點頭，但表情木然，沒怎麼認真聽，因此我懷疑，他之所以問這個問題是認為她也會禮尚往來，反問他同樣的問題。約翰不曾對任何人透露他的工作內容，對我也是；而他似乎喜歡拋出一些模稜兩可、跟政府有關的說詞，影射他在這個特別時刻來到坦吉爾，剛好讓他有機會向上級證明他的能力。這是一次機會——他曾不只一次告訴我——還有其他許多好處，不過他懶得跟我解釋是什麼機會，而我呢，我連問都不想問。

但此刻，我看得出來，他正等著露西開口問，等待大唱獨角戲的好機會；但她只是微微一笑，自顧自說下去：「不過，我還有別的工作。」她大喝一口，「我也寫作。」

約翰驚訝地挑眉。看得出來，他不再是假裝感興趣了。「真的？」

「算是吧」。她回答。

約翰好奇地看著她。「妳寫作，算是寫作，」他複誦她的話，「這到底是什麼意思？」

她遲疑了。於是我懷疑，她表明自己有在寫作，最初莫非只是想虛張聲勢？我希望她是作家，卻也憂心她真的是。我知道這很不應該，這種想法只會令我自覺卑微又心胸狹窄；但是一想到她可能實現當初我們對彼此許下的諾言，而我卻成為自己人生夢想的反例（我成了什麼？），我不禁感到傷心，甚至有些憤恨。

「我為地方報社寫訃聞。」她回答。我看見約翰眼中閃過一絲失望，也看見露西的反應——她全身一僵，然後悶悶地繼續說明：「其實，寫訃聞也得做不少研究。你得安排幾次採訪，取得背景資料、引述談話。報上登的其他報導也都是這麼來的，這部分完全一樣。」我能聽出她略帶防衛的語氣，我看見約翰也注意到了。露西轉向我，淺淺一笑。「那妳呢？愛麗絲？」她問道，「妳還是成天跟照片打交道嗎？」

約翰皺起眉頭。「照片？」

我感覺自己臉紅了。我幾乎沒跟約翰提過班寧頓的往事、或那場意外（只聊過報紙刊出的內容）。我徹底推開所有跟我前一段人生有關的人事物，包括露西；而一度被我視為最珍貴財產的相機，目前完全閒置不用，快門鍵大概也生鏽了吧。話雖如此，它仍是少數幾樣隨我來到坦吉爾的私人物品（要是有機會……這句話仍不時輕敲我內心深處）。雖然它還囚禁在我的行李箱裡，藏在臥室的衣櫥深處，但有時候，經過衣櫥時，我覺得我能感覺到它的存在；也因為如此，我總是加快腳步、不敢停留。

「是呀！」露西說。「愛麗絲以前在班寧頓可是攝影高手呢。沒想到你竟然不知道？」

他抬抬眉毛。「是這樣嗎？」他輕笑，「那我得說，今晚，我的愛麗絲可真是渾身驚奇呀。」

他的聲音隱約帶著怒氣。這話說得刻薄，我知道。從全然陌生的對象口中得知他妻子、他的愛麗絲的新面貌，顯然令他非常不高興。這份認知狠狠抽向我，徹底羞辱我，因此在那個瞬間，我滿腦子只有一個念頭：我想大聲反駁他、又或者挑戰他，繼續我們稍早在公寓的戲碼——他取笑我沒有朋友、缺乏活力。其實早在我們剛抵達坦吉爾的最初幾個月，這類歧見即不斷累積、膨脹，爭執一觸即發，以致現在我偶爾會覺得，我倆之間就只剩下怨懟。那股想反駁的急切與需要彷彿就快滲出體表，我揩揩眉角的汗珠，試著冷靜下來。酒館突然變得好溫暖，空氣窒悶；我深呼吸，但胸肺卻險些罷工投降，拒絕引入最後一口清新、撫慰的空氣。我感覺臉頰越來越燙，暗自希望沒人發現。

「既然如此，妳又何必非要進班寧頓？」約翰轉頭問露西，語音輕快，彷彿只是隨口提起。「如果只是幫小報寫寫趣聞之類的東西，肯定不需要班寧頓的文憑吧？就我的理解，那間學校的學費相當昂貴。」

「我有獎學金。」露西回答。

聽見那三個字，我這才意識到這就是他最想知道、打從一開始就想挖掘的謎底。他旁敲側擊，問她職業，問她感情生活，他想搞清楚這個不曾耳聞的美國女子的出身背景。我終於明白，原來他一直在琢磨：這個「露西．梅森」究竟值不值得結識。

而現在，他似乎有了答案。

他聳了聳肩，「就算有獎學金，還是不便宜。」

露西盯著他，微微一笑，「確實如此。」她說。「但我熱愛文學，這是我決定進班寧頓的原因。」她大口喝光手上的琴酒，傾身湊向他，「你讀過勃朗特姊妹的作品嗎，約翰？」

我頓住，從杯緣抬眼瞄了瞄；我還沒看見什麼就先聽見情勢變了。她的心思清清楚楚寫在臉上。我迅速偷瞧約翰一眼，發現他尚未意識到這一點。畢竟他不像我這麼了解她，他不曉得這就是她，我記憶中的露西——不是那個慇懃有禮，坐在我家沙發上邊喝調酒、邊打趣閒談的完美訪客。這個露西直言不諱，她清楚自己要什麼，並且絕不手軟。

反觀約翰——他還不知情，氣定神閒地搖搖頭，但我知道這個問題令他不安，突如其來的轉折令他措手不及。「沒有，我沒讀過。」

她貌似驚訝。「什麼？從來沒讀過？」

他繃著臉，勉強微笑，「從來沒有。」

那個瞬間，我才意識到我的沉默，意識到他們一來一往的對話似乎完全把我排除在外。但我並不懊惱。於是我就這麼靜靜坐著，看著他倆瞇起眼睛，腦袋微偏，漸漸萌生對彼此的懷疑——不對，是不信任。我覺得，我彷彿能聽見、在心裡看見他倆緩緩互兜圈子，試探兩人的分界線。

「連《簡愛》也沒翻個幾頁過？」露西笑了起來，但笑聲尖銳刺耳。「不認識希斯克里夫和凱西，我倒還能理解，因為就算是對極熱愛文學的人來說，《咆哮山莊》也太難了。說不定這就是艾蜜莉．勃朗特只出了這麼一本小說的原因。」她嚥下酒液。「你知道嗎？我小學二年級的某位老師非常討厭《咆哮山莊》，說這本書其實是英國最糟糕的文學作品，所以我能理解一般人對它的反感，猶豫該不該讀；但是《簡愛》？那個甜美的小孤兒？你真的連一頁、或甚至一個句子也沒讀過？」

他的嘴角越拉越寬，僵硬的笑容緊緊繃在臉上，服貼得有如一張怪誕荒謬的面具。「確實連天殺的一個字也沒讀過。」

於是我明白，她早就知道那些書的用意了。她就像往常一樣，透過某種方式洞悉公寓裡的書只是做做樣子，只是約翰精心策劃、意欲展現的形象，除此之外別無其他。我想我應該生氣，應該對她發怒，因為她故意激怒我誓言要一輩子支持的男人，因為她就這樣蠻不在乎地再次踏進我的生活，彷彿在佛蒙特發生過的一切不曾留下遺憾。我能感覺到憤怒——應該是我內心的憤怒——盤旋在我們周圍，疾言令色、強索答案，但我卻依然搆不著它，無法抓回主導權，是以我只能專注看著他們——露西和約翰——莽撞衝入危險彎道。我明白他倆只能設法過彎，明白兩人再也無法回頭。我湊上前去，渴望能趕快回到帶給我舒適與安全的家。「約翰一直不怎麼喜歡看書。」我緊張地說。

但我立刻意識到：我說錯話了。

「妳們倆說的一副我好像是文盲似的，」約翰蹙眉，「就只因為我不特別鍾情那幾本勃朗堤？」他說。

「是勃朗特。」我想也不想便開口糾正他。

約翰沒答腔。他迅速解決手中的飲料，然後稍微多施了點力氣、用力把酒杯放在桌上。我嚇了一跳，但我注意到露西非常克制，沒有任何動作；「我看見查理了，他在吧檯那邊。」他唐突表示。「我一會兒回來。」我還來不及回應，他就抓起空杯子走了。

我們沉默地坐了幾分鐘。「他以前讀書讀得很辛苦。」我設法擠出這一句。

露西點頭，面無表情。「我去化妝間。」她滑下椅子。「馬上回來。」

她微笑、身體動了一下。在那個瞬間，我以為她要碰我，但她旋即打住、轉身，避開我的視線，然後消失在我們周圍的擁擠人群中。

少了他倆在身邊，我頓失所依，猶如斷了纜繩的孤舟；我絕望地扣緊桌緣，試著尋找依靠。我感覺有什麼東西擦過腿邊，嚇了一跳，低頭探看才發現原來是城裡諸多流浪犬中的一員，從街上晃進來。初抵坦吉爾的那幾天，約翰諄諄叮囑我絕不能害怕，不能在這些可憐小野獸面前暴露我的恐懼，因為這樣只會煽動牠們步步進逼。我還記得，有天早上，我和約翰沿著港口散步，看見一隻又一隻流浪犬伸展四肢、躺在滾燙無情的馬路上。聽見我倆的腳步聲，狗兒抬起頭，繃緊身體；我直覺往約翰身上靠過去。儘管他出聲斥責，我仍害怕牠們任何一隻會撲上來、張口咬我，使我染上狂犬病。當時我嚇呆了，但約翰卻只是推開我，低聲說他這麼做是為我好。

這會兒，狗兒已趴坐下來，貼靠著我溫暖的小腿。我任由牠去，感激牠使我不再孤單。

我在抵達班寧頓的第一天見到露西・梅森。

她站在宿舍房間裡，唯一一只行李箱已塞進靠窗那張床的床底下，而她正認真盯著四周光禿禿的牆壁瞧。我在門口站定，靜靜觀察未來一年即將與我共同生活的女孩。不過，在觀察她的當下，我突然驚覺女孩這個詞好像不太對，因為她探進夾克口袋，撈出一包菸和一只打火機。我這輩子沒抽過菸，一次也沒有，於是我就這麼盯著她，深深著迷，看著煙霧像羽毛一樣裹住她、然後在房裡散開，彷彿急切地想標記屬於它的角落，宣示所有權。

雖然她和我都只有十七歲，但我眼前的這個陌生人卻散發某種成熟、或說比我更有智慧的氣質。就連我們的穿著也明顯呈現這種差異。我低頭看看自己的衣裳，這身幼稚的連身長裙突然害我好困窘——布料印著碎花與藤蔓，裙襬則是芭蕾蓬裙式剪裁。反觀我的新室友：上身是翡翠深綠夾克，喇叭狀的腰線突顯她令人羨慕、凹凸有致的身材，下身搭配簡單的黑色窄裙。此外，她身上的夾克或窄裙看起來都不算特別新（我甚至覺得兩者呈現奇特的陳舊感，彷彿衣服的主人太常拿出來穿了），使她渾身散發一種我只在雜誌上見過的復古韻味。

我緩緩走近房門，輕敲兩下；她抬頭看我，眼神直接且若有所思（但我無法解讀）。她的視線令我急忙別開臉，臉頰發紅。

「哈囉，」我囁嚅，設法撐起羞怯的微笑。

她繼續看著我，眨眨眼。

「我是愛麗絲。」直到這時我才意識到，我好似還在等人邀我進門；於是我連忙走向她，縮短彼此的距離。「恐怕妳不記得我了。」我伸出空著的那隻手。

她握住，腦袋微微一偏，「我是露西。」

我注意到她兩隻手都沒戴手套。我暗暗斥責自己，竟然選了這雙蕾絲手套（茉德姑姑料到我會來班寧頓讀書，買了這雙手套送我）；對比於空蕩蕩的房間、以及室友的簡單樸素，這雙手套感覺相當突兀。她沒化妝，這也讓我覺得我的粉紅色唇膏和上揚的眼線看起來好蠢，活像被逮到偷玩媽媽化妝品的小女孩。

露西朝我身後、也就是門口的方向看了一眼。「爸媽沒送妳來？」

我低下頭。「沒有，他們沒辦法來。」我深呼吸。整個夏天我都在演練這句台詞，對著姑姑家浴室的鏡子練習過無數次。我知道最後總會有人提起這個問題，一向如此，而我從那時候起也不斷訓練自己，設法答得滿不在乎、或是讓人覺得我已經不在意了。眾人的典型反應使我厭煩：她們要不扭扭鼻子，要不皺皺眉頭，臉上的表情除了憐憫，還有更多別的意思。譬如恐懼。彷彿我雙親的意外是種傳染病，而我——那場意外的唯一倖存者——則是威脅她們的不祥之物。這種情況我不是沒見過，也曾親身歷過：起初，同學們全都擠在我身邊，親暱地靠著我，表達她們的遺憾痛惜和難過；她們緊緊擁抱我、安慰我，表示會跟我一起熬過去。一個禮拜過去，然後兩個禮拜，先是某個女孩開始疏遠我，接著是另一個；要不了多久，過往的親密不再，在走廊相遇時只能露出勉強而緊繃的笑容，迎面越過操場時也只剩下拘謹地揮手。等到學校放假那天，她們的如釋重負更是明顯，從每一次的互動交流汨汨不斷冒出來。假期間的電話和拜訪漸漸變少，終至不再聯絡，但我一點也不意外；最後當我整理好行李、準備離家上大學，她們一個也找不著了。此刻，我又再一次吐出這句台詞，準備擁抱最糟糕、也是預料中的結果。我想像我會得到何種對待：嘴角往下彎，短暫且不自在的擁抱，然後我的室友會轉身走開，在其他無數女孩兒中尋找同伴，尋找沒受過傷、沒有汙點、還未遭悲劇破壞的好女孩。

但她只是用那雙迷濛的大眼睛看著我。「我爸媽也不在了。」她說。

我用力眨眼，嚇了一跳，完全沒料到這種可能性。儘管這個消息理應教人心痛，但是在那一刻，我只覺得開心。鮮明卻詭異的寬慰沖刷過我，我當下只能命令自己不准微笑。後來，在我們又多認識彼此好幾個小時、也已經確認彼此為堅定不移的摯友之後，我曾向她坦白這件事。當時她突然變出一瓶雪莉酒。「我從我阿姨那兒偷來的，她絕對不會發現。」她再三保證，順帶提起自己暑假都在哪些親戚家度過。我倆結伴徒步探險，輪流就著瓶口灌下這詭異灼燙的液體。我聽著腳下踩碎秋葉、踏過枯枝的聲音，這些聲音朝四面八方漫延，傳送至小徑兩旁、不時突出攔路的樹枝。此時已是九月中旬（班寧頓的開學日比其他學校晚），因此在我們穿越校園之際，深沉夜色迅速降臨，薄冷微風亦悄悄襲來，使我們本能地朝對方靠近，彷彿彼此已是知交多年的夥伴。走著走著，我感覺舌頭愈漸鬆弛癱軟，肚子也餓得咕咕叫；我知道，這個時間，學校其他女孩應該都在用晚膳了，但我不介意。新生的友情比一頓熱食重要多了。當年因雙親過世而高高豎起、無法穿透的無形之牆，此刻終於因為酒精、因為露西的存在而馴服退讓，消融頹垮。

「什麼時候的事？」我試探地問，不確定她的傷痛是否依然鮮明如我，甚至不確定她願不願意談起這件事。

「我五歲那年。」她說得雲淡風輕，於是我好希望自己有一天也能像她一樣，輕描淡寫地回答這類問題。好希望我的聲音能不再激動、不再顫抖——彷彿我得非常用力唸出每一個字、說出生硬的句子，才能表明我父母的狀況、以及兩人離世令我完全不知所措，迷惘無助。「我不太記得我爸的事了，頂多只剩一些模糊印象。一點點，非常少。」她繼續低語。「我知道他在修車廠工作，就這麼多，其他我什麼也想不起來。但我媽——有時候，我會覺得我能想起她的每一件事，就連雞毛蒜皮的小事也記得清清楚楚：比方說她有一支唇膏，蜜紅色的，或是她梳妝檯上奇特的小玻璃瓶。那是香水瓶，棕色玻璃，頂端是透明的。」她不自在地扭了扭。「反正，我盡可能不去想她就是了。」

她沒再往下說。她離我好近，捲髮輕觸我的臉。

「這法子有用嗎？」我問。

「偶爾有用。」我感覺她聳了聳肩。「早上比較難熬。」

我懂她的意思。「有時候我也會忘記。」我說。「早上醒來，感覺整個腦袋好像重新設定過一樣；然後我會想起來，結果必須全部再經歷一遍。」

她點點頭。不過我看得出來，她的注意力好像被其他事物拉走了。

「妳看。」她低聲說。

坐落於校區正後方的「珍寧斯大堂」矗立在我們眼前。班寧頓學院的哥德式恐怖故事因為這幢宅邸而更加有血有肉，栩栩如生：贈予學院以來，大宅不時傳出神祕腳步聲、鬼魅耳語或無從描述的詭異聲響，多年來也發生過好幾次鬧鬼事件。或許是雪莉酒起了作用，但是在那一刻，我突然覺得大堂鬧鬼的傳聞實在荒唐可笑。大堂外牆覆滿常春藤，而此時因為季節的關係，綠葉轉為耀眼秋紅，並且在斜陽映照下更顯燦亮。好美，我默默讚歎。在我看來，比起獨自穿越森林，這座宅邸給我的感覺反而沒有那麼可怕。

也因為如此，當露西把腦袋朝大堂入口偏了偏、做出無言邀請，我便立刻深深吸一口氣，快步跟上。

「妳家也像這樣嗎？妳在英國的家？」我們一前一後進入廳廊時，她回頭問我，表情古怪。

我皺眉，納悶露西到底從我們往來的信件內容想像出何種畫面？茱德姑姑十分富有，這點沒錯，但是在我父母過世前，她始終一個人住（好多年前，爸媽就說她是獨身主義者）；而後來，即使姪女意外來投靠她，她也不覺得有任何改變的必要。「不是的。」我說，輕輕搖頭，「家裡只有我們兩個人。」我環視巨大且空曠的廳堂，這裡沒什麼家具；我們走過大理石磚地板，說話聲與腳步聲幽幽迴盪。「肯定不曉得該拿這麼大的空間怎麼辦。」

我覺得，露西似乎對我的回答略為失望。於是我等著她說說自己成長的地方，但她一逕沉默。

「妳看！」她朗聲說，弓背屈膝坐在腳跟上，離她驚嘆的對象只有幾吋遠：一對並肩立踞的石獅，蟄伏在顯然久未使用的壁爐中。她直直伸出手，貼靠在石雕的小腦袋上。

屋裡的寂靜令我不自在，使我意識到我們照理說不該出現在這裡，應該在宿舍和其他女孩一起吃晚餐。

「露西，別碰。」我懇求，左右張望，彷彿預期會有人突然現形，斥責我們不守規矩，命令我們離開。「我們根本不該來這地方。」

她抬頭，漾起微笑；「放輕鬆，愛麗絲，不會有事的。」她的手仍貼在石雕上，而我突然驚覺，她的詭異罪行——這小小的示威舉動——竟是做給我看的：證明沒有人可以告訴她該做什麼、不該做什麼。證明她毫不畏懼。

我打起寒顫，抓起羊毛衫前襟緊緊裹住身體。少了熱烘烘的陽光，不久前才滑下背脊的汗水迅速變涼。我冒出雞皮疙瘩，摩搓身體試著保暖。

露西起身。「妳怎麼不說妳會冷？」她把我拉過去，以怪異的姿勢擁抱我。茉德姑姑不習慣表達情感。與她同住期間，我的生活變得十分孤獨、沒有溫度。起初，我非常懷念過去和家人那些親暱的小動作，因此每當有陌生人不經意擦身而過，這個小小動作便足以令我一整天都感覺到對方的碰觸，感覺那份灼熱在我們相觸的位置留下印記。但此刻，我努力叫自己放鬆；然而在露西終於放開我之後，我又深深感覺到她曾經佔據的空間在我身前嗡嗡顫動。

她低頭看看石獅。「雖然很奇怪，不過牠們使我想起我小時候養過寵物。一隻叫提皮的狗。」笑容褪去。「養牠實在是意外，尤其是如果妳認識我媽的話……她討厭動物。光是『真的要養一隻狗』這個念頭都足以使她厭惡得打哆嗦。然後有一天，牠出現了。我猜牠是鄰居家出生的小狗，同一窩的最後一隻，因為身體太虛弱、賣不掉，只好免費送人。牠好小好小，白毛棕斑。牠來我家時已經不算是幼犬了，因為他們拖了好久才終於擺脫牠。」她停下來，深呼吸，視線仍定在雕像上，拒絕看我。

「我還記得，我把牠抱在懷裡，承諾我會照顧牠，而我媽就只是遠遠站在角落看著我們倆。」她笑了笑，「妳真該瞧瞧她當時的表情。」

「牠什麼時候死的？」我的聲音低如耳語。

「在我們養牠之後不久。」

遠處好像有什麼東西碎了，嚇得我跳起來；我轉頭看露西，而她就算當真聽見什麼，也完全沒有表現出來。她依然冷靜，堅定，穩穩盯著石獅，瞪著空蕩蕩的爐架。

「牠被車子撞了。」她回答。「沒人知道牠是怎麼跑出去的，但牠突然跑掉、直直往大街上衝。」她頓了頓，「照理說，撞擊的力道會使牠當場斃命，但牠竟然還活著。」

我渾身顫慄，想像那隻徘徊在生死邊緣的重傷小狗，想像牠有多痛。「妳們沒帶牠去……去找人幫忙？」我在乞求，我知道。但是在那一刻，站在那幢寒意逼人、冷風無情的大宅裡，我突然有種感覺——我只求露西能告訴我，她們……告訴我那隻狗被救活了，牠活下來了，而且現在依然活著。只求她告訴我一切都很好。

當然，我很清楚，她不會這樣告訴我。

「我媽不會開車。」她說。

「那鄰居呢？妳們沒有打電話找人幫忙？」我彷彿就要發狂。我好想用力搖她，搖散她隱忍的態度，敲碎她對周遭所有人設下的無形盾牌與保護網（我早已懷疑她的淡漠是自我保護）。即使別的她都沒做，我也要她告訴我，她試過要拯救這隻原本不會屬於她、或者不太可能屬於她的小狗——告訴我她強烈地愛著牠，願意為牠盡力一搏。

最後，她的臉終於轉向我，一雙黑眸若有所思。她笑了。這不尋常的表情使我緊張起來，心臟怦怦跳，焦慮得想逃離她、逃離這個地方。她說：「找不到人幫忙。」

我非常、非常緩慢地吐氣。「所以，妳們怎麼辦？」

「我們坐在那裡等牠死掉。」她停下來，好似在衡量接下來的措辭；「後來，牠的確死了。可是過程相當緩慢，牠也非常痛苦，所以我媽去花園找了塊石頭。這樣比較快，她說，也比較仁慈。然後，因為牠是我的，所以這是我的責任，不能由旁人代勞。」她搖頭，別過臉龐。「太可怕了。愛麗絲。」她總結道，語氣苦澀冷硬。

我不相信她。我摀住嘴（因為震驚？還是懷疑？我不知道），不由自主地認為這段故事——她的故事——異常遙遠，好像是發生在其他人身上的事。她敘述得慢條斯理、感覺幾經思量，而且她也不曾停下來平復激動的情緒、不曾抹去眼裡的淚水，彷佛這個故事已然燒烙封印，再也不屬於她。因此，雖然她口中說太可怕了，但我不信。我不相信她說的任何一句話。

我想起她談到她父母的方式，想起那令我羨慕的抽離態度。然而，在那個當下，我突然覺得我再也不渴望、再也不冀求那種特質。

我退後一步。「走吧，露西。」

聽見自己的名字，她的眼睛飛快眨了一下，好似她突然想起自己身在何處、身旁有誰。彷彿剛才那一切全是在催眠狀態下說出來的，此刻方才大夢初醒。「再等一下，」她說，抓起我的手，「我還想給妳看一樣東西。」她無視我的抗拒，拉著我轉向宏偉的大旋梯、快步走去。我只能加快腳步跟上她。「快點。」她回頭催促，似乎已讀出我的思緒。

我們不斷往上跑。我呼吸紊亂，漸漸喘不過氣，感覺肺就快燒起來了；「露西！」我大口喘息，心知我就快跟不上她的速度了。

「再一下子就到了！」她向我保證，頭也不回，堅定抓著我的手。

待我們終於停下來——停得非常突兀，害我差點撞上她——我發現我們站在一大片落地窗前：窗幅甚寬，頂端為拱形。站在這處制高點上，我才明白她已領著我們來到大堂頂樓。露西把臉湊向大窗，叉開手指、結結實實按在左右兩側的窗玻璃上。

「其他女生說這裡鬧鬼。說是有一家人死在這裡。」她低語。

我蹙眉。「是誰？」

「珍寧斯一家，這棟房子原本的主人。她們說，珍寧斯太太是自殺——從這扇窗跳出去，就落在那裡。然後做先生的悲慟過度，找了一棵樹上吊死了。」

「聽起來不像是真的呀。」我說，也跟著壓低音量；「我聽說，珍寧斯家族把這棟房子捐給學校。」

露西不理會我的意見。「後來還有一個學生也死了，大概好幾年前吧。她也從這扇窗跳下去，跟珍寧斯太太一樣。」

我轉頭看向窗外，看著她的指尖留在玻璃上的渦流紋路；我想著那些代代相傳的傳說，想著在這裡結束生命的女人（應該真有其事吧）——突然，我感覺有人在看我，從屋裡某個深幽隱蔽處窺探我。我轉向左邊、再往右瞧，我知道我看見什麼了，卻無從辨認。起初我以為是露西，但這時我才發現她已經走了。我獨自站在窗前，空蕩蕩的走廊從我左右兩側延伸出去，每一邊各有六、七道門。我想到那些幽魂暗影。我很確定它們正蟄伏在某處，耐心等待，因此我突然急切地想用力推開每一扇門，確認門內空無一物。

我想起來了。也不過就在不久之前，露西告訴我，她的雙親在她五歲那年過世了。我皺起眉頭。雖然她的說詞不無可能，雖然她在那麼小的年紀或許就能記得此等恐怖事件，但是……但是什麼？我問我自己，到底是什麼令我心煩？我又想起她漠然抽離的態度，彷彿她只是在引述從別人那裡聽來的一段故事。我甩甩頭，再度感覺到一陣微風、或一道冷空氣穿過廊道。她沒道理說謊呀。

我又聽見遠處傳來的聲響。心臟越跳越快，指尖傳來模糊的熟悉感。緊張症狀——醫師們都這麼說，應該是我父母過世造成的心理壓力所引起的。這股壓力就像有人直接掐住我的喉嚨，力道極為強勁，帶著懾人的力量。現在我才明白，以前我有多麼天真：以為離開英國就代表拋下過去的一切，以為只要拉開距離，就能驅散盤旋在過去的幽魂。我太傻了。我好氣自己，氣我愚昧無知。不論我再怎麼逃、逃得多遠，過去的幽魂永遠都會跟著我。天涯海角。

露西。她站在離我只有幾步遠的階梯上，仰望我，而我居高臨下俯視她。她探詢地望著我，眼神詭異，然後笑開來。「沒什麼好怕的，愛麗絲。」她說。語氣極有把握，聲音十足肯定。

露西把手伸向我，「來吧。我們去吃晚餐。」

頃刻間，僅僅數秒之前仍籠罩、威脅我的晦暗幽冥迅速消褪，直到我不再覺得自己是恐怖故事女主角，不再身陷附魔的城堡或無法逃脫的家族迷宮——我只是愛麗絲，而她是露西。從今以後再也沒什麼好害怕的。我感覺她握住我的手，手指與我十指交纏。我抓住她，一起飛快逃離這幢黑暗大宅，將大宅裡的所有幽魂暗影——想像中的也好、實際存在也罷——全部拋諸腦後。

酒館外頭似乎起了騷動，聲音越來越大：大概是爆炸。爆炸聲響倏地將我拉回現實。起初我以為是槍聲，以為自己感覺到子彈擦過皮膚的炙燙感；我想起摩洛哥各地爆發的騷亂與暴動，想起坦吉爾最近也開始蠢動不安，證明即使是坦吉爾也無法置身事外。約翰曾簡短提過，他以聽來好笑的口吻描述這件事：那天，當地人決定上街朝外國人經營的商店扔擲酒瓶；警方開槍還擊，當地人亦不甘示弱，遂拿起手邊所有能用的東西反擊並保護自己。後來傳出的消息指出，那場小規模衝突造成多人死亡，而死者幾乎全是本地人。當時約翰只是聳了聳肩、告訴我沒什麼好擔心的，表示這些無關痛癢的小叛亂最終都會粉碎平息。他信心十足。彷彿就連他——口口聲聲深愛坦吉爾的他——也沒能預見本地人誓言奪回獨立權、奪回坦吉爾的決心，拒絕承認這樁事件的重要性，拒絕接受獨立對本地人的生活與生存具有絕對必要的意義。

我朝肩後望去，看見酒館外的騷亂現場亮起一道閃光。無人喊叫或竄逃，只有歡聲笑語，只有慶祝賀喜的喧鬧。原來是煙火，我暗忖，本地人正在慶祝即將到來的獨立成果。這個念頭使我心底一陣刺痛，感覺深刻鮮明。我動了動，卻不慎打翻面前的酒杯；酒杯摔落在地、裂成無數尖銳、幾乎看不見的碎片，杯裡的琴東尼亦沾濕我的衣裳。

我尖聲呼喊、下意識站起來，這個突然的動作卻使得桌底下的狗兒發出疼痛哀鳴，迅速移出避風港——但是在牠移動之前，牠的利牙先一步有了動作：我突然的動作使牠一口咬上我的小腿。我低下頭，看見一道血跡沿著絲襪裂口汩汩流淌。這一幕令我頭暈眼花。「牠不是故意的。」我兀自低語，看著牠鑽出酒館。我蹲下來，幫忙撿拾玻璃碎片，卻依然頭重腳輕；酒保正朝著我惹出的這片狼藉大步走來，我困窘地紅了臉。我想起約翰，想起他方才憤怒陰沉的表情；我想到露西，還有她銳利、穿透的目光，她總是在觀察，總是在尋覓搜索某種看不見的東西，令我憂心發愁。這時我想我看見了——他，約翰，站在吧檯邊，只不過他並非獨自一人，也並非如他先前所言，跟查理在一起。然後是露西。她站在他身後，繼續觀察，窺探，注視。

我感覺到身下堅硬黏膩的地板——我昏倒了。起初是慢動作，然後越來越快，沒有一個人伸手抓住我。

4
露西

露天市場實在是個興奮刺激的地方。如迷宮般曲折複雜的彎曲窄巷，陰暗擁擠；攤商或坐或站，一袋袋一桶桶的商品鋪擺在他們面前。剛開始，我幾乎被市集快速流動的人潮帶著走；但後來，我刻意放慢腳步，決意一步一步穩穩地走。我停在這攤瞧瞧，又在那攤晃晃；先在這攤買幾克亮澄澄的綠橄欖，然後在那攤買一套熱騰騰且油膩膩的四角煎餅。我端詳掛在小攤前的串串宰雞，不若其他遊客對那股味道退避三舍，反而考慮起來，並開口討價還價，決定買一隻嚐嚐。我在一排衣著鮮豔的里夫婦女面前站定，或抓起珠球把玩，或挑揀一輪白色羊脂乳酪——我看過本地人如何食用，乳酪外緣還包著綠葉織成的繁複穗帶。

我已放棄那套正式日間外出服了。雖然看似還有不少僑居婦女仍偏好這類服裝，但我發現，在坦吉爾的烈日下，剪裁服貼的洋裝上身多所限制、不利活動，而裙襬更是不時與這座城市參差尖突的邊角糾纏不清。於是，我決定讓行李袋內的幾條七分褲重見天日（在美國家鄉，我還無法鼓起勇氣穿這種褲子出門），而那幾件素色襯衫看起來更有餘裕對付這裡的天氣。

我試過要說服愛麗絲，讓她跟我一起來，但她搖頭拒絕，雙手往凌亂的公寓一揮，暗示她得在約翰下班前把家事處理好（那些看似沒完沒了、永遠做不完的家務瑣事）。**妳去吧！**她說，**好好享受假期**。我又是皺眉又是懇求，但不用多久即明顯看出她無意讓步：面對我的殷殷敦促，她猛烈搖頭，緊抿雙唇直至蒼白無血色，再再顯示她十分抗拒帶朋友進城走逛的提議，甚至把洗衣、照管家務看得比前者更重要。

我邊走邊想著她——愛麗絲，想著她潔白可人、如百合般的肌膚，一看就知道她鮮少曬太陽，總是把自己關在公寓囚籠中。我想起昨晚她蒼白的臉龐：她被那頭討厭的小野獸咬了一口，暈倒在地上。接下來那幾個鐘頭，我們不得不找來醫生並瘋狂尋找疫苗，同時檢查有無任何腦震盪的跡象；而她卻越來越安靜，幾乎動也不動。在隨之而來的混亂中，我不得不將早先——愛麗絲遭咬傷前的那一刻——所目睹的一切，暫時擱置。

事情發生在約翰離座不久之後。

我抬頭，沒看愛麗絲、也沒注意手上的飲料，而是直直看進固定在我面前牆上的鏡子。鏡中，我看見他站在吧檯邊，凹凸不勻的玻璃扭曲他的影像；只是他並非獨自一人，身邊那位也絕對不是他先前宣稱的友人查理——那是個女人，濃密的深色長髮半掩著臉龐。**應該是本地人**，我心想，看著他的指尖在她臂畔流連，看著他推弄她的衣料。

我瞥瞥愛麗絲，她似乎沒發現這一幕；於是我又瞄了瞄鏡子，評估其角度位置，卻仍無法斷定萬一她當真抬頭看，是否會看見那兩人的身影。其實我有點想讓她看見這一幕。我想指著鏡中影像，逼她看清呈現在我倆面前、鐵錚錚的事實，但是直覺叫我按兵不動。它在我耳邊低語，告訴我時候未到，我必須等待正確時機方才向她揭露真相——我一度知她如知己，而那一刻，她看著我，臉上卻掛著我參不透亦不十分明白的表情。

我沿著曲折小徑穿過舊城區，一路前往大廣場，這處怡人的開放空間彷彿正靜候我的到來：綠意盎然，處處有鮮花、愛侶與人群點綴，還有退休來此僑居的長者在午後高溫下悠閒散步。數公尺外，一棟氣宇軒昂的大宅俯視眾生群像。**里夫戲院**，招牌寫道。大宅立面有些黯淡，飽經風霜。那些無疑曾漆上鮮紅、豔藍與銘黃的裝飾結構，如今風華褪去，埋在層層鋪疊、久積不去的塵土之下。戲院裡有家小咖啡館，桌椅四散在廳堂內，大門朝烈日敞開，屋外的人行道上也隨意擺了幾張桌椅。

我快步走過去，找個位子坐下。供兩人對坐的小圓桌抵著戲院粗糙的外牆，牆上貼著一張法國電影海報（我沒聽過片名）：照片中的小男孩站在一只紅色氣球底下。等候許久，女侍終於現身；當我發現這位矮胖、滿臉皺紋的女士能通法語，當下鬆了口氣。雖然我只知道幾個法文單字，卻也足以順利點餐；不出幾分鐘，她便掐著一只玻璃高杯回來了。她將熱騰騰的摩洛哥薄荷茶放在我面前，嚴肅的面孔倏地咧嘴笑開。

「Merci。」我用法語囁嚅道謝，動手調整玻璃杯的位置；但下個瞬間便迅速抽回手，訝異地輕聲嘶喊。我低頭看看手指，指尖已染上一抹明豔的粉紅。

「Attention（法語：小心），」女人笑著說，「il est chaud（很燙）。」

我頓時臉紅。「Oui, merci（好的，謝謝）。」每一本旅遊指南皆大肆讚揚飲用摩洛哥薄荷茶的種種好處，卻吝於提醒嘗試過程可能危機重重。我已習慣英式厚實的瓷器茶具，對這種極可能熔掉手指的薄玻璃杯毫無警覺。這種高杯沒有握把，真不知該如何才能把杯裡的飲料喝下肚。

「Lentment, mademmoiselle（慢點喝，小姐）。」

我回過頭，望向身後指點迷津的男聲。

「妳得耐著性子慢慢喝。」他站在咖啡館門口，既不在門裡也不在門外，手上沒有餐盤也沒端飲料，自信滿滿地倚在戲院牆上。我一眼就認出來，他是前天那個人──在市區咖啡館盯著我瞧的那名男子。

我微笑，回過身來，不確定該不該搭話。

他的左邊有位擦鞋工正在賣力工作，動作俐落地在客人兩腳之間來回移動；但我突然發現，他自己的鞋尖竟是對著牆、而非朝向前方。經過好幾分鐘的仔細觀察，我恍然大悟──這位擦鞋工顯然兩條腿都沒了。他之所以把鞋子轉個方向襬在殘肢之間，純粹是為了穩住身體重心。我繼續觀察他工作，看得出神：他先抹上鞋油，然後從腰間抽出抹布，以持續的專注力和激烈動作來回擦拭鞋面，處理一段時間之後才移向另一隻鞋，從頭作業。

我小啜一口薄荷茶。茶水已不燙口，漿液刷過舌面，甜味隨之爆開。

男人仍盯著我瞧。我能感覺到他慵懶之味卻帶著檢視的目光，試著從對街分析我、想看透我。忽一個細微動作，氣氛丕變——某種危險、充滿種種可能卻仍無以名狀的感覺漸漸蔓延開來。於是我等待，屏息期盼，已然開始揣想我究竟希望他別來煩我，還是假如他當真不來煩我，我會滿心失望。

「我是喬瑟夫。」他作了決定，走向我，伸手致意。我注意到他並未穿著傳統的摩洛哥長袍，但他絕對是摩洛哥人無誤。他一身炭灰長褲搭薄襯衫（扣子扣至領口、袖子挽至手肘），頸間繫著薄絲巾，頭戴棕色紳士帽——那圈紫色緞帶依舊，但我認為它頂不過烈日烤曬，已漸失光彩——帽子微向左傾。雖然他的裝束簡約樸素，卻給人一種衣冠楚楚的感覺；又或許是他的穿搭方式使然。那股輕鬆自信的氣質使他在眾摩洛哥男子之中顯得鶴立雞群；相較之下，他似乎比其他人更為沉穩、嚴肅。

面對他的自我引介，我只遲疑了一秒鐘——「愛麗絲。」這個名字就這麼輕易溜出唇畔，彷彿是真的一樣。

「歡迎來到坦吉爾，小姐。」他頓了頓。「這段假期，敢問您下榻何處？愛麗絲？」他把重音放在最後兩個音節，因此聽起來有點像愛—里絲。他問我問題，卻把眼神轉開、直盯著街區瞧；他的語氣輕鬆閒散、不慌不忙，好似在提問之前已演練多次。

「朋友家。」我回答，試著說得輕鬆愉快、毫無負擔，彷彿我經常回覆陌生人這類提問，彷彿我的人生總是遊走各地，從巴黎到開羅再到遙遠的東方。我任由這個念頭在心底生根固定——那是我和愛麗絲在許多年前一起催生的，至今我仍深陷其中；這個念頭在我心底蟄伏、醞釀多年，彷彿正等待釋放。有好幾次，我幾乎能感覺到它、感覺那份希冀的絕望；我好想凝視夕陽西沉金字塔，好想一嚐阿拉伯鹹蛋與荳蔻甜麵條。我想環遊世界、翱遊四海——而不是困在寄宿公寓狹小又令人沮喪的分租雅房裡，明白這一切永遠不可能實現。

「一個人在城裡探索，您不害怕？」他問。

我抬眼睨他，好奇他的意圖。

「我該害怕嗎？」我反問。

他誇張地一聳肩，「不過就去年吧，咱們這兒有個拿屠刀的瘋子在城裡到處跑。」

我瞄瞄前方的街道，判斷估量；「那，有人受傷嗎？」

「有，當然有。」他馬上回答。「那傢伙殺了五個人，另外還有五、六個人受傷。」喬瑟夫肯定看見我嚴峻的表情，因為他的臉色緩和下來，咧開大大的笑臉——不知怎麼著，我覺得這副笑臉比他先前嚴肅的面具更教人不安。「放輕鬆，」他勸道，把菸湊向嘴邊；「我是逗您的，愛麗絲小姐。」

我吁了口氣（這才意識到自己憋著氣），心裡仍好奇他這番話背後的動機。「所以……這事子虛烏有？」

他的笑容消失。「噢，不是的，是真有這麼回事。那傢伙被送進馬拉巴塔監獄之前，肚子還挨了一槍。不過您在此地絕對安全──我逗您的是這個部分。眼前沒啥好擔心的，愛麗絲小姐。」他向我保證。「您打哪兒來？」

「芝加哥。」我撒謊。

「芝加哥！」他喊道，同時皺起眉頭，「那裡可是世界上最危險的地方！我有個表親去過芝加哥，他說那地方非常恐怖，謀殺案多得不得了。您在這裡就不需要擔心這種事……」他頓了頓。「不過，如果您以為這裡是講道理的地方，那麼我認為我必須提醒您一句──您可能要失望了。」他短笑兩聲，「畢竟這裡仍是非洲呀！」他咧嘴一笑，笑容跨越他削瘦、黝黑的臉龐；「許多人都忘了這一點，以為這裡跟非洲其他地方完全不一樣。這說不定是真的，但也可能是假的。坦吉爾仍是非洲的一部分。不論是誰，只消查查地圖就會知道這是事實。」他轉回來盯著我，眼神意興闌珊；「所以，您這位朋友住在……？」

「普通公寓。」我回答。

他笑了，淺淺地笑。「是，但公寓在哪裡呢？」

我思索該怎麼回答，不確定自己願不願意分享這份資訊。這人隱隱散發某種無害的氣質，宛如另一隻可隨手揮開的蚊子；然而，問題的答案仍沉沉懸在舌尖，無法吐露。我既不怕他，也不擔心自身安危。我很清楚，像他這樣的男人沒什麼好怕的。我只是不確定，不確定我該提供哪些情報、不確定他能回饋我什麼消息，不確定我們是否只是徒然交換無用資訊。「出了市區的某個地方。」我勉強回答。「恐怕我沒辦法再提供更多細節了。畢竟我才剛來，也還不太熟悉這座城市。」

騙人。我們彼此心知肚明。我能從他閃爍的眼神、微微上揚的嘴角看出來，而眼前唯一的問題就只剩他會如何反應。他的腦袋往左一偏，再往右擺，好像在衡量我的答案，評估我的小小背叛。「那很好。」他終於開口。「除非妳只待幾天，否則住公寓總比住旅館好。如果只待幾天，旅館永遠是最好的選擇。」他看著我，等我接招。

「我應該會待上好一陣子。希望如此。」

他點點頭，顯然相當滿意。「所以您來這兒觀光？」

我點頭，「是的。我想應該是吧。」

「不是旅行？」他笑開。

我玩味兩者之間的差異：**觀光和旅行**。我並未真的去過許多地方，見識也不夠廣，所以我認為我應該比較像觀光客，而非旅人。然而喬瑟夫在說這兩個詞的時候，似乎話中有話——貶抑前者、暗示後者才是我該爭取的身份，不論我是真觀光還是假旅行。我掏出銅板，放在桌上。茶杯已然見底。「有差別嗎？」

「有，當然有。」

我立刻察覺自己說錯話了。但這也是他想要的答案，好讓他能堂而皇之地搖搖頭，嘲笑他眼前這個年輕天真的美國女人。他傾身過來，臉上掛著密謀者的賊笑，示意我靠近、靠近、再靠近。

「看得出來，您不熟悉鮑爾斯（譯註：Paul Bowles，以北非為背景的小說《遮蔽的天空》作者）的作品。如果您想了解這個地方的話，您得找機會讀一讀。」他好心囑咐。

「摩洛哥作家？」我問，完全沒聽過這個名字。

他大笑。「不是，他不是摩洛哥人，不過他在這裡待了好一段時間。我們還滿常碰面，也會打招呼。他算是熟人，也是鄰居，對我而言不單只是個有名的作家。」

鮑爾斯。我暗自記下這個名字，叮囑自己回頭記得在約翰那些一頁也沒翻過、四散各處的書堆裡找找，看看有沒有他的作品。有段時間，我自詡為古典文學專家——

特別是英國文學——但我得承認我對當代文學的認識極為不足，理由是當代作品始終無法引起我同等的關注。隨意給我一段描寫英格蘭曠野、或維多利亞時期倫敦暗巷的文字，我肯定如魚得水，舒心自在；但如果是新近橫掃全國的暢銷作家之流，我基本上可說是門外漢。

說不定，這就是喬瑟夫能提供給我的——帶我認識這個愛麗絲現在稱之為家的國度（不論這個稱呼有多勉強）。說不定，這裡有值得探索發現之處，我心想。

「我保證會找來讀一讀。只要有機會我一定拜讀。」我說。

「很好。這麼一來，您就會明白觀光和旅行有何不同了。到時候，咱們再來瞧瞧您屬於哪一邊。」他湊過來，遞上一根菸。「抽嗎？」

我遲疑了。愛麗絲不抽菸。這點區別似乎有遵守的必要，因此我端莊地搖頭婉拒。他聳聳肩，撇撇嘴，好似在暗示這是我的損失。而我也確實後悔做了這個決定——幾乎是立刻後悔了。我吸入芬芳煙氣，沉鬱如香。法國菸，八九不離十。高盧牌香菸。我已多少注意到，在坦吉爾不常聞到這種氣味。真想改變心意。但這麼一來，此舉將暴露我的部分心思，讓這名陌生人察覺我還不確定自己能不能信任他。看來我最好還是先假裝一陣子吧。

「我在海邊有一間工作室。我在那裡畫畫。」他沉思了好一會兒，突然開口。「請您務必光臨。」

「在海邊？」我復誦。我已落腳坦吉爾多日，雖知這裡是港都，卻鮮少望見海洋。真奇怪，我暗忖，這座城市竟有辦法將一個人吞沒得如此徹底。

「是的，就在哈法咖啡館旁邊。您曉得那個地方嗎？」

我搖頭。

「哈！」他喊道，「您也一定要走一趟哈法。坦吉爾的藝文人士都在那裡出沒。他們的薄荷茶是城裡最棒的。」他比比我的空杯。「還有景色——比這裡的風景漂亮多了。光是那一片大海就綽綽有餘。」

「聽起來很美。」

「確實很美。」他微笑，點了點頭。他的視線穿過裊裊白煙，看著我：「所以，告訴我，愛麗絲小姐。您想見識見識真正的坦吉爾嗎？」

我並未立刻接話。除了臆測他言下之意是不是自薦擔任導遊，我也懷疑這個主意是否明智——和這個男人一同隱身在這座我知之甚少的城市裡，而我對他的認識甚至不及這座城市。然後我想起愛麗絲，想到她因為懼怕而停滯不前，日復一日囚鎖在陰暗空間內，等待約翰下班返家。等待，我們倆都是，總是在等待。我甩甩頭，彷彿想把這兩個字甩出腦海，彷彿我能將這兩個字從我的字彙裡實實在在地挖出、清除。我的人生大半輩子都在等待。我浪費太多時間了。於是我點點頭——迅速、猛烈，直截了當表明我接受他的提案。

「摩洛哥是妳的家。」他緩緩說道，邊說邊細細端詳我的臉。「是的，是妳的家。現在妳也是坦吉爾人了。」

他發音的方式——他說*Tangerine*（即「坦吉爾人」）這個字的方式，在我聽來猶如說我是「桔子」（英文也是tangerine）。我微微一笑，將這個念頭印入心坎。摩洛哥是我的家。這裡可以成為我的家，我斟酌評斷。說到底，我還有什麼必須回去的道理？回到紐約最髒亂陰暗的街區、回到那間潮濕狹小的分租公寓？然後日日夜夜無止盡地敲打其他作家的手稿？在這裡，我想我應該可以寫出自己的文字，就像大學時代夢想的一樣——端坐桌前，鎮紙握筆——如同愛麗絲和我築夢的場景。如果這代表我必須把摩洛哥變成屬於我的地方，那麼我已經準備好了。

畢竟，現在我也屬於坦吉爾了。

5

愛麗絲

我沒問她這一天是怎麼過的，也沒問她和誰一起過。我沒問她在坦吉爾做什麼，沒問她為什麼來、想要什麼：因為，我仍然非常害怕聽見我可能得到的答案。於是，我微笑，表情怪異且勉強。我請她坐下來，告訴她，我這就去調兩杯雞尾酒過來。以前在班寧頓學院的晚間習慣復又逐漸成形。

這股安心感令我納悶：我們竟然這麼快就回到各自的角色，甚至已經感覺到那份舒適與自在。我為此忿忿不平。那晚在酒館試著捕捉的感受突然湧現，具體激烈，使我不得不這麼想：她真是非常謹慎、小心翼翼重新介入我的人生，絕口不提過去，不提她在那場明明白白橫亙於我們之間的悲劇中，參與了哪些部分。我不知道我期待她會怎麼說，我沒有把握，可是她不曾透露一句話、或給我一個眼神，沒有任何一件事能讓我判斷她是否回想起我們共度的最後那幾個星期，以及當時我們之間逐漸累積的緊張氣氛。

我感覺怒意漸漸萌生。我強迫自己專注於手邊的工作——剝檸檬皮。檸檬是兩個禮拜前買的，表皮已乾枯皺縮。

我站在廚房喊道：「我們晚上幾乎都這麼過。約翰總是有一場又一場的晚宴要參加。」

「那妳呢？妳不需要陪他出席？」她喊回來。

「不需要。後來我都不去了。」我想起最初幾個月，約翰介紹我認識的那些默默打量、神情冷漠的面孔。「剛開始我有去，但後來我發現那些場合都不適合我。坦吉爾似乎對某特定類型的人比較有吸引力。整體來說，恐怕我並不符合那些條件。」

她倚著窗緣，凝視窗外。我走進起居間，她回過頭，愁眉不展。「妳真的喜歡嗎，愛麗絲？我是指坦吉爾。」

我的臉火燙發紅。「噢，我不知道。我想，我還沒真正給這地方一個機會吧。又或者，至少約翰總是這樣說我。」

但我沒說出口的是：我常懷疑約翰這話到底有幾成是真的。而且，我甚至懷疑真相其實再簡單不過，那就是坦吉爾和我彼此並不合適；不論我給坦吉爾多少次機會，我們永遠無法投緣、接納彼此。從我極有限的了解來看，要融入這座城市並不容易：這裡不是隨便誰一來就能適應的地方，完全不行。我曾幻想這是一段過程、或者一場試煉，甚至是某種開端，唯有最勇敢的人才能生存下來。這裡是啟發人民、要求大眾起而抗爭的地方。這是一個所有人必須不斷調整適應、掙扎奮鬥、竭力爭取自己想要的一切的地方。我抬頭看看站在我面前的這名女子：這裡是為了露西這類人而存在的。

「我今天交到一個朋友喔！」露西開口，將我帶回現實。「他是摩洛哥人。我覺得挺不可思議的，不過他非常和善。當時我坐在里夫戲院的露天咖啡座——妳知道那地方嗎？」見我點點頭，她繼續。「我在那裡喝茶，他不經意發現我身旁沒有同伴；他提議要帶我逛一逛坦吉爾，還說他是藝術家什麼的。好像是畫家吧。」

她這番話再度使我臉紅，熱度逐漸往全身擴散。我身上的粉紅色連身裙拒絕向傍晚的炎熱屈服，依舊漿挺如盔甲。露西透露的訊息——她在坦吉爾結識的友人——莫名地教我心煩。突然間，我明確感覺到一絲羨慕和嫉妒在肚腹裡炙熱竄燒，額頭也冒出薄汗。「喏，」我把緊掐在指間的雞尾酒遞給她，然後快步走向沙發，希望她跟上——希望她忘卻方才提起的話題。「喝喝看。」我示意。她在我身旁坐下來，我立刻擔心她會察覺我身體散發的熱度。

「這是什麼？」她問，又挨近了些。

「我自己發明的。」我緊張乾笑兩聲，端起酒杯湊向唇邊；「打發打發時間。」

她謹慎小啜一口。我很清楚她嚐到什麼味道——甜味，像櫻桃。「那是石榴糖漿，」我說，「以前我在法國就很喜歡這個牌子。每次約翰去歐陸洽公，我總是要他記得幫我帶一兩瓶回來。」

「妳呢？妳常回去嗎？」她隔著杯緣打量我。

「回英國？」我搖頭，試著不去回想倫敦的味道——芳香又滯鬱，濃烈卻帶著霉味。我揮開這份記憶。在滿室靜默中，另一個念頭趁機閃現：「聽妳的描述，那人好像是尤瑟夫。」我說。

「妳說喬瑟夫？」

我搖頭。「不是，是尤瑟夫。他經常鎖定沒有防備的觀光客、誘騙他們。這人惡名昭彰，大家都認識他，唔，就算不是直接認識、至少也聽過這號人物。」

「也許喬瑟夫跟妳說的不是同一個人？」她挑釁地說，語氣比方才尖銳幾分。

看得出來，這則消息令她不安，她察覺自己似乎太輕易就上當了。畢竟，這比較像是我預期自己會犯的錯──我知道我太容易、也太常相信別人。這時，早先那股糟糕、略帶青澀的感覺又回來了，攪動我的胃腑，使我詭異卻欣喜地窺見露西出糗──竟然是她被別人的甜言蜜語給欺騙了。我發現自己捨不得罷手。「他頭戴一頂紳士帽，圈了一條紫色緞帶？」

她皺眉，點頭。

「那就是了。約翰說，他會拐騙觀光客跟他回小屋，然後塞給他們一堆沒用的垃圾，索取金錢。我記得以前還有一個女孩跟他同夥，佯裝是他女兒。」我聳聳肩。「本地人才不會跟觀光客說這種事。說真的，他們搞不好還覺得這樣很好玩呢。」

我還來不及往下說，前門就開了，約翰的聲音響徹整間公寓。「我只是回來拿幾樣東西，馬上出去！別理我！」

我把手貼在臉頰上，想利用手指的涼意讓持續了好幾分鐘的紅潮（似乎是因露西的失誤而起）盡快褪去。「我才跟露西說起尤瑟夫的事呢！」我喊道，想到約翰曾轉述幾樁跟尤瑟夫有關的惱人事件。我想起約翰前晚的大出洋相，我想讓他表現一下，讓她看見我眼中的他，證明他不盡然是那麼差勁的人，證明我並未把自己的人生搞得一團糟——證明我在那個細雨霏霏的夏日、在那間狹小的戶籍登記處答應嫁給他的決定，並非錯誤。

約翰嘀咕幾句，無從分辨他究竟只是應聲表示聽見了、還是表達他對這個話題感興趣，這促使我決定繼續說下去。我放下雙手，平復氣息，笑容定在臉上。「你曉得的呀！就是那個帽子上有紫色緞帶的男人？」我說。

聽見這句話，約翰從門口冒出來，滿臉亮涔涔的汗水。他走向吧檯，慷慨地給自己倒了一大杯琴酒，再甩幾滴通寧水。他連帽子都懶得摘。

「剛才我已經囑咐她要小心，告訴她他是那種會訛詐勒索的人。」我繼續。

「比較像是花言巧語、引人上鉤吧，親愛的。」

「噢，也是。」我的臉更紅了。「我用字遣詞總是不夠精確，」我轉頭向露西解釋，「約翰時不時會糾正我。我看我大概永遠都分不清楚吧。」

露西微笑，但笑容僵硬；而且我也注意到，每次只要有約翰在場，她的態度和舉止就會稍微不一樣。我迅速回過頭，「你跟她說嘛，」我語帶懇求，不由自主聯想到向父母撒嬌的孩子、或是向主人搖尾乞憐的小狗；「跟她說你從朋友那兒聽來的故事。那幾個工作上的朋友。」

約翰點點頭，轉向吧檯。他先熟練地調製第二杯，然後才娓娓道來。「以後妳會發現，這種事在坦吉爾挺常見的。之前，我辦公室有個人認識一對年輕夫妻，從美國來度假。他們就碰上尤瑟夫。起初只是閒聊，他們也覺得他人好、沒有壞心眼。說真的，這對夫妻還以為他是個**人物**、或是那種**熟門熟路**的傢伙——妳應該懂我的意思。總之，他們認為跟著他應該有不少好處，看看晚上會不會迸出什麼意外消遣。」他暫時停頓，做足戲劇效果。「於是呢，這個尤瑟夫帶著他倆回到他所謂的畫室，左彎右拐鑽進卡斯巴區治安較差的偏僻巷弄裡。那對夫妻不知自己身在何處，只曉得他們走了好久的路、並且完全失去方向感。後來，他們還沒來得及搞清楚狀況，赫然發現自己面前擺著一大堆堪稱垃圾的雜物。那地方烏漆嘛黑，而且除了夫妻倆和尤瑟夫以外，附近沒有半個人。

「他開口要錢，這不意外。他要求他們付錢給他，他才願意指點他們回旅館的路。這下好了，美國夫妻非常生氣，一毛錢也不想給，於是便自己找路回去，四處亂繞，想弄清楚走回卡斯巴區、或走回舊城區的路。但他們就是走不出去。天色越來越黑，美國太太越來越不安，所以最後只好妥協、付錢給他。他帶他們回去，但也只帶兩人回到認得的鬧區路上，而非旅館門口。美國人說，好，謝謝，現在你走吧，別來煩我們。夫婦倆開心往旅館走，走著走著——」

「這裡才是最精彩的部分。」我笑著插嘴。

約翰瞅著我。「愛麗絲，我看妳乾脆自己說不就好了？」他笑笑，似乎想緩和一下語氣，接著又連珠炮似地說：「我甚至不明白妳何苦硬把我叫到這兒來。看來妳並不需要我幫忙嘛。」

「不是的，不是這樣。」我悶悶地嘟起嘴（雖然不是故意的），再度縮進沙發；「你來說。講故事你一向比我拿手。」

約翰誇張地嘆氣，彷彿想進一步表明我——他愚蠢的小妻子——有多麼不可理喻。我甚至預期他會看向露西、搖搖頭，再轉轉眼珠子，嘀咕兩句他們倆都熟知的愛麗絲的壞毛病；但他誰也不瞧，繼續說，直接從被我打斷的地方接著講下去，彷彿剛才這段插曲不曾發生過。「兩人走著走著，大概走了一刻鐘左右，尤瑟夫這傢伙又出現了。他回來討錢——這次價碼更高，而妳絕對猜不到理由是什麼。」

約翰的短暫沉默暗示此時正是露西和我——兩名全神貫注的聽眾——應該出聲應和的地方；「為什麼？」眼見露西閉口不語，只好由我代言。

「他說他們應該付錢，是因為他答應不煩他們倆。」約翰倒向沙發，縱聲大笑。

杯中的酒液大幅搖晃，差點溢出杯緣；「妳相信嗎？這傢伙可真是膽大包天。不過，我得說妳不得不誇誇他：這傢伙實在非常有創意。」

「是呀，我想也是。」露西回應，但她的眼神可不是這個意思。

「倒是妳，妳為什麼對尤瑟夫這麼感興趣？」約翰朝我的方向瞥了瞥，咧嘴笑開；「怎麼著？難道是露西遇上他，被他的詭計騙了？」他調侃道。

「沒有，不是這樣的。」我緊張地瞄了露西一眼。

「是我碰巧提到，今天我遇見這個人。」看得出來，她正設法沖淡語氣中的寒意。「他看起來挺友善的。」她下了結論。

「友善？」約翰大笑。

「嗯，唔，有什麼不對嗎？」我詰問。約翰輕率的態度令我困窘。我原本只是希望能有機會改變露西的想法，讓她知道約翰沒那麼糟；如果他願意的話，他也可以是幽默風趣的人。無奈最後全走了樣——約翰刻薄傷人，再一次惹惱露西，於是我想我終究無能為力，無法說服雙方他們倆都是值得交往的對象。但話說回來，其實我不該覺得意外，至少不會太意外：露西和我過去總是形影不離，兩人自成一個世界，和其他人保持距離、或者被其他人排拒在外。這點倒是真的。

「親愛的，」約翰喊我，同時搖搖頭，「我說，花言巧語者不都是友善之人？」

看著露西怒瞪約翰，再看約翰狠狠回敬她、眼神睥睨嘲弄，我再次明白，我真的一點辦法也沒有。做什麼都沒用。

在班寧頓學院的第三年，一切都變了。

耶誕假期期間，我去東岸拜訪茉德姑姑。她每年都會來東岸幾趟，所以在她下榻的旅館吃一頓正式晚餐已成為我每次放假的既定行程。雖然她提議請司機開車送我回班寧頓，不過我仍堅持搭巴士回去。我出發的時間有點晚，而我已迫不及待想回到我房間、回到露西身邊，回到那個在我心中已定義為家的地方。可是幾個鐘頭後，當巴士停靠中途站，我感覺胃裡一沉——我們還沒出麻州，還沒跨過州界。我知道我的車票終點站是佛蒙特，必須在這裡換車；然而當我把整張臉拼命貼在窗玻璃上往外瞧，卻見公車站一片漆黑。

車子會來的。下車前，我詢問司機，他如此安撫我。「可是您瞧，」我緊張地瞥了瞥那黑漆漆的建築物，「車站好像已經關了？」

「車站六點關門，」他回道，「妳得在外面等。」

報。

我看看窗外，望進無邊的幽暗。外頭的氣溫逼近零下，而且今晚還發了大雪預

「可是票口的人什麼都沒告訴我——」我試著交涉。

「但我也無能為力呀，小姐。」他打斷我的話，「我還有一趟車要跑，沒辦法在這兒空等。」眼看其他乘客皆已下車，他指指車門，示意我照辦。

我點點頭，雖理解狀況仍茫然失措。

「自個兒小心點。」他喊道。車門在我身後緩緩關上。

於是我就這麼站在關閉的車站前面，兩手抓著手提箱，猶豫該不該把箱子放在積雪潮濕的地上。孤零零的街燈照亮我佇立的小塊區域，因此儘管我本人閃閃發光，然幾步之外，除了黑暗別無其他。我竭力保持冷靜，我的氣息在眼前噴發成一朵朵巨大、洶湧起伏的雲；雲霧化成濕氣，依附在頸間的圍巾上。

「嘿！」有人喊道。

我費力朝暗處瞧，不確定那個低沉嗓音是否朝我的方向喊。除了在街燈下粼粼發光的白雪，我什麼也看不見。

「對，就是妳！」那個聲音又說話了。

一抹人影走進我所在的小光圈裡。他很年輕，肯定只比我大幾歲；運動員般的高挑體格緊緊裹著軍綠色夾克，肘部皮墊磨得舊舊的。他拎著一只行李箱。

「要不要載妳一程？」

「我等巴士。」我回答。他左看右看，好似在暗示他懷疑這種時候哪還有巴士會來？於是我趕緊解釋，「大概還要再等兩個小時。」

他蹙眉。「我以為車站已經關了？」

「可是司機說……」語聲漸弱，剩下的話我沒能說出口。我四下張望，再瞧瞧眼前的男孩。

他回頭往肩後瞄了一眼。「我們有幾個人，打算合叫一輛車回威廉斯學院。」

我瞇起眼睛、想看清黑暗中的人影；但即使遠處還有別人，我一個也看不見。

「我得設法回班寧頓。」我說。「我是那裡的學生。」

「班寧頓？」他問，咧嘴笑開；「我聽過不少那所學校女孩兒們的趣事。」

我皺起眉頭，不確定該不該覺得受到冒犯。

「我只是開玩笑。」他趕緊解釋，彷彿已讀懂我的思緒。「而且——」他靦腆一笑，「我某種程度也算是那裡的學生。」

「怎麼說?」我再度蹙眉,「班寧頓是純女校耶。」我語氣尖銳,略帶防衛。我不知道他是不是在嘲笑我。

「我知道呀!」他大笑。「所以妳一定也看得出來,我不太適應那裡,這也是我幾乎都在威廉斯學院修課的原因。不過我真的是戲劇學程的學生。我是指班寧頓的戲劇學程。」

「噢。」他的回答令我暗暗吃驚。其實我跟班寧頓的其他女孩一樣,早就察覺學校似乎對當地的男學生開了特例,同意他們入校就讀——至少可以偶爾來聽課。這是班寧頓在一九三〇年代所做的決定,因為學校當局意識到,校方必須招募男學生才能拓展舞台劇的產量與製作能力。於是這成為本校戲劇系學生無窮盡的八卦來源,也讓她們有機會與敵校男同學融洽相處。只是我本人鮮少接觸戲劇的世界,而且,雖然今年是我進入班寧頓的第三年,但他卻是我認識第一個實際參加這項學程的男生。

「妳知道嗎,我覺得我應該見過妳。」他說,又一記靦腆笑容。

我搖搖頭。想到可能有人可能在暗中觀察我,我有點害羞。「應該沒有吧。」

他點頭。「是妳。妳跟另一個女孩。妳們倆總是在一起。」

我愣住。「露西。」

他微笑。「很高興認識妳，露西。」

我倏地臉紅，意識到這個錯誤——他的錯？還是我？我不確定——於是我連忙解釋：「不是的，抱歉。我不是露西。剛才我的意思是，你說的一定是我室友露西。就是你看到跟我在一起的那個人。」

「噢。」他點頭，不過他似乎對這番說明有些失望。他聳了聳肩，「總之，妳何不跟我們一起搭車回去？妳不能自己一個人待在這裡。這種天氣可不行。」他說。不過我認為，比起天氣問題，他似乎更擔心時間。現在太晚了。「我叫了車，也剛好要回學校，所以我可以順道送妳回班寧頓。」

想到時間這麼晚、天色又暗，而且在他——我的救星（至少看起來是）——出現以前，無邊的恐懼早已步步進逼……所以我只猶豫一下子就答應了（也許再久一點吧）。我跟著他走出我的小光圈（或是防護罩，我忍不住這麼想），分神思索我該拿什麼交換？用一個未知換來另一個未知？就在這時候，不過也才走了幾步路，便看見他說的那群朋友瑟縮在一輛計程車旁取暖。在車上，我們全擠在一起，身體緊貼彼此，其中一個女孩甚至被迫坐在另一個男生大腿上。這群人互相取笑、開懷大笑，起初我只是聽著，猶豫要不要加入：莎莉，在紐約某學院主修藝術史，計畫去威尼斯待一個夏天；安德魯打算繼承父親衣缽，成為英國文學教授。另外還有一個女孩（我想不起她叫什麼名字），她只是一逕微笑或大笑，方向幾乎都朝著安德魯。

再來就是我一開始遇到的那個男孩。他叫湯瑪斯，大家都喊他湯姆，而這會兒他似乎是朋友圈中最沉默含蓄的一個，總是認真聽他們說話，點頭微笑。計程車緩緩駛離巴士站，看著這個小團體之間的友誼——如此輕鬆又隨興——我莫名感到一陣刺痛。這種關係跟我和露西組成的那個不起眼又詭異的二人拍檔截然不同。相較之下，我和露西的組合突然顯得古怪又孤離。

剛開始，我覺得這種親密感令我興奮又激動；但隨著時間慢慢過去，我漸漸有種感覺：不論我跟露西分享哪些資訊，她總有辦法全盤吸收，卻不回饋、不透露半點她自己的故事或來歷。起初我歸因於羞怯，說服自己她只是跟我一樣，不太習慣和別人朝夕相處，但她最後總會克服羞怯、展現自信的——剛開始我是這麼告訴自己。我只需要保持耐心就行了。後來，聖誕及新年假期來臨，我們各自返家度假又再回學校，然後再一次分開，回家過暑假。即使如此，關於這個女孩——比我認識的任何人都還要與我熟稔、知曉我所有大小祕密的女孩——我對她的認識仍極為有限。

但我旋即糾正自己：不對，露西不是**女孩**，她是**女人**。她的衣著打扮、舉手投足、就連走路的姿態皆女人味十足。對此，我總暗自認定這是失去童貞使然，彷彿交媾能瞬間賦予一個人成熟的氣質，彷彿單單那一個舉動就具有某種力量，能消弭自青春期伊始、盤據在多數年輕女孩心中的不安與憂慮。當然，這全是無稽之談。我深信露西連接吻的經驗都沒有，但她擁有我嚮往的衣著品味、舉止、步姿儀態，總是充滿自信、沉穩自持，彷彿她百分之百完全知道自己是誰，肯定自己的存在。

豔羨，覬覦。相當獨特的一組詞。我在閱讀霍桑或其他美國早期、清教徒時期作家冗長乏味的作品時，經常想到這兩個詞。某次我在準備一篇論文作業時，曾經翻辭典查找這個詞的意思，釋義如下：錯誤、過度或者未考量他人權利的異常渴望。書上還有其他解釋，以及更多同義詞，但它們全都指向或表達同一件事。不過最後留在我心裡且始終跟著我的，還是最初查到的那一句：錯誤的渴望。

這句描述美得詭異、卻又可怕地精準，使我深受震撼。

我常在想，我對露西的感覺，可能跟覬覦很像。一種比普通友誼更強烈、使我越來越難以承受、甚至極可能帶著毀滅力量的感受。有時候我甚至覺得，與其說是我想交這個朋友，倒不如說是我想變成她。這兩種感覺十分強烈卻又完全對立，持續交融糾結，直到我再也分不清、參不透。我豔羨她活得如此輕鬆自在，我渴望這份特質，覬覦她的存在方式。我也想跟她一樣。有些時候，我覺得自己幾乎做到了——在她淡然處世這份態度的鼓舞下，我終於能夠抵抗這個從小就覺得冷酷殘忍的世界，終於能夠承受那份焦慮、那片總是揮不去的陰影。不過也有些時候，我覺得我一步都不想離開她，認為我的整個存在皆維繫於與這個人的緊密連結。還有些時候，我恨她。我厭惡自己、也憎惡她。我討厭這份依賴，討厭我們互依共生的關係；然而在我最悲慘晦暗的日子裡，我甚至懷疑這份關係是否真實存在。懷疑我是不是該給予、付出什麼，而我換來的（她給我的）不過是一份依靠，沒有太多實質助益。近來，我經常為這份關係的不自然、不尋常而痛苦煎熬，因為我從來無法完整解釋這層關係，甚至對我自己都說不清。此刻，我坐在計程車上，身旁圍繞著這群輕鬆、無憂無慮的朋友們，我再一次強烈感受到那股需要——我必須在它全面、徹底擊垮我，在我再也無法承受以前，釐清我和露西的關係。

由於湯姆的朋友不願棄他一人不顧（不忍他孤伶伶地從佛蒙特返回麻州），所以大夥兒繼續擠在車上，靜靜陪我完成最後一段旅程。

車子才剛抵達班寧頓，我立刻萌生一股近似惋惜的感覺：我終於還是得跟他們分開了。我沮喪地意識到，原本期盼回到自己房間、回到露西身邊的念頭，此刻已黯淡無光。

「等等！」

我轉身，看見那個外套肘部有皮墊的男孩——湯姆，我提醒自己——向我跑來。他傾身，抽走我緊握的行李箱；「我幫妳拿上去。」於是，他陪我走回宿舍，確認我平安抵達，還幫我把行李擱在床邊地上。他左顧右盼，定神觀察。我好奇這間房在他眼中是何景象：我床上那襲粉紅混雪白、幼稚得無可救藥的羽絨被（那是茉德姑姑為了慶賀她的被監護人長大成人、遷入新居而買的。但她的好意卻出了差錯），還有我為了裝飾我這一側的房間，徒勞地釘在牆上的幾張素描畫。然後，他的視線停在露西那邊的地圖上，仔細端詳（至少看起來是這樣）我們用圖釘標記的好些地方。那是我和露西在入學第一年相當熱衷的遊戲，十足傻氣；當時，這份友情的新鮮感使我們以為一切都有可能。

最後，他走向我貼在梳妝檯上方的一排照片。

那年秋天，我一時興起，選修了一堂設計課。課程的指導老師是一位職業攝影師，每週有幾天會來佛蒙特，其餘時間都待在紐約市。在幾位熱衷攝影的學生積極遊說之下，老師在班寧頓設立了一間暗房，供學生勉強湊合使用。我從英國帶來的東西很少，但其中之一就是母親留下的老相機，只是我從來也沒想過要認真學會怎麼用就是了。然而，就在暗房成立之後不久，我開始每天泡在裡頭好幾個鐘頭，陶醉在顯影、沖洗相片的喜悅中，彷彿我終於找到屬於自己的特質，徹底不同於和露西在一起時的那個愛麗絲。這種經驗相當不尋常，使我終日糾結的肚腹得以舒暢伸展；因此，有些時候，窩進暗房使我感覺充實，彷彿這項新知、這門我或許有能力勝任的技能，不時賦予我充足的養分。

我感覺心跳越來越快、等他開口評論——就在這時候，門開了，露西衝進來：「妳回來了！」她上氣不接下氣，「我好擔心，我剛去問巴士站，他們說——」她停下來，轉過頭。

湯姆微笑，點頭致意。

「露西，」我開口，「這位是湯姆，我的英勇騎士。今晚多虧有他幫忙。」然後我把整段故事說給她聽，語氣急切又緊張，卻令他們倆有些困窘；而我每每講到喘不過氣，也令兩人微微驚訝。露西皺著眉頭聽我描述，待故事說完，她依然沉默不語。

我們——我們三人——杵在房裡，意識到有什麼東西改變了的詭譎氣氛在四周奔流湧動。但後來，我懷疑湯姆是否察覺到那股氛圍、又或者那並非我和露西獨有的感受——不過這又是另一個足以定義我和她這對古怪雙人拍檔、定義我們之間的「常態」的奇怪實例。

而這也是我頭一次發現自己急欲擺脫這種關係。

突然間，不再只有「我和露西」了。

除了我們倆，還有湯姆——但我很快就發現這詭異的三人組合是行不通的。起初，我卯足全力想撮合大家：有一次，教授出了一項作業，要我們學會使用攝影機。考量攝影機的重量（絕非一人雙手所能承擔），於是我邀請露西加入我和湯姆，一起拖著笨重的機器在校園裡到處跑。湯姆自嘲說他既是攝影的主角（subject），也是奴才（subjected）。但露西只陪我們拍過一次。那一回，我們花了近一個鐘頭才把機器拖至學校邊陲、來到我們戲稱為「班寧頓盡頭」的狹長地帶。那塊地方在學校大門附近，地勢低窪且起伏不平，路不好走，甚至相當危險，跟「世界盡頭」完全不同。

「要是有哪個倒楣鬼不小心把車開進這裡，我絕對同情。」湯姆邊說邊回頭衝著我們笑。他倚著欄杆，等我架好攝影機、準備開拍。

露西僵硬地站在一旁，楞楞瞪著樹林。不論我怎麼求她、拜託她也讓我拍幾個鏡頭，她始終不發一語；於是我懷疑，她說不定壓根沒聽見我說話。

後來，在走回校園的路上，湯姆也試著向她搭話，聊文學、聊她修習的課程。「我很羨慕妳們有海曼教授這樣的老師。」他說。「要是有機會修他的課，我肯定不會放過。妳修過他的課嗎？」

她側頭看他，眼神冰冷嚴厲。「沒有。不過話說回來，我想我寧可選修他太太的課。」

自此之後，湯姆未再多說一句。

這件事過後不久，我試著找她談一談，想化解逐漸瀰漫在我們之間的不自在。但她只是別過頭，面無表情或甚至謹慎防衛。我懷疑她是故意懲罰我，懲罰我和湯姆在一起，懲罰這段不僅沒有將她包含在內、甚至常常令她一人孤單寂寞的關係。雖然我心懷愧疚，但她這種古怪舉止卻令我困惑；如果情況倒轉過來，我想我不會表現得如此冰冷無情。

「她這人有點怪。」某個暮春傍晚，湯姆和我躲進世界盡頭，躺在大草坪上等待落日西沉。

「噢，別那麼缺德！」我抗議，推推他的肩膀，依然堅定捍衛我的古怪室友。我的確不太能容忍她的行為，我可能和湯姆一樣，都因為受到冒犯而尷尬困窘；不過話說回來，我還是無法不為她難過——她得一個人窩在圖書館、度過那些漫長的午後時光，還有我們保持距離，在沉默中度過的每一個夜晚。

「我可沒有！」他笑著拉近我，「我保證不會這樣。」然後他突然安靜下來。我趴在他身上，感覺他的胸膛起伏，聞著他獨一無二的味道——某種融合陽光和沙灘、有點像剛洗好的衣服晾在屋外一下午的味道。我挪近一點。「只是，」他開口，「我覺得她看妳的方式有點奇怪。」

我皺眉。「你在說什麼啊？」他並未馬上回答，於是我抬起脖子、轉頭看他；「她是怎麼看我的？」我要他回答。

他別開視線，似乎有些困窘，好像在猶豫要不要明白說出來。「我不知道。我……我不知道該怎麼解釋。」

「試試看嘛，」我催促，渴望知道答案。

但他只是一逕沉默不語。

我轉回來，突然打了一記寒顫，於是我也安靜下來。雖然抵著他溫暖的胸膛，但我卻有種感覺，彷彿從此再也無法暖和起來。我和湯姆一起凝視遠方，看著夕陽緩緩落下。

認識湯姆一個月之後，我的東西開始莫名消失。

起初都是一些小東西。譬如突然找不到唇膏，某條項鍊突然消失、卻在幾天之後出現在我確定已經找過的位置，或者洗衣籃裡冒出一條我不記得拿出來用過的圍巾。剛開始我沒有多想。但後來，當我意識到應該就是露西拿走的時候，我也以為那只是一般姊妹相處的方式——無須先問再借，共用衣櫥和首飾亦是不成文的規矩。

但是在五月初的某一天，我走進房間，意外發現她站在鏡子前——身上穿著我的衣服。我震驚地猛眨眼。這回不只是一件單品（圍巾或毛衣），而是全身上下、從頭到腳都是我的：我認得那件衣領像小飛俠彼得潘、布料點綴小圓孔的象牙白洋裝，還有姑姑去年買給我的鑲珠淑女帽。露西站在鏡前，腦袋微微斜向一側，望著鏡中影像同時拉扯腰線，調整合身度；無奈那件洋裝太過服貼，好似在試穿自己小時候的衣服。

整整過了好幾分鐘，她的視線才終於對上我，意識到房裡不再只有她一個人。

「抱歉……」她連忙摘掉帽子，臉龐迅速染上一襲深紅。

「沒關係，別道歉。」我試著擠出笑臉（但我懷疑我失敗了），想化解這一刻的不自在。最近，我們相處的時間不多（我不是窩在暗房、就是跟湯姆在一起），這份疏離似乎使得眼前這一刻更為詭異，教人心緒不寧。「只要妳想穿，隨時都可以借喔。」我迅速補上一句。

儘管我這麼說，她仍急著脫下衣服。她把帽子擱在我床上，我覺得她毋寧說是尷尬、反倒更接近憤怒。她匆忙撩起洋裝往上拉，那股勁道使我擔心縫線可能因此扯裂——這一切都在數秒之內完成。當露西再一次穿著她自己的衣服、站在我面前，我感覺她臉色發亮，散發某種我無法解讀的情緒。

後來，我覺得還是忽視這段插曲比較好，遂背過身去、拉開椅子，動手整理桌上的書本，整理完又再整理一遍，直到房裡的緊張氣氛逐漸沉澱、消散，最後彷彿什麼事也沒發生過一樣。

但是，就在兩星期後的早晨，她著裝準備出門時，我被她手腕上緊扣的飾物給嚇了一跳：那是我母親的墜飾手鍊。那條細緻銀鍊一度光潔閃亮，此刻卻已黯淡無光。

當然，這條手鍊並非無價之寶，但我依然將其視為我最重要、最珍貴的所有物之一，這點露西十分清楚。當年，母親過世後，我曾經花好幾個鐘頭細細研究手鍊上的飾物：一對兩小無猜的人偶（紅色的是女生，藍色是男生，兩人準備去滑雪），一只泡泡糖扭蛋機（裡頭有各種顏色的小珠子，充作糖果），還有一把小提琴。每一件我都萬分熟悉。我牢牢記下所有精細繁複的細節，尤其是當事實真相（也就是我再也無法看見母親戴上手鍊）狠狠壓在胸口，令我喘不過氣的時候。

看著那些小吊飾垂掛在露西手腕上，我的心臟開始劇烈跳動，視野也出現點點亮斑——就像發出耀眼光芒的閃爍星子，爭相搶奪我眼前的世界。我用力眨眼。我告訴自己她不是故意的。她肯定是忘了我曾經告訴過她，那條手鍊對我而言有多特別、多重要。我抑制紛亂的思緒，試圖回想在我們共同生活的幾年中，所有跟這條手鍊有關的動作或對話，就算只是簡單提及也好；但我的記憶實在太模糊，腦子混亂又迷惑。

「下次妳如果能先問一聲的話，我會非常感激。」這句話就這麼溜出唇畔。我嚐到苦澀的味道，趕緊嚥下去。

露西停下動作。她一手拿著筆記本，另一手——戴著手鍊的那隻手——自然垂下。她好一會兒沒答腔。「問什麼？愛麗絲？」最後她說。

我轉頭看她，暗暗斥責自己何必緊張？畢竟那條手鍊是我的、一度屬於我母親，而且還是她留給我的少數幾樣遺物之一；要求露西在從我的珠寶盒取出手鍊之前，必須先徵得我同意，這件事並不過分。我如此告訴自己。「其實沒什麼大不了的，真的，」我感覺熱氣灼燙我的臉頰，「反正就只是條手鍊而已。我真的不介意。只是……下次麻煩還是先跟我說一聲吧。」

露西繼續用那種不明就裡的怪表情盯著我。此時她已握住門把，但姿勢定住不動，好似她無法決定是要回應我的請求、還是她壓根不願放下身段回答我，打算直接走出房間。最後，她放開門把、垂下手。「我不明白。」

「我……我的手鍊。」我說，第一個字甚至還結巴了。我指指她的手腕。

她輕輕一笑。「愛麗絲，」她說，「別犯傻了。」

她盯著我，黑眼眸怏怏直視我。在她的注視下，我下意識地扭動，彷彿我才是那個做錯事的人，彷彿那條偷來的手鍊此刻正掛在我的、而非她的手腕上。

「什麼意思？」我問。

露西抬起手臂，對我亮出手腕側面——不讓我看見懸著吊飾的那一邊。「這條手鍊？」

「對。」

她蹙眉。「愛麗絲，這不是妳的手鍊。」

我愣住。「妳在說什麼啊？露西？」

她放下手臂。「我說，這是**我的**手鍊。」她倏地轉身，而她的話語傳到我耳邊時，已經因為我們之間的距離而扭曲失真。「事實上，這是**我媽媽的**手鍊。」

我張口欲言，復又闔上。我不知道該說什麼。我搞不懂了。我想說：**不對！那是我媽媽的手鍊**——或許我真說出來了，只是聲音聽來濃濁又遙遠，彷彿出自他人而非我本人之口。露西繼續擺出奇怪的表情、眼睛瞪著我，所以我無法確定她有沒有聽見我的話、又或者我到底有沒有把這句話說出口。

她跨一步走向我。「愛麗絲，妳還好吧？如果妳不舒服，我可以請學校護士過來看看。」

驚惶感倏地升起、傾頭罩下，打得我無力招架——我想起她最近幾週的奇怪舉止，擅自穿我衣服的不愉快插曲，現在又發生這件事。我好想對她大叫。我想衝上去、把手鍊從她手上扯下來。可是她們會相信我嗎？我納悶，旋即下意識質疑我口中的**她們**又是誰？說真的，像這樣的問題我又能找誰說？有誰聽完不會哈哈大笑、掉頭就走？這一切聽來實在太荒謬太可笑了，我自己也明白。對於手鍊的來歷，兩個女孩交代的故事一模一樣（兩人都表示手鍊是過世母親留下來的遺物），這幾乎不太可能；但這種事除了荒謬，還有什麼詞彙好形容？

那就是她想要的。

我腦中突然閃過一個念頭，雖看似可笑、也難以置信，但我告訴自己，事實肯定是這樣，也只會是這樣；因為除了**沒有其他理由**，我找不到其他任何理由。要不是為了這唯一可能的結果，她何必聲稱那是**她母親**的遺物呢——因為她想把我逼瘋。

她知道我的過去。在我倆友誼萌芽的最初幾個月裡，我曾對她說過一次，描述我在雙親猝逝後的那段日子，以及那些幽暗魅影如何徘徊不去、導致茉德姑姑甚至考慮把我送進一處永不見天日的地方。我還告訴過她，其實這些幻影仍不時來騷擾我，使我偶爾會懷疑自己的思緒、記憶是否正確。

如果我不曾片刻懷疑（即使這個念頭只閃現短短一瞬間）——懷疑手鍊其實是露西的，而我不知怎麼搞混了、誤認為是我的，把一位母親的遺物當作是另一位母親的遺物——那麼我就是在說謊。

但，不是這樣的。我告訴自己。我抬頭看她，觀察她困惑質疑的表情。

手鍊是我的。我很確定。

我的臉頰彷彿就要燒起來，但這一回並非肇因於困窘或緊張；「別這樣，露西。」我低聲懇求。

她輕輕嘆息。起初，我以為她準備退讓，坦承不諱，表示這只是某種低劣的惡作劇。但後來，她的表情變了：眼睛瞇成細縫，整張臉突然變得刻薄惡毒。「恐怕我們得晚一點才能把事情搞清楚了。待會兒我有課。」說完，她就走了。

那晚，露西外宿未歸。

那是我頭一次獨自睡在我們的寢室裡。房裡突然少一個人、且全然寂靜，使我不由得繃緊神經。過去我不曾留意的陰影在牆上橫越起舞；深夜，我被某種尖厲聲響驚醒，過了好一會兒才明白那只是樹枝摩擦的聲音。我的心臟又開始怦怦狂跳。我又聽見某種詭異低嗥，聲音大得足以蓋過幾秒鐘前才嚇得我心驚膽戰的其他聲響。

夠了！我斥責自己。**妳已經是大人了。妳一定有辦法獨自熬過這一晚。**但事實是：這是我有生以來首次單獨過夜。以前，屋裡總是有人陪我，先是我爸媽、後來則是我姑姑。我也知道在房門之外的宿舍裡還有其他女孩，但不知怎麼著，整棟房子感覺就是空的，彷彿我極有可能是唯一留在這屋子裡的人。我甚至一度擔心這說不定是真的。或許我剛好錯過緊急演習什麼的。我探看窗外，不知會不會看見好些女孩子站在樓下，在寒冷的夜風中擠成一團取暖。但窗外半個人影也沒有。即便如此，我仍無法說服自己相信，在這幢老木屋的片片隔牆之內，我並非徹底且完全孤獨的存在。我豎起耳朵，搜尋其他女孩的聲音，聽探除了樹枝持續發出怪異、淒厲的聲響之外，是否還有任何音響？

沒有。

或者，其實是有的？

從某個時間點開始，我隱約感覺到某種存在。我的心跳宛若擂鼓，熱氣衝上臉龐。以前，露西是我的屏障、我的盾牌，擋在我和其他一切事物之間（因為有露西在的時候，這一切不曾發生）；但此時此刻，我孤單一人，無力防備。我緊緊縮在床角，好讓身體能靠在冰冷的窗玻璃上。我緊閉雙眼、屏息不敢呼吸——即便如此，我仍持續聽見呼吸的聲音。**這不是真的**，我告訴自己，但這句話效果有限，無法安撫亦無法消解有人正在窺視我的感覺。房裡不只我一個人。

那晚我睡得不多。若是小說故事，女主角通常輾轉難眠，驚懼地表示她們無法保持鎮定、徹夜安眠。但我並未翻來覆去。相反地，我自始至終都不敢動，幾乎可說是**全身僵直**，彷彿我命懸一念——我的性命能否保全，端看我的身體能否安靜不動。這種狀態持續了好幾個小時，我因為費勁使力而渾身冒汗；我睡睡醒醒，無法感知究竟過了多少時間。我的身體浸浴在濕氣中，若伸手朝胸口一抹，定能感覺濕意沾附掌心。後來，待第一道曙光鑽透窗帘，這份恐懼才終於逐漸消褪。然我並未靜待白晝降臨。我掀開被褥，彷彿這個動作能加快黎明的腳步，因我已受夠黑夜；儘管如此，我仍留在床上，因為少了露西的存在與指引，沒有她為我標記時間，我不曉得該去哪裡、該做什麼。她總是比我早起床。我總是等到她踏進洗手間，方才起身下床。沒了露西，我停滯、拖延，躺臥等待。

前夜的獨處使我睡眠不足，雖然我執意想保持清醒，意識仍逐漸渙散。我的眼皮緩緩垂下，呼吸越來越慢、越來越沉。我甚至能感覺自己墜入夢鄉，無力抵抗夢境溫柔、堅持的召喚。

我驚醒。心臟怦怦狂跳。

起初，我不確定我是被什麼驚醒，但我旋即意識到她的存在。我半閉著眼假寐，看著她將罩衫上翻、扯過頭頂。她站在我面前，僅著胸衣內褲長襪和吊襪帶（而非緊身搭）。茱德姑姑不顧我的抗議，堅持要我買緊身搭：妳生來纖瘦，但也只是現在，她告誡我，未來等妳結了婚、生幾個孩子之後，妳會很高興自己選了它。我發覺我不曾見過露西未著寸縷的模樣。這好像有點奇怪，畢竟我們都一起生活了好幾年，但我卻沒見過眼前這般的她；不過，我知道我自己也會盡量避免這種情況。我會等她離開房間以後再換衣服，或者衝進浴室，匆匆套上當天的外出服。露西潔白無瑕的肌膚令我驚豔。她膚色蒼白，這點從她的氣色就看得出來，但是看著這份蒼白往下延伸至身軀，又是另一種感覺。她的身體彷彿會發光。於是我深信，就算在漆黑無光的室內，我也依然能找到她。

我突然意識到此刻的她有多麼……赤裸。她的胸衣和內褲都是白色的，儘管深淺不同，但樣式都屬簡單樸素：內褲是素面的，褲腰有一圈蕾絲，剛好貼在肚臍下方；胸衣的裝飾也少，僅於罩杯間鑲了一朵小花——我的視線停在這個位置好一會兒，驚訝她勻稱的比例（看起來比我豐滿許多）、也訝異她是怎麼把這對豐腴胸房藏在衣服底下的。我扯開視線，回到她臉上。「露西。」我喊她，直起身子坐好；這兩字猶如耳語，太過輕柔，違背我的本意。「露西，東西在哪裡？」我問她，盡可能讓語氣聽來堅定、有力。

露西低頭看我，皺起眉頭，「什麼？」

我深深吐出一口氣。「手鍊。」

「什麼手鍊？」她問，搖了搖頭。

「我母親的手鍊。」我明確說出來。

她聳聳肩。「應該在房間哪裡吧。上次妳戴過之後，我就沒再見過它了。大概有一星期了吧？」

我原本計畫要說的話，我悉心準備、從她離開至今的幾個鐘頭不斷反覆記誦的說詞，瞬間蒸發──我還來不及具體說出口，這些話語即化為縹緲，消失不見。我奮力想理解到底發生了什麼事：彷彿前一日、彷彿我們先前的對話全都不曾發生，就好像──我不敢往下想，全身打寒顫──好像一切全是我自己想像出來的。我看看我的室友，尋找蛛絲馬跡──什麼都好，只要能證明、證實她曾經做過那樣的事，而現在依然在做同樣的事就行了。但我什麼也找不著。她的表情真誠，語氣真摯，彷彿她當真不明白我在講什麼，彷彿她真心為我擔憂。

我才不相信。

我的思緒竟藏著如此激烈的憤怒，嚇了我一跳；那一瞬間，我甚至擔心我把這句話給說出口了。我甩甩頭，定下心，守住原則，提醒自己我知道什麼才是事實真相：是她拿走手鍊，為了湯姆、為了我沒有多花時間陪她而生我的氣。但是，這理由也未免太奇怪、太惹人心煩了。我不懂自己怎會冒出這種念頭。

「我，我也不知道。」我期期艾艾地說。此刻我腦筋打結，跟不上眼前的情勢發展，只能擠出這句話，只能抓住我唯一得出的結論：我不知道。

露西皺起眉頭。「別擔心，愛麗絲，」她揚起嘴角，「我們一起找。我答應妳。」

然後她伸手環住我，這個動作比我們過去對待彼此的舉止還要親暱許多，而理由不單是她此刻僅著內衣褲——因為，真正毫無遮掩、赤裸裸暴露在對方面前的人是**我**：我的缺點、我脆弱的心緒皆無聲攤開在她和我之間。我實在不願意再想起過去，想起父母猝逝後的那段日子；但此時此刻，那段記憶似乎就這麼硬生生衝向我，無可否認、無從躲避，是以我別無選擇，只能抓住它，再次面對。

我仍僵著身子。在那個當下，我不確定我該相信什麼。最後，我終於抬起手臂，緊緊抓住她——太緊了，我知道，可是我突然好害怕就這麼放開她，放開這個完完全全知曉我每一個祕密、並且永遠不會因此評斷我的人。

於是我就這麼依附著她，深怕結束這個不尋常的擁抱。

6 露西

幾天後，我跟尤瑟夫在先前約定的時間碰頭，地點是坦吉咖啡館。他倚著牆，咧嘴一笑：「準備好了嗎？」

我報以微笑，準備出發，把旁人的警告和閒言閒語全扔一邊去。我認真想過了：尤瑟夫給我的感覺比世上其他初相識的陌生人都還要熟悉許多。我們——他和我——都是旁觀者，都是邊緣人；我是因為出身，尤瑟夫則是環境使然。他和我之間交流著某種情感，即使不如我和愛麗絲共同感受到的親暱那般強烈，至少也稱得上互相理解。當然，我對他仍懷有戒心，仍謹慎應對，但我信任彼此相異相吸的特質——相信那條將我們緊緊繫在一起、無視周遭世界的連結線（或者這才是原因）。

我們一路遠離喧鬧市區，狹窄混亂的街巷逐漸轉為綿長、蜿蜒的曲徑。路上行人不多，三三兩兩；我倆沉默前行，氣氛友善。雖然我理當滿足地任思緒自在遨遊，但我卻轉向他，開口問道：「所以你的名字是尤瑟夫，不是喬瑟夫？」**喬瑟夫**？**尤瑟夫**？自上回見面以來，我多次反覆思量、玩味箇中差異，納悶這兩個名字是否完全相同，只是互為表裡、或一個源自另一個？我無法確定。事實上，我沒辦法百分之百確定，當初他自我介紹時用的是哪一個名字、而哪一個又是愛麗絲提起的名字。在我心裡，他已經是**尤瑟夫**，但那也可能只是我自己的投射，試著在他身上灌注比較吸引我的感受力、特別、且充滿**異國風情**的印記。

他聳了聳肩。剛出發時，他點了一支菸叼著；這會兒他夾住菸身，深深吸了一口。顯然，他那黝黑且生著老繭的手指無懼於落在指頭上、依然灼燙的菸灰。「這很重要嗎？」

我蹙眉。**重要嗎**？我在心中反問自己，不再確定這個問題是否真的重要。「畢竟是你的名字。」我微微抗議。

「我們，所有的人，都有好幾個名字。」他答道。

我瞇眼瞟他。「什麼意思？」

「丈夫。父親。兄弟。」

「那些是稱謂，不是名字。」我反駁。

他再次聳肩，顯然不在意兩者的差別。「坦吉爾也擁有許多名字。最早叫『坦姞』（Tingis），」他頓了頓，伸手取菸，「後來法國人喚她『坦婕』（Tanger），西班牙文叫『丹婕』（Tánger），而在阿拉伯世界裡，她是『丹亞』（Tanjah）。所以，妳瞧，坦吉爾也有好多不同的名字。或是稱呼。但全都是她。」

我好一會兒沒說話。「所以你有時候叫尤瑟夫、有時候叫喬瑟夫，沒有特定偏好？我是說，就像這個城市一樣？」

他微笑肯定我的詮釋。「是的，就像她一樣。」

我小心翼翼移向懸崖邊緣，低頭垂望。底下有幾對情侶，四散各處，有些在我們左邊、有些在右邊：有人駐足遠眺大海，有人解開布包、攤開野餐食物（我看見麵包和起司，還有幾份水果）；有披掛著尼卡布罩袍的女子，也有著西洋服飾的仕女。看來，這裡是本地人或外來者都會造訪的地方；只不過這裡到底是哪裡，我還不知道。

我轉向我的旅伴，等待他解釋說明。

「這裡，」他終於開口，「是地中海和大西洋交會的地方。」

「又是一個具有多重身分的地方。」我評論道，語氣憂傷。

「是的，愛麗絲。」他再度微笑起來，彷彿他很開心，彷彿我的回答令他十分滿意，彷彿我已通過一項測驗，唯有他才知曉問題與答案。「而這些則是歷史的多重性。」他比比腳下。我順著他的指示，凝神細看下方的白色結構。「這些都是墳塚，腓尼基人的墳墓。來自遠古之城坦吉。」

我知道坦吉爾自建城以來，即反覆遭到不同勢力征服，因此這地方總是不斷吸納各種文化，累積數百年以降、來來去去的人事物，終而集人文之大成。若是有人從現在這一刻起，一路往回追溯自家世系血脈的源頭，我好奇有多少人是一脈相承、不曾遭外來文化打斷。我回頭瞧瞧我的同伴，納悶他是否嘗試過，好奇他身上的血液、他搏動的心臟是否和我一樣混沌不明。不知他尋索得來的答案是否神祕難解，抑或更為明確、無可動搖——後者恰恰是我得不到的。

「來吧，」尤瑟夫喊我，「咖啡館往這兒走。」

我們轉進一條窄路，走沒幾步即隱入兩旁豎起的光亮白牆之間。在遠離舊城區、高踞山坡的這一帶，氣氛不太一樣：這裡比較安靜，或許更乾淨，離底下熱鬧喧囂的街區多多少少隔了一段距離，彷彿此地的一磚一瓦、一屋一舍就該映射這份安寧、這份靜謐。彷彿這是再自然不過的事。我以手掌貼牆，觸感冰涼；我邊走邊任由指頭劃過牆面，悠閒拖行。不一會兒，咖啡館入口即出現眼前：以石塊拼字做成的招牌直接固定在白牆上。**哈法咖啡館　1921年創立**。我伸手撫過現已十分平滑的卵石，顏色只比底下毫無修飾的白牆壁再深一點；自咖啡館初建至今，不知已有多少隻手做過同樣的動作。我覺得我能感覺到它——歷史，沉重而深沉；多少偉大作家、畫家、音樂家都曾穿過這扇大門，而這項認知彷彿能構成一股不存在於他處的奇妙重力。

是以，我認為從許多方面來看，坦吉爾是一座冥靈之城；只不過坦吉爾並非死寂、空蕩或貧瘠荒蕪的城池，相反的，她活力十足。這些偉大心靈——他們曾漫步街巷、流連思索，啜飲茶品或深受啟發——留存下來的記憶再再令這座城市繁榮興旺，澎湃激昂。對於所有曾經踏上這塊土地的人來說，坦吉爾是見證，也是碑墓，但我卻未曾感受到一絲終幕已落、曲終人散的感覺。這裡還存在著某種氣息……翻騰攪動、茁壯成長，等待發現或釋放。我能感覺它微微刺痛我的掌心。我好奇愛麗絲是否也感覺到了。造訪坦吉爾以來，我發現自己常常在想：我好像一直在等待這個地方。我的一生都在等待她。彷彿我做過的每一件事、我的每一個念頭和行動都是為了引領我來到這裡——而且特別是為了再次找到她，再次尋回我們可能擁有的人生。太完美了，我好想告訴她，急切地想讓她看見這一切是多麼美妙、令人驚嘆：坦吉爾，她，我們倆一同置身其中的異國城市。

轉過屋角，我的視線立刻捕捉到面海的露臺式席座，湛藍海水與白得發亮的茶屋相得益彰。「太美了。」我低語。腦子還未意識到，嘴巴便已先說出來。

尤瑟夫似乎沒聽見我的讚嘆。他緩緩走下露臺，一層、再一層，終於選定位置。「這樣妳就能靠著欄杆往外看。」他窩進椅子。

我點點頭，意識到這一刻終於來臨：我之所以答應與他見面，其實還有另一個理由——另一層更重要、比欣賞風景更要緊的理由，而尤瑟夫肯定能提供些許解答。這份認知穩穩扣擊我的胸膛。我在他身旁坐下，努力克制自己，不去幻想他可能會給我什麼——一把萬能鑰匙，一段神祕咒語，什麼都好，只要是更明確可信、任何比鏡中一瞥更具體實際的資訊都行。

我從皮包裡掏出一張照片，穩穩放在桌上。「這個英國人，」我還來不及往下說，一名少年突然現身，問我們喝什麼：「茶，麻煩你了。」我轉向尤瑟夫，「請讓我招待。」我要他放心。

我們沒討論過費用的事，然而當我朝他的方向瞥了一眼，他似乎用眼神警告我下回別再犯同樣的錯誤。我不安地扭動，不敢說話，安靜等待。儘管我有好多話想說、好多問題想問（關於約翰、還有跟他在一起的本地女子），這份急切燒得我快要憋不住、乞求我快點說出口，但是我看得出來，踏錯剛才那一步之後，我必須讓尤瑟夫主導場域，設定對話節奏。

「這是他？」經過數分鐘沉默、茶也送上桌了，他這才開口。他並未挪動身子、撿起照片，他只用手指——另外兩指還夾著香菸——在紙面上搓了搓。我一度擔心菸灰會落在相片上、留下灼痕。這張照片是我稍早從愛麗絲起居間的某個相框裡拿出來的。我的動作很輕，深怕愛麗絲會突然走進來、發現我在盜取她丈夫的相片。萬一被逮著，坦白說我還真不曉得會端出什麼藉口。此刻我緊張地縮緊身子，望著香菸菸灰越堆越長，在菸身前端形成一段灰白、熾熱的斜塔。萬一菸灰當真落在照片上，我想我怎麼樣也不可能解釋清楚，而且愛麗絲肯定會發現有人動過相片。

尤瑟夫終於挪開手指。我迅速抽了口氣，放鬆下來。菸灰墜落在地。

「是的。」我答得遲疑，還在等待。在我心裡，尤瑟夫像是某種邊緣人——既官方又非官方，介於光亮與黑暗之間。我曾經想像這段對話可能如何進行，以為他會主導談話，一來一回、他問我答，然後逐漸掌握話題的走向與方式。「另外還有一名女子。」我飛快且匆忙地朝他的方向瞥一眼。

他揚起眉毛。「我猜……不是他的妻子？」

我搖頭，「不是。但是我好奇……」

他看了我一眼。「妳好奇什麼？愛麗絲？」

我迎視他的目光。「好奇她是誰。」

「就算妳知道答案，」他問，微微偏了偏腦袋，「有用嗎？」

我奮力點頭，試著不讓自己臨陣脫逃、違背初衷。「有的。我認為有用。」

他安靜了一會兒，然後開口：「她是法國人……」他腦袋一偏，顯然正重新思考方才的說詞：「唔，只有一半。她一半是法國人，一半是摩洛哥人。」他短促地笑了一聲，「不過這應該不算少見吧。」

我正準備要喝茶，聽見他的答案，我停下動作：「你認識她？」我驚訝地問。「難不成你也認識他？」我指指照片。我曾推斷，在此番會談之後，尤瑟夫會四處打探、說不定也會設法調查一下；但我不曾想過他或許早就知道答案了。

他聳聳肩。「妳想知道？」

「我想。」我急切地說，在心裡默默加上拜託你幾個字。

他沒說話，好似並不想繼續這段談話，好似在強調假如他開了口，也純粹只是賣我人情。於是我禁不住好奇他會要求什麼作為回報。我很確定他會開口。他在做每一件事之前，必定已先認真考慮他能從中獲得什麼。我非常清楚，拒絕恩惠和免費奉送，兩者可謂天差地別。

「她是法國人。藝術家。我只知道這麼多。」他頓了頓，「喔，她也在夜總會工作。」

我一字一句消化這些資訊。夜總會。我們彼此都明白他真正的意思。儘管打著夜總會的名號，這些地方差不多可說是專為西方客設計、娼妓與恩客的集散地。坦吉爾到處都是這類夜總會，其中大多由法國女性經營——她們決定告別出賣肉體的過去，轉而叫賣別人的肉體。

「她的名字？」我追問。

「莎賓。」他轉頭看我。「她的名字，莎賓。」

我傾身湊過去，先前佯裝的不感興趣全部消失不見。聽聞這項新資訊，感受到它帶來的力量，我的耳朵又開始隆隆響、雙手也開始發抖。我沒想過這麼輕易就能取得這項資訊，而且直到聽見的那一刻，我才願意對自己承認——承認我有多需要這個答案。「發生多久了？我是指他們倆。」

他擺出一副對這個問題完全不感興趣的模樣。他挪了挪位置，調整坐姿，朝地上撢撢菸灰，最後終於懶洋洋地答道：「我會建議妳別管了。」

聽見他的回答，我突然好後悔——雖然我無法解釋我為何有這種反應，但他話裡的暗示與用意卻使我心跳越來越快、越跳越急。我默默斥責自己：那只不過是一句簡單的評論，沒別的意思。但是，不對，我知道事實並非如此。這句話確實有其含義——而且非常重要。「別管什麼？」我質問。

他意有所指地看著我。「那個女孩。」

當然，我很清楚這句話不是對**我**說的。我知道他誤以為照片上的人是**我**丈夫——既然我此刻應當是愛麗絲，理論上他的認知並沒有錯；但儘管如此，儘管他建言的對象並不是我，我仍氣憤不已。我氣他擅自替愛麗絲做決定，也氣別的，某種我無法明確定義的感覺。

我抓起皮包，掉頭就走。幾分鐘後我才意識到他並未大聲喚我回去，也沒追上來向我道歉。算了。我繼續走，走出哈法咖啡館，回到古墳群上方的制高點。如果尤瑟夫不願意幫忙，我決定自己想辦法。我駐足眺望，看著大西洋與地中海交會的湛藍海洋——不曉得這種狀態是否有個名字、或某種稱法，可憑以描述這類在坦吉爾似乎隨處可見的奇異多重性：每件事物的最初都是他者，沒有任何事物自始至終都只有一個面向。我再次想到愛麗絲。在坦吉爾的她是另一個人，另一個完全不同的人。比較冷酷、保持距離、疲憊。原本的愛麗絲遁入新的愛麗絲之下，新的愛麗絲覆蓋在舊的愛麗絲之上。但我還沒放棄希望。愛麗絲不僅只是約翰的妻子。她一度是獨立的個體，是不依附他的獨立存在。我只需要想辦法把舊的她找回來——找出把**坦吉爾**變回**坦吉**的方法就行了。但我連這項艱鉅任務有沒有成功的可能都不知道。

我沿著要塞圍牆繞行卡斯巴皇宮，走走停停，在筆記紙上留下一張張速寫，試著甩開先前與尤瑟夫的詭異談話。我在「海之門」前方停下來。原本一成不變的石牆突然變成開闊的城門，是以此刻，我的眼前除了藍天，即是大海。尤瑟夫跟我說過這地方的故事。我頂著熾熱陽光，努力回想他是怎麼說的：以前有位美麗女妖在這片海域施咒、誘惑水手，令他們做出種種愚蠢而冒險的行為。我想著想著，笑了出來。

就在這時候，我看見他。

我站在城門外，剛好避開他的視線。起初我以為他隻身一人，但旋即看見他拉著身邊的女子往牆邊走——**正是我在酒館看見的那名女子**。我立刻會意過來，驚訝地屏住呼吸。

我首先注意到的是，那名女子渾身散發自信——與愛麗絲完全不同。她的肩膀微向後張，抬挺胸膛；儘管她衣裳寬鬆飄逸，卻能襯托甚至強調她的曼妙曲線。她把頭髮盤在頭上，自然下垂的手腕掛著好幾只沉重手鐲、有銀有金，隨著她的步伐碰得鏗鏘作響。

在白晝明燦的陽光下，我看得出來，尤瑟夫對她的描述幾乎分毫不差——淡淡的摩洛哥血統、微微的法國風情，兩者融合成某種能牢牢吸引他人目光、或者根本是明目張膽索求他人注目的動人魅力。她的肌膚是金黃色的，眼眸幽暗。我想起約翰有多愛坦吉爾，當下覺得一切全都說得通：這名尤物、這名女子就是他情慾的證明，她以一種精心設計且合宜的方式展現她的異國風情，而目的就是要吸引異國男子的注意力。我同情這個女孩。因為此刻我已然看清，她不過也就如此而已，而且我猜她大概頂多十七歲吧。

我往後退進隱身處，感覺身後石牆的熱氣炙熱灼人；我看見約翰那佈滿雀斑、飽經陽光洗禮的手，十指撐張，跨過她的纖腰——他的慾望是如此明顯、如此舒心自在。我杵在暗處，被他那雙敏捷、在無情驕陽下貪婪移動的雙手給迷住了。我的臉頰燥熱（並非肇因於白晝的炙熱）。他倆膩在一塊兒的身影令我心痛，但我旋即為此感到羞憤，快步轉身離去。

後來，我思忖並好奇自己還算平靜的反應：既然我在摩洛哥明燦刺眼的陽光下，親眼目睹約翰毫不掩飾地表露他的不忠與背叛，照理說我應該萬分憤慨。他肯定以為愛麗絲永遠不會發現這件事，因為她幾乎足不出戶，而且在這座城市裡連半個人也不認識。他似乎早就決定要好好利用這項優勢了。

但現在，她有我了。

這時他轉身，看見站在拱門下的我。這一刻他肯定也想到這一點了。他黝黑的臉明顯變得蒼白，直直瞪著我，但手臂仍攬緊那女人的纖腰，牢牢纏住（我心想），那種攬法他不管怎麼說都不可能解釋清楚——特別是我又已經目睹兩人先前的親暱互動。看得出來，他正在思考、算計、揣測我在這裡站了多久，看見多少。最後，他終於把手放下來，舉步走向我。

但我動作更快。

我離開門廊，鑽進人群——觀光客聚集在城門四周，想拍張好照片；當地人尾隨其後，急切地想兜售珠寶、帽子以及各種廉價商品。不管是誰都能輕易在這種地方搞失蹤，任自己掃進人潮中。起起伏伏的混沌包圍住我，緊抓住我，甚至拒絕放我走。我任由這股混亂帶著我走遠，直到我終於鼓起勇氣回頭一瞥——我幾乎看不清他的身影。他只是亮白畫布上的一小塊顏色罷了。

賣力逃脫使我臉頰發紅，呼吸又急又喘。不曉得約翰會不會直接找我對質？待會兒回到公寓以後，他會不會正好整以暇地等著我、質問我到底看見什麼，以及我會不會告訴愛麗絲。其實我心裡隱隱希望他這麼做，希望我一回去就能看見他的身影，我甚至能感覺這一刻即將到來——我的指尖微微刺痛，我的腳趾因期待而蜷縮。走回公寓的路上（此刻我已沒了繼續晃蕩漫遊的興致），我這才發現剛才匆忙走避時，我不小心把筆記本遺落在哪兒了。但這份認知也有些朦朧不真實，彷彿相當遙遠且極為陌生，好似我稍早所做的一切完全無涉於這一刻的我，彷彿跟那個被太陽曬傷、憤怒且不甘沉默的我毫無瓜葛。我一步步走向公寓，感覺走了好幾個小時（但實際上不出幾分鐘）；我看著聚攏在腳邊的影子越拖越長，白晝的炙熱亦逐漸消散。我心跳漸緩，呼吸也回復正常，當我抵達瑪商區時，稍早激動流竄的情緒也似乎從我的肌膚、細孔徐徐滲出，蒸發殆盡，最後只剩純粹、極度的疲憊。

我輕吐一聲嘆息，走進屋裡。

7 愛麗絲

「好熱喔。」

聽我這麼說，露西停下腳步，等我喘口氣。我們正在前往哈法咖啡館的路上。這天，空氣窒悶，太陽熾烈，但她一大早就決心要我陪她走這一趟。此刻我感覺臉龐紅通通、也因為覆滿汗水而黏答答的。

「真不敢相信妳竟然沒去過。」我懷疑她想藉此讓我分神、暫時忘卻炙熱的天氣；不過這句評論對我起不了任何作用。

我的臉繼續發燙變紅，呼吸支離破碎。

我跨前一步，再一步。陽光燒灼我的頸背，頭頂也變得暖烘烘的，於是我只能羨慕地望著露西的包頭巾（早上她用它包住頭髮）。看來，她似乎放棄了平日常戴的黑藤便帽（樣式相當難看），換上這條白色包巾（毫無疑問是在外僑經常光顧的小舖挖到寶）。稍早出門時，我一見她頭上的包巾，便牢牢盯著瞧了好一會兒。這是流行，她要我放心，但我只是繼續盯著她，渾身不自在。這條包巾令我反感的理由不在設計，而是它使我領悟到露西適應得多好——她已徹底融入坦吉爾街上熙來攘往的僑民。我遷居坦吉爾已歷數月，而她才踏上這塊土地不過一星期，結果她看起來反倒比較更像這裡的住民，我卻只是短暫停留的訪客。我覺得好尷尬，於是伸手扶了扶自己的帽子（一頂古怪貼伏在髮髻上的小白帽）。

「聽說那裡的風景美得令人屏息。」露西說。

我斜睨她，好奇問道：「聽誰說的？」

「我在書店認識的朋友。就是那間『碼頭書店』。」她回答。

我點點頭，納悶她什麼時候也溜到那兒去了。

「妳現在幾乎像是本地人了。」我說，但我曉得我的語氣隱隱帶著某種令我不自在的況味。

在她初次告訴我尤瑟夫的事情之後，她仍持續造訪那幢小屋，然後每晚講述她的冒險故事給我聽（每天都有進展）；而我每一回也都是以豔羨的心情細細聆聽，任由小小的心結漸漸變大，逐漸難以應付。但我仍試著將她的感覺重塑還原，嘗試透過她的眼睛、她的熱忱（和約翰不相上下）來欣賞坦吉爾，聽他們描述一個我從來無法瞥見的世界（雖然我們三人始終走在相同的卵石路上）。因為如此，當她在坦吉爾度過的第一個禮拜即將結束之際，她開口要求我陪她出門，我答應了。我焦急地想瞧瞧我到底錯過了什麼，想重新發現我的雙眼始終拒絕看見的世界。

「下次妳應該跟我一起去。」她提議。「我們一起去碼頭書店。」

我沒接腔。

我們又繼續走了好幾分鐘，一路沉默，最後終於來到一處奇妙的白色平台，幾呎開外就是懸崖。「很美吧？」她試探地問，迅速瞄了我一眼。她在等待我回應，如此我才能體會、分享她的感受。**是啊，真的很美**，我本來想這麼說，但某種感覺阻止我把話說出口，迫使我安靜不語。眼前仍有太多問題與答案隱藏在迷霧中，晦澀難解，卻明確顯示警告的鮮紅色。

「比家鄉的任何一片大海都還要藍。」我勉強承認，繼續凝望海洋，盡力維持面無表情，不讓她讀出我的思緒。

「那些是墳塚，就在我們腳底下。」她繼續說明。

我們站得很近，低頭注視那些長方物體、嶙峋陡坡與彎路，還有包圍白色岩石的小水漥。「在哪裡？就在我們正下方嗎？」

她點點頭。「那些古墳大概有兩千年歷史，從這座城市還叫作『坦姑』的時候就在這裡了。」

「坦姑？」我問，不覺一笑。

「那是腓尼基時期的古城名，在『坦吉爾』出現許久許久以前就屹立在這裡了。」她摘下太陽眼鏡，瞇眼直視驕陽：「顯然坦吉爾有過許多不一樣的名字。坦姑只是其中一個。」

「其他還有哪些？」我又問，感覺我的語氣在熾熱陽光下變得懶洋洋的。

「除了坦姑，還有『廷吉』（Tingi）、『提干』（Titgam）、『丹婕』、『坦吉耶』（Tangiers）、坦吉爾等等——我想這要看妳問誰、以及對方如何發音吧。」

我轉頭看她。「那妳呢？妳選哪個？」

看得出來，她喜歡這個提問——這表示我在意她的想法。她琢磨了一會兒，好似在權衡該怎麼回答：「我想我永遠都會選『坦吉爾』吧，但我也喜歡『坦姑』，因為坦姑是這座城市最初的名字，後來才被其他入侵者改成不同的名字。」

「聽起來有點浪漫呢。」我如此解讀。

「這是個與神話交織的國度。」她答道。「妳知道嗎，相傳就連尤里西斯出海探險時都曾經過坦吉爾呢！」

昂立於腓尼基古墳頂巔的她看起來驕傲又神氣，彷彿當年發現這座城市的人是她。我試著想像那幅畫面——露西，偉大的探險家或征服者——我發現這個形象還挺適合她的。她的興奮全寫在臉上，我幾乎能感覺到從她身上傳過來的激動情緒。儘管烈日當頭，熱流滾滾圍繞四周，然而當我們轉身背離這片美景時，我能感覺到我們倆都捨不得離開。這地方好安靜，彷彿有人施了咒語，將這裡與城市其他部分分隔開來。山丘下人聲鼎沸、叫賣交易此起彼落，成千上萬的人摩肩擦踵、汗水交融，氣味骯髒滯悶；但是在山丘頂上，有的只是沉靜。還有溫暖。還有心曠神怡、一望無際、與大西洋洋流交織相會的湛藍。還有海洋的味道，潔淨清新。這或許只是我的想像，然而當我們轉過身、舉步向前，繼續縮短我們和咖啡館之間的距離時，我感覺我們的步履拖延，依依不捨。

我們選定一處位置較低的露臺，上頭有稀疏蓬亂的樹木遮蔭。一陣舒心暢快瞬間襲來，我好像又能呼吸了。在剛剛那個瞬間以前，我都不曉得自己有多暖多熱——因為我們站在緊鄰大洋的開闊曠野中，頭頂上沒有半片可供遮蔽的樹蔭。

才走上露臺，一名侍者正好拎著像鞦韆一樣的托器快步走過（這讓他能一次分送好幾份茶）；托盤外鍍的金屬反射陽光，粼粼閃爍。露西點了兩杯茶，說了聲*choukran*謝謝他。

我短暫玩味「謝謝」和「不了，謝謝」兩句話。這兩種表達方式關係密切，後者只不過多加兩個字，意思便完全不同。我突然意識到，露西大概很享受這種毫無意義的日常觀察。我閉上眼睛，嘆了口氣。幾隻胡蜂在我們頭頂上方的花叢間飛舞，但幾乎不理會我們，連我們面前那修長玻璃杯裡的甜膩熱茶，亦不屑一顧。這種氛圍理應平靜祥和，我也應該感覺輕鬆自在——但焦慮仍細細啃嚙著我，拒絕遭到冷落。

她的來訪似乎喚醒了某種狀態，而我已經感覺到了。這種不知名的狀態猛烈翻騰，不願繼續蟄伏；但話說回來，我也能察覺我們彼此仍在觀望拖延，等待事件發生，彷彿從她走下渡船的那天開始，我們就一直在等待這一刻。我心裡突然升起一股難以抗拒的急切，想終止這種拖延狀態、將我們倆推出眼前的懸崖——想把我不斷反覆思量，自她抵達坦吉爾以來、或甚至在班寧頓初識她以來即百思不解的種種疑惑，一口氣問個清楚。問清楚那所有逃出我記憶的、從我指尖溜走的每一件事，以及設法了解那個好似從我悲慘過往幻化成形、猶如雲霧的女孩，那個從來無法化為某種真實可觸的實體、實際出現在我眼前的女子。

我好氣，沸騰的情緒令我心情不變。我感覺此刻我正置身於我無法理解的事物中，周圍盡是對我而言始終神祕難解、無論再怎麼絞盡腦汁卻仍拒絕揭示謎底的場所與人物。我覺得，坦吉爾和露西一模一樣。兩者都是擾得我不得平靜的未解之謎。但我累了，也倦了——厭倦我的不知不解、厭倦我總感覺自己是局外人，終日只能在邊緣遊蕩徘徊。

「妳還好嗎？愛麗絲？」露西問我。

「我很好。」我說，但我知道我的語氣帶著某種不容錯認的尖刻。我用力將隨著汗水滑下鼻梁的太陽眼鏡往推上。我小啜一口薄荷茶，旋即沮喪地推開它。我安靜了好一會兒，然後，待我確定她無意主動打破沉默時，這才開口。「我永遠搞不懂這玩意兒。」我眯眼迎視驕陽。

露西轉向我。「搞不懂什麼？」

「這個。」我指指薄荷茶。「怎麼會有人在這種天氣還喝得下這麼燙的茶？」

「這世上的每一件事，到最後都會習慣的。」她揣測推想。「只要過了一段時間，一切似乎都會漸漸變得普通、正常。」

「對我來說可不是。」我啐道，搓搓指尖，好氣自己剛才拿杯子的時間拖太久，稍微燙傷了；我更氣露西並未急急與我同聲出氣，贊同我的愚蠢抱怨。「至少不包括這杯茶。我認為我絕對沒辦法在這種大熱天喝這麼燙的茶。老實說，往後不論是哪種天氣，我覺得我都不會想再喝這種茶。」

她端起自己的高杯，喝了一口。「妳不喜歡？」

我嚴厲地看她一眼——妳有毛病嗎？我心想，但我很快撇開這個念頭。「在這種時候，要是有誰敢端上一杯熱濃茶，我肯定殺了他。」

好幾顆腦袋紛紛轉向我們，我這才意識到我的語氣似乎在輕快與嚴肅之間擺盪，遊走在哭笑邊緣。露西把手伸向我，但我並沒有握住。「妳還好嗎？」她又問了一遍。

我認真思索，卻也厭倦了這個問題——厭倦懷疑自己可能真的不對勁。

「以前在新英格蘭，」露西突兀地開啟話題，「我父親曾經想到一個絕妙的好辦法，能讓我們在熱浪來襲時保持清涼。」

「什麼辦法？」我的態度唐突。突如其來的轉變——她突然改變話題——令我氣惱。

然而就算露西注意到了，她也只是繼續往下說，於是我納悶這是不是因為她已經察覺到我激烈的情緒，所以才提起這個話題，試圖轉移我的注意力。「他會把澆花的長水管拖出來——你們英國的花園裡也有這種東西吧？」

我點點頭，執意不開口。

「嗯，他會拉著水管、繞著屋子走，不斷朝磚牆沖水。」

我蹙眉，「磚牆？」

「對，屋子的磚牆。」

「他到底為什麼要這麼做？」我質疑。

她笑了。「因為熱氣就是從這兒來的——磚頭會蓄熱。所以，我父親會繞著屋子、非常仔細地噴濕每一吋牆面，直到磚牆因為冷熱交融而冒出蒸氣為止。」她暫停片刻。在她沉默的空檔中，我想像那幅畫面：腦中浮現一幢小小磚房，還有一位對女兒呵護備至的父親，在她窗外流連徘徊，確認包圍她臥室的磚牆皆濕透發亮了，這才繼續往他處移動。

「這法子當真管用？」我的聲調比先前軟化了些。我看看露西，好奇她在想什麼？她是否也正想著一幢坐落在新英格蘭中部、又或者是其他地方的磚造小屋？

「有用。」露西說，但我懷疑她用這種語氣只是刻意為了讓我安心，意圖撫平我的情緒。「我還記得我躺在床上，聽著水柱沖刷臥房外牆的聲音。我甚至能感覺到它。我躺在那兒，眼睛閉著；然後，為了阻絕陽光，窗簾也完全放下來，因此房裡一片漆黑。我能感覺到水柱撞擊磚牆的瞬間，感覺這個瞬間帶來立即的釋然與暢快，就好像有誰打開了電風扇、直接放在我面前。有時候我甚至還會起雞皮疙瘩，因為實在太涼快了。」

我安靜了好一會兒。我在心裡想像，想像清涼微風輕拂過我的肌膚。奇妙的是，我感覺到某種平靜，感覺被父親對女兒的關愛包圍，感覺他為她辛勞揮汗、送上涼風。好像有什麼牽動了我的記憶：我憶起好多好多年前，在珍寧斯大堂的那一天。我轉頭看露西，拉下太陽眼鏡；「我還以為妳不記得妳父親的事了。」

她好一陣子沒答腔，然後又過了好一會兒。於是我開始懷疑她是不是打算不理會我的話。然後——她既未轉頭看我，也沒摘下太陽眼鏡——依舊面向海洋，面容堅硬得有如方才我們踩在腳下的石碑；「我記得這件事。」她說。語氣帶著警告與威脅。

我轉頭不看她，沉默不語。

那天晚上，雪下得很大。當然，這兒可是綠山，因此在隆冬之際，每天不是下雪、就是隨時可能下雪，地上始終鋪著一層厚如毛毯的銀白外衣。但那晚有些不同。大雪不只堆積在紅磚道上，就連號誌燈、行人身上也都覆了一層白雪，因此路上行走的一切全都裹在風雪中，你只能艱辛地一步步奮勇向前。

露西和我大吵一架。

那天我在下雪前就回來了。我去了紐約一趟。行前我跟大家說，這趟出遊是為了攝影作業才去的，但其實我是趁機逃脫、設法喘口氣——逃出過去這一年來，逐漸填塞在我和露西之間、令人窒息的焦慮不安：突然間，我和露西的關係就只剩下這些了。那個週末，姑姑其實也不在紐約，但我還是設法在城裡的寄宿公寓住了一晚（這間公寓我待過無數次，能給我足夠的安全感）。有那麼一瞬間，我考慮邀請湯姆一起去，將這趟紐約行變成一次迷你假期、而非逃避；但最後，我知道我最需要的其實是獨處，遠離他們兩個人，遠離我日復一日、在他倆之間無盡來回的日子。我的身體彷彿真能感受到那股拉扯的力量——我的骨頭、我的肌膚被兩人拉來扯去，越繃越緊，隨時都可能破碎散裂。

紐約的空氣和佛蒙特不同。既不潔淨、也不爽冽。

與佛蒙特相反，紐約的空氣十分沉重，負載大量塵土、油脂和煙霧。如此潮濕黏著的空氣低懸著、好似緊緊貼附在我身上。走下巴士、踏進紐約的那一刻，我寬慰地笑了。接下來的兩天，我在街上遊蕩，四處拍照；帶來的幾卷底片盡數用罄，後來還彎進照相館、添購了約半打膠捲——但是就連這些也拍完了。置身茫茫人海，獨自一人（終於只有我一個人了），既沒有人認識我、我也不認識任何人，這感覺好輕鬆。我對上一張張沒有特徵的臉、任由自己迷失在人群中，既驚且喜地發現周圍全是陌生人。我坐在公園長椅上，聆聽旁人對話；我探索路邊的廉價小餐館，坐上長櫃檯大啖烤起司三明治、啜飲焦味濃重的咖啡，享受陶瓷馬克杯在手中沉甸甸的重量。儘管食物配給制早已是過去式，牆上仍掛著幾張褪色且油膩的告示牌——**今日不供應奶油**、**禮拜二不賣漢堡**——繼續提醒人們往昔的戰爭時光。

禮拜天傍晚，我一回學校就直奔暗房沖照片，還沒準備好要蛻去那平靜安詳、這兩天在大都市混亂中設法召喚凝聚的感覺。我靜靜哼唱，取出膠捲，雙手憑著記憶迅速動作，將底片繞上捲軸、摸索固定底片的小溝。我將底片逐一放入金屬罐，動作謹慎，待其顯影再小心掛在細線上。約莫一個鐘頭後，化學藥劑各自沉澱歸位、負片也乾了，我動手為每張照片都做了印樣，迫不及待想瞧瞧在我短暫停留紐約期間，是否捕捉到任何值得留藏的畫面。

就在這時候，我注意到照片裡有她。

起初我以為那只是想像，又或者是光線搞的鬼，說不定純粹是我的眼睛累了。我告訴自己，我能想到不少理由解釋我看見的影像，但那個影像不是真的。照片中所有能證明是她的證據——大衣背面、她的側臉——實際上並不可能屬於她。

但後來我發現了：我找到一張照片，照片中的她並未完全躲開我的鏡頭，因此留下的不只是一抹身影，而是清清楚楚的整張臉。那是她。那是露西。她在那裡，跟著我——**跟蹤我**——出現在我為紐約拍下的**每一張**照片裡。

若不是我太熟悉她那頭糾結的長髮，假使我不曾日日看見她垂掛在椅背上的厚呢短大衣，那麼，說不定我不會注意到她。畢竟，她只是照片背景或角落裡的某個人，從來不是焦點，也不曾走進前景。

可是就這麼一次，她來不及或沒辦法躲開我的鏡頭，因此整張臉正對著我，睜大雙眼、眨也未眨。她看著我。她總是看著我。

我把照片緊緊捏在手裡，帶著這張皺巴巴的相紙走出暗房（連清理、關燈都省了），就這麼直接走進黑夜，走入雪中；穩定跳動的脈搏甚至縮短了暗房到宿舍的距離(但這幾乎不可能)。我把相片——我的證據——藏在大衣裡,保護它,盡力避免讓相紙接觸其他元素,以免最後我拿出證據、放在她面前時,相片不至僅剩無意義的線條、或者被雪水扭曲的影像。

她端坐桌前,埋頭讀書,對於我突然衝進房間的舉動亦毫無反應。她低頭看看照片,好一會兒沒說話,接著以某種詭異的鎮定抬眼問道:「這是什麼?」她面無表情,讀不出情緒。

「妳看呀!」我把照片推向她,手抖個不停。當她再度以同樣漠然的態度回敬我,我激動地戳指那個呈現在我倆眼前的身影。「我知道是妳,露西。」我卯盡全力吐出最冷硬堅定的聲音。「照片影像或許因為顆粒大而有點模糊,但我知道是妳。」

她沒說話。在無言的僵持中,我瞄向照片,結果嚇了一跳:顆粒實在太粗了。我又仔細再看了一遍。照片中的一切和我的記憶分毫不差,只是畫面看起來好像微微失焦,導致每一張臉的輪廓——特別是她的臉——變得模糊不清,甚至還有陰影。

她蹙眉,站了起來。「妳在紐約看到我?」

不對。我不是這個意思。我搖頭。「不是,是在照片裡。」我昏亂地搜尋字彙,「但妳人在那裡。我知道妳去了。」

「愛麗絲，我整個週末都在這裡。」

她用雙手按住我的肩膀，指尖掐進我的肌膚。這個動作意在安撫、亦傳達擔憂，我知道，可是我竟然覺得她的指尖彷彿燙著我了。

我得離開這裡。

我的心臟越跳越快，越來越不規律；我的喉頭好像閉鎖起來了，每一次呼吸都非常掙扎、非常用力。我感覺皮膚也開始變紅，於是我扭身掙脫，絕望地想拉開距離，移除她的觸碰。「妳說謊。」我掉頭走向門口，話語哽在喉中。

我用走廊上的公用電話打給湯姆。後來，我努力回想那時我到底對他說了什麼（我的聲音又低又急，未經思索的話語一句又一句從口中吐出來），但我永遠記得湯姆的回答：他說他會過來，即使現在下著暴風雪他也會來。他說他會來接我，他不會拋下我一個人，他向我保證。

我朝屋外走，走進冰天雪地的嚴寒中；雪下得又快又急，遠遠超過我這幾年在綠山見過的任何一場大雪。露西跟著我。起初是安撫，然後爭辯，最後是懇求——她求我別走，求我忘掉那些照片。我並未軟化態度，就只是站在那裡等，最後終於等到湯姆來——車窗上的融冰使他的五官扭曲變形。我舉步就要往前走，這時有一隻手，堅定且毫不妥協地抓住我，迫使我停下來。

「別上那輛車，愛麗絲。」

「讓我走，露西。」我命令道，反手掙脫她的箝制。

「愛麗絲！」此刻，她的聲音聽起來好絕望。「妳不能就這樣走掉！」

我一個轉身。「為什麼不行？」其實我並不需要她回答我，我可以就這樣上車離開，但我還是想知道：在那個當下，她會怎麼說？她會想出什麼說詞為自己開脫？但她沉默了。我搖搖頭，「妳別再來煩我！」我大吼。冷風如火，燒灼我的臉頰、盜走我的話語：「我要妳消失！永遠別再回來！」

然後我轉身，開門上車。

駕車離開的路上，湯姆很安靜，或許是察覺我不想說話，察覺我不想討論發生了什麼事。於是我開始思索我們能去哪裡——也許到鎮上去？去我們最喜歡的小餐館，七號公路那間。我們可以坐下來，享受一杯濃醇美味的咖啡，好讓此刻靠在腿上激動顫抖的雙手不再發抖。我搖搖頭，試著甩開拋下露西一人的心煩。我不要再這樣了，我對自己承諾。我要展望未來，專心在湯姆身上。等我們到了那家餐館，說不定，我終究會把以前跟露西說過的事——我爸媽過世後那幾個月的日子、那些幽魂暗影、還有精神病院的事——或甚至連我不曾說出口的事，全部告訴湯姆。

我決定了。我會告訴他我焦慮症發作的真正原因——關於帶走我父母的那場意外，以及我有多煩惱（即使現在也是）、擔心這一切都是我的錯。畢竟，那天最後一個操作那台不幸的石蠟油暖爐的人是我。我還記得那台暖爐的模樣——某天，我父親帶回家的那台小小的、新奇的黑色機器。他曾經得意地示範該如何小心掀開背蓋、填入石蠟，再將燈芯一端浸入油液、一端點火。他保證，這玩意兒不僅能讓我們有個暖烘烘的冬天，更棒的是還能省錢：因為它輕便好提，可以在不同房間移動使用。但是使用的時候一定要非常小心，他警告我，因為石蠟屬於高度易燃物。我還記得自己當時幼稚的回應：異燃物？所以石蠟不會著火囉？他聞言大笑，取笑他漫遊幻境、愚蠢的小愛麗絲。他將我拉進懷裡，緊緊摟住——那也是我記憶中，爸爸給我的最後一次擁抱。

那就是我當時正在思考的事。永遠揮之不去、無法煙消雲散的往日幽魂，以及隨之而來、令我煩擾不已的簡單疑問：那場意外到底是不是我的錯？我到底是不是最後一個使用那台奪走雙親性命的暖爐的人——這時，出事了。

當時車子已經開到山頂，正要下坡，這條蜿蜒山路將引領我們穿過班寧頓校地，進入小鎮。此時湯姆轉頭看我，眼中滿是驚惶。他說：「沒反應。」

「什麼東西沒反應？」我問，語氣懶洋洋，隔著擋風玻璃看進外頭漆黑的夜。時間還不到六點，然冬夜早已降臨，如果沒有燈光，就連幾步開外的距離也完全看不見。我舉手抬至眼前，好奇此刻能不能辨明手心手背的細節；我呼出一口氣，望著氣息化為一團白雲，然後消散。

「煞車。」

我的手落下來。我終於理解湯姆倉皇失措的表情（即使四周一片昏暗，我仍看得清清楚楚），在那詭異而短暫的一刻，那是最先令我震驚的事，然後我聽見他徒勞地瘋狂踩踏無用的踏板。我的內心有什麼東西靜止了。「你說什麼？」我低語。

「我說，煞車沒反應！」聲音裡的驚惶急遽升高。

當時，我們的車子已接近馬路盡頭，也就是班寧頓校內車道即將接上公用道路的連接點。我看見正前方有輛車呼嘯而過，接著是另一輛。每輛車似乎都在黑暗中若隱若現。我閉上雙眼，屏住呼吸，但我曉得即使我們設法閃避、不撞上其他車輛，還有另一道難關等在前頭：這條路再過不遠就會左右岔開，但正前方沒有路——越過一道微微突起的路障之後（我緊張地嚥嚥唾沫），再過去就是我們戲稱的「宇宙盡頭」。我的視線飛快瞥向欄杆後的糖楓林，聳立的林木宛如惡兆。

這時我猛地回頭，扭頭探看後方的深幽；雖然心知我肯定什麼也看不見——心知我絕不可能看見她——但我依然能感覺到她正在、還在看著我們。我想起她說的話，想起她堅持不讓我上這輛車，我感覺胃裡一陣痙攣；然而這痙攣究竟肇因於車輛的疾速奔馳，抑或驟然明瞭某種更巨大、更駭人的黑暗，我想我永遠都不可能完全確定了。

湯姆大叫、要我跳車，因此我顫抖地摸索冰冷的門把。然後什麼都沒有了——只剩下身體抬向空中、失重、懸浮的奇異感受。接下來就是鮮血、烈火、碎裂的骨頭和瘀傷，但我什麼也感覺不到。我只意識到臉頰底下的白雪，冰冷、刺痛地抵著我的臉頰。

還有露西。

她在遙遠的某個地方，瞪大雙眼、一動也不動地看著我——活下來的我。

這是我那晚記得的最後一件事。

茉德姑姑在事發後數日才趕到。在她以旋風之姿衝進門、在我看見她眉頭深鎖，卻象徵安慰與重返正常的嚴峻臉龐之前，我不曉得自我甦醒以來，我已置身這團混亂多少天了。那段期間，我幾乎不曾落單，好像我身邊無時無刻都有人陪伴；有時在房裡、有時在房外，窺伺探看。儘管如此，沒有一個人對我說話或陪我說話，他們只是圍在我身邊，看著我，下達指示或命令，但從不提供資訊，不告訴我任何能解釋我到底出了什麼事、事發經過、以及或許是最重要的——為什麼會出事——的隻字片語。

「茉德……」我低喃。我的嘴唇好乾，布滿裂痕。

她快步來到我身邊，但並未握住我的手。「別說話，親愛的。」她說。

聽見她的聲音，聽見那熟悉、與我相類的口音，我立刻閉上眼睛。她的臉雖然明顯屬於女性，但仍與我父親、也就是她的弟弟有些神似，使我感覺她帶來的安慰猶如浪潮沖刷過我，猶如暖毯包裹著我。我身子一癱，數日來頭一次覺得腎上腺素終於滲出肌膚毛孔，因此瞬間有了舒適的感覺，然後是痛——先前遭我忽視、我拒絕感受的道道割傷和瘀傷鬼祟襲來，致使我再也無法否認其存在。我察覺臉頰濕濕的，這才明白我早已哭了出來。

「露西……」我低語，「露西呢？」但我不確定她能否理解我的話語。由於我的啜泣益發強烈，言語也隨之嚴重扭變曲解。「您得找她談一談。問她到底是怎麼回事。」

「好了，好了。」茱德姑姑安慰我，彎身坐在我身旁。她仍未湊過來碰我，但是在那一刻，我好希望她能這麼做。「妳現在精神太緊繃了，愛麗絲，腦筋也不太清楚。不過一切都會沒事的，親愛的。我會照顧妳，我向妳保證。」

一週後，我出院並啟程返回英國。沒有人提起湯姆、他的葬禮、或者我是否受邀參加（但我知道不可能）。而露西的名字也只提過一次。那天，警方終於獲准詢問我幾個問題（茱德姑姑又是恐嚇又是脅迫，要求她必須在場監督），而我的回答都很簡短，並且斷斷續續；然而當我問起露西．梅森、問他們是否找她談過，茱德姑姑立刻投來銳利的眼神，阻止警方繼續問話。「她的記憶有點混亂，警官，請兩位多多包涵。」她轉向我，微微一笑：「愛麗絲，妳糊塗了，親愛的。」

起初，我對她這番話蹙眉不解，但旋即懷疑也許她是對的。那個晚上似乎已相當遙遠，我也記不清所有細節，因此腦中僅剩「露西是整起事件的關鍵」這個堅定信念，但我還沒想通這個問題的答案。我專心回想，但記憶中除了有個女孩被她最要好的朋友拋棄而產生的受傷心情，或是那晚我大步走開、爬上車，不要她而選擇另一個人，親手斬斷我倆之間的聯繫時，她流露的哀怨神情，在這兩者以外，我搜尋不出任何更具體的印象。我撥開籠罩心頭畫面。

也許茉德姑姑是對的。

「現在妳的腦子很混亂，愛麗絲。」她再度低語，眼睛周圍的皺紋也變深了；「哀傷導致妳出現這些幻想，但妳絕對不能屈服——妳必須推開這些念頭。」她擠出微笑，「別擔心，我親愛的。我會打理每一件事。」

我呆呆地點頭，依然迷失在自己的哀傷裡，作繭中。如果茉德姑姑認為答案不在露西身上，那麼我應該相信她，徹底信任她。我回想起當年爸媽過世時，我是多麼哀慟欲絕，而那些幽魂魅影又是如何在我眼前飄忽閃現，使我哭號著要姑姑幫我趕走它們。她做到了。她治好我，一如她給出的承諾；就算並未治癒我，至少她也盡力了，將那個父母雙亡後即化成千萬碎片的我，重新拼湊黏合。因此現在，此刻，我也要再一次信任她，相信她會如古諺童謠所言，重新讓我振作起來。這麼一想，我覺得好安心，也願意放手了——放開我的憤怒、怨恨以及執念，放任一切從指間溜走。不再需要用盡全力牢牢抓住或攀附一團混亂，這感覺讓我好平靜。畢竟湯姆已經走了，什麼都不重要了。不論是露西、或是她在這場意外後的遭遇（宿舍房裡屬於她的那一邊已然空空蕩蕩、安安靜靜），就連我姑姑說的那幾句莫名話語，全都不再有意義。

也因為如此，我並未追問她那些話究竟是什麼意思。

在彼此的靜默中，我又感覺到了——感覺跟那晚相同的憤怒再度萌生滋長。我已厭倦那些難以捉摸的答案，而露西淨挑一些對她有利的零碎資訊搪塞我，這同樣使我厭煩。我依舊不明白（不完全明白）她為何來到坦吉爾，也不曉得她計畫待多久。我甚至不清楚她白天都怎麼過的，我知道的只有她每晚分享的故事內容。我覺得臉頰又開始發燙，雙手也開始顫抖。我命令自己冷靜下來，把注意力放在現已變涼變濃的薄荷茶，但我發現自己根本無法專心。就算她有辦法繼續裝模作樣，我也倦了、無法再繼續下去。我感覺情緒越來越滿，一點一滴滲入四肢百骸，控訴的話語已在舌尖蓄勢待發。

事實是：自從那晚發生意外以來，我始終感覺不對勁。其實早在意外發生前，我們——我和露西——之間的關係就已經漸漸走味兒了，因此要回溯我倆十分親近的時期，應該已是許久以前的事，我幾乎想不起來。有些時候，我尚能捕捉到些許零碎片段，感覺它在遠方發出微光，讓我再次感受到過去那股將我帶向她、強烈且執著的力量；但這時又冒出些別的、某種堅持不願屈服的感覺，致使我依然無法完全信任她，覺得我永遠不可能信任她。在發生過這一切之後，我想即使我想相信她，我也辦不到。

當然，我也知道她毋須為那件意外負責。至少不是我最初懷疑的情節——我曾在那個漆黑寒冷的夜晚、在車裡猛然回頭，雙眼灼亮，堅信她就是幕後兇手。在我心裡，我醜化她、把她當成責怪的對象——把她當成那些蟄伏在暗處等待，總是等著要抓住我、控制我的幽魂魅影之一。但真相比我以為的單純多了。事實是：若不是因為她，我不會打那通電話，不會在那個暴風雪夜晚坐上他的車。如果不是因為她的嫉妒、她的古怪行徑，這件事永遠不會發生。這才是事實真相（至少就部分而言可以這麼說）。這也是她來抵坦吉爾那天上午，她的現身之所以令我裹足不前、震驚得說不出話的真正理由。因為她永遠使我想起他，想起曾經發生過的事，想起她曾是這一切的始作俑者。

但除此之外，還有一些別的。

此刻，我轉向她，再一次壓低太陽眼鏡，好讓我能坦坦蕩蕩、毫不畏懼地窺看她。我雙唇微張，終於提起勇氣打算指責她，但脫口而出的卻是：「妳走了。」這話原本是問句，但這三個字重重地、沉悶地落下，於是我開始懷疑，或許這並不是我一直以來都在怪她的真正原因（責怪她在我最需要她的時候拋下我）。「那場意外之後，湯姆……妳走了。」我終於說出口，將我始終百思不解，只能視其為她的罪證、她的自白的事實清楚說出來。

她抬頭看我，眼睛瞇成縫。「是妳叫我走的，愛麗絲。」

她的回答很簡單，卻是事實。那晚確實是我叫她走，還對她說了一些別的，但我已經不記得了；只不過，在我讓記憶悄悄溜回來的某些稀罕時刻，我會在肚腹深處感覺到那些話語的力量。當時，我曾經想過一些很糟糕的事，並且希望它們全部成真——只是這些事並未發生在她身上。它們找上我，找上湯姆。

這些厄運之所以找上我們，是我的錯。不是她的錯。

於是那道牆——自她抵達以來，從那個暴風雪之夜以來，我在我和她之間築起的那道牆——漸漸消蝕。在那一刻，我覺得我曾經非常努力培養、凝聚的對抗之心逐漸妥協屈服，不再堅定，這份心情不再是我能抓住的有形實體，終而無法再堅持下去。

「自從來到這裡以後，我的感覺一直很不真實。不太真實。」說完，我短暫停頓，讓這份表白穩穩落在我們之間。「有時候，我覺得我承受不住。妳不覺得嗎？有時候我覺得我好像沒辦法呼吸。我心裡滿滿都是恐懼——想到我得獨自一人走出家門，我就害怕。我知道這很可笑，但我就是沒辦法。我沒辦法融入這個地方。」我停下來，茫然凝視遠方，呼吸沉重而破碎；「我知道這一切都是我自己造成的，不是嗎？是我選擇到這裡來的。」我輕笑一聲，「但話說回來，我又有什麼選擇呢？」

露西刻意等待好幾分鐘，隔了一會兒才開口。「真有這麼糟嗎，愛麗絲？」

面對她強烈的目光，我下意識想退縮，但我沒有。我可以從她的表情看出來、或者從她的聲音斷定：她不明白。她無法明白。我想起她早先說過的話，關於坦吉爾在綿長歷史中的不同名稱，就某些方面來說，我覺得那段描述十分貼近眼前這一刻——雖然我和她都在同一座城市裡，卻彷彿身處不同版本的坦吉爾；我無法想像她的版本，一個歡欣鼓舞、重獲新生的地方；而我的卻只有恐懼與孤離。「當然沒有……」我嘀咕，聲音跟耳語差不多。但這時候，因為我實在沒辦法住口不說（我好不容易開口了，而且還有好多話想說），我問她：「妳可曾後悔去唸班寧頓？」

露西蹙眉，似乎被我的話嚇了一跳。「後悔？」

我的聲音巍顫顫的。「對。有時候我覺得我是。我是說後悔。幾乎可說是萬分悔恨。我覺得就某種程度來說，我們被騙了。學校讓我們以為我們可以奔向世界，自以為能和他們平起平坐——我是指男人們。但這些都是騙人的，不是嗎？學校騙了我們。我們自以為在學習技能，但事實上，那地方只是變相的新娘學校，只是教我們一些能在日後——婚後——打發時間的嗜好罷了。結果這讓我們的人生變得更加艱難。」

「可是，愛麗絲，」露西反駁，「妳不一定非得如此呀。」

我失聲笑了出來，那笑聲簡直比哭聲還不如。我連忙掩飾情緒。「別在意我剛說的，露西。我想大概是因為天氣太熱了。我對熱天一向沒輒。我討厭晴天、大熱天，這種天氣總是讓我覺得好像站在懸崖邊，搖搖欲墜。」我喘口氣，「我這毛病一下子就過去了。」

但是在那一刻，我很清楚我不願善罷甘休。我想要——噢，我不知道我想要什麼……我要她像以前一樣握住我的手，告訴我，假如我想離開坦吉爾，她會幫我——她會是我逃離的出口。我有好多話想說，我想把每一件事、把這一團混亂全部說出來，告訴她我和約翰這幾個月來明顯漸行漸遠，告訴她我越來越相信自己做錯決定（同意嫁給他，搬到這個落後、討厭的地方）。那一刻，我渴望坦白，渴望吐露心聲，想把一切都告訴露西。但我擠不出半句話。

我倉促起身，探進皮包摸索法郎硬幣，東張西望想找到方才送茶過來的男孩，焦急地想離開這裡；但離開之後要往哪兒去，我不知道。我彷彿陷入困境，感覺自己被困住了，找不到出路亦無處可逃，而這份認知眼看即將撲倒、吞沒我。露西迅速反應：她也站起來，往桌上放了幾枚銅板——我發現她又再一次預料到我的反應，並且早我一步行動。

我們沿著露臺座間的走道往上爬。來到中途，我感覺露西的身體突然壓向我，接著響起劇烈的撞擊聲，聲音源自我們正下方。我嚇得跳起來，不過旋即認定應該是某位侍者（說不定就是方才端茶給我們的男孩）失手摔了那鍬韆似的拖器。可是後來，我回頭瞄了一眼，我看見她——那名女子有點眼熟，但我想不起來在哪兒見過——躺在階梯底部。四散在她周圍的碎玻璃猶如複雜精緻的馬賽克磚，在午後陽光下粼粼閃耀。

我飛快摀住嘴巴，駭然喊出「露西？」我聽見自己低語。

咖啡館瞬間起了騷動。幾名侍者衝下階梯，援助那名女子；見她緩緩坐起，我終於鬆了口氣。顧客紛紛起身離開座位，有些甚至扔下自己的東西不顧，飛奔過去提供協助。我看見女子的手臂和腿嚴重擦傷，但不清楚是摔落或玻璃割傷所致。她站起來，動動腳踝，遲疑地壓上重量。

這時她猛地抬頭，望向露西和我站立之處，眼眸深幽閃亮。我感覺胃裡一絞，嚐到方才的薄荷茶在嘴裡變酸的味道。某種近似恐懼的感覺竄過心頭，於是我抓住露西的手腕；「可以走了嗎？」我問，聲音破碎粗嘎。我知道我的手指整個掐進她的肌膚，但我不願放手，亦無力阻止如潮水般升起的詭異驚惶。在那一刻，我管不了那麼多——不顧我的焦慮和懷疑，不顧這些年來我倆之間的種種，我只確定一件事，一件我了然於心的事實：露西愛我，她會竭盡所能幫助我。因此我轉向她，語帶哀求地說：「噢，求求妳，露西，我們能不能離開這裡？」

我並不十分確定我吐出這句話的真正心意。我只知道我想離開——遠離咖啡館，遠離那名女子執著的凝視，遠離我和約翰關係不睦的真相。我無法正視這一切，無法將這些事攤在陽光下審視——我還做不到。因此在那一刻，我只想逃離這一切，逃離他。

逃離坦吉爾。

第二部

8 露西

「我們應該走一趟舍夫沙萬。」

我在早餐時如此宣布。那時，愛麗絲和我對著一桌的茶與麵包，靜靜咀嚼，而我沒來得及三思、還來不及擔心她會贊成或反對，就這麼說出口了。我只知道在哈法咖啡館的意外插曲之後，我急切地想探究更多的愛麗絲——往昔的愛麗絲——那個會在深夜和我一起跑去當地小餐館，配著咖啡與楓糖鬆餅談天說笑的愛麗絲；那個會在冬夜和我並肩坐在一起，望著壁爐火焰熊熊升起復又落下的愛麗絲。現在我已明白，摩洛哥的炎熱隨時可能將往日記憶、將我倆燒成灰燼，因此我們亟需喘息——離開炎熾驕陽，離開擾嚷喧囂的城市。離開坦吉爾。

「我們可以租一輛專跑城外的計程車載我們去。」我提議。「車資不會太貴，而且相當方便。我可以現在就出門去問問看，應該馬上就能安排好。妳只要準備行李，其他什麼都別忙。那裡的風景肯定非常漂亮，愛麗絲。」我倉促說完，好像光用這串連珠砲似的發言就能捍衛我的立場，對抗她可能提出的拒絕或抗議。

愛麗絲點點頭，雙手緊扣茶杯，指節發白。「嗯，好。」這幾個字迅速一溜而出，彷彿她必須在有時間思考或重新思考之前，趕緊把這些話從體內抹去。「好的，露西。我們去吧。」

她微笑。我在她的笑容裡看見一線希望，以及一絲絲的她。

於是我明白，時候到了。我該告訴她我看見的不忠祕密（最初在酒館、後來在坦吉爾街上）。現在，我可以告訴她我對未來、對我們倆懷抱的所有希望和夢想，好讓我倆能並肩前行，就像過去籌劃的一樣。但首先，我們必須離開——離開約翰、離開坦吉爾。因為在這裡，往事仍緊緊糾纏不放，這樣的話，當下、此刻將永遠不會降臨在我們身上。

三個鐘頭後，我們抵達舍夫沙萬。本來應該兩小時就到了，但愛麗絲不時拜託司機靠邊停，讓她能下車拍下眼前的景色風光——譬如里夫婦女，還有綿延不斷、看起來完全不像在摩洛哥的綠色山巒。剛開始，司機完全無法理解她的想法。事實上，當愛麗絲突然瘋狂地想叫他停車，卻因為無法用言語表明、只好猛力拍打他肩膀的時候，這可憐的傢伙簡直嚇壞了。

這是我頭一次看她拿出那台曾經屬於她母親的相機。鏡頭周圍的機身傷痕累累——**我母親的傑作**，愛麗絲曾如此堅稱——若你對著鏡頭往裡頭看，會看見一條未曾顯現在任何照片上的鋸齒紋路。愛麗絲解釋給我聽過，但我忘了。我對攝影和一般科學幾乎不感興趣，那個世界充斥一大堆數字和原理，但我對這些玩意兒始終不怎麼拿手。不過我一直很喜歡旁觀她操作，站在門口看她計量、倒取必要的化學藥劑，搖晃攪拌直到條件正確，直到那些負片終於變成某種真實、摸得到、且讓她能把底片印樣釘上去的東西。

在我來到坦吉爾的最初幾天，我曾經想過，不知她是否把這台相機和過去生活的所有痕跡留在英國，因為她似乎已打算完全拋棄過去。有一回，我甚至趁她入浴時潛入她房裡翻找，但一無所獲，只找到好些在我看來十分陌生的衣裳、聞起來完全不像記憶中的她的小香水瓶，以及彷彿瀰漫整個房間、十分詭異的空虛感——好像這個房間不是真的，只是展示給人看的。

我朝車裡的照後鏡瞄了一眼，看見車後揚起的滾滾沙塵，以及漸漸消失在我們身後的坦吉爾。我開始幻想，似乎已經感覺到某種差異和變化，彷彿坦吉爾的抓持、控制突然減弱了。

那台相機，我心想，就是明證。

來到舍夫沙萬，我們在舊城區街上緩步走逛。「妳能相信這裡竟然都是藍色的嗎？」愛麗絲喃喃低語，一再重複相同的話，直到她似乎已不再期盼有人回答、故她也不再發問，但這句話仍如同某種必要的咒語，向她再三保證眼前的一切全是真的。

有時她會突然消失，但我總是能透過在寂靜牆堵間迴盪的金屬快門聲，循聲定位。我知道，只要過了這個轉角，她就在那裡。所以我放慢腳步，任她隨意走逛，心知我定能在必要時找到她。這座城市的沉靜與坦吉爾形成鮮明對比：沒有人衝上來向我兜售商品，沒有人在餐廳或咖啡館門口招攬我進門。在經歷過坦吉爾的喧囂嘈雜後，舍夫沙萬的寂靜令人毛骨悚然。我不確定自己是否真心享受這股氛圍。我總覺得自己偏好城市——偏好昏暗漆黑的巷弄，二十四小時不間斷的刺耳喧囂，無所不在、膩人刺鼻的氣味，摩肩擦踵、感覺熟悉的陌生人。舍夫沙萬完全相反：這裡明亮輕盈，坦吉爾深沉厚重；這裡通風舒爽，坦吉爾滯悶難耐。舍夫沙萬教人如沐春風，而坦吉爾百般箝制、不容你吸呼吐息。我直覺認為我並不屬於這裡，但我看得出來，愛麗絲完全相反——這地方彷彿為了她而存在。因為如此，我認為這一趟是來對了。

我們繼續漫遊了約莫一個鐘頭，東繞西逛、停停走走；最後愛麗絲轉身看我，兩手懶懶地垂在身側。「露西，我累慘了。」她嘆息。「而且我真的非常非常需要來杯茶。」

「這裡可能只有薄荷茶唷？」我提醒她，猶豫該不該笑，該不該這麼快就取笑她昨日的行徑，取笑她在坦吉爾驕陽下沸騰的焦慮和沮喪。

她深深吸氣，然後呼出，彷彿這是她頭一次如此深呼吸。「沒關係，」她看看我們四周的景致，笑容變深，「今天晚上，給我什麼都可以。」

之後，我們忙著在城區尋找當晚的落腳處。「妳看，那裡有附早餐的民宿。」我指向搜尋到的第一棟建築物，只是招牌有些破舊，彷彿在暗示它的客房屋況也差不多。

愛麗絲縱聲大笑，馬上糾正我：「那是**摩洛哥式客棧**。妳瞧，關於摩洛哥，還有很多是妳不知道的呢！」她的語氣輕快調侃。

我們手勾著手走進客棧，開開心心用幾枚法郎換取房間鑰匙。

「咱們又是室友囉。」等待的空檔，愛麗絲低聲對我說。「好像又回到班寧頓的日子了。」

我點點頭，但並未提及：在班寧頓，我們各自擁有一張床；但今晚的住處卻只有一張床。意識到我倆再過不久即將共享如此狹小的空間，再加上可能隨之而來的親密感，我全身泛過一陣輕顫，好似我的每條神經都因為這份期盼——期盼今晚可能成真的種種美好——而活躍起來。

支付房錢時，愛麗絲伸長脖子越過我肩膀、俏皮地說：「還有茶。」唯恐我忘了囑咐這一項。

「對，還有茶。」我重複道。

櫃檯後的男子一時看來有些困惑。

「*Thé*？」我試著以法文再說一遍。

他神色一亮，「噢，好的。Thé à la menthe（薄荷茶）。」

我們雙雙抑住上揚的嘴角。「Oui, merci（是的，謝謝）。」

除了茶，我們還點了庫斯庫斯與塔吉鍋，只是後來實在吃不完；我們的肚腹不習慣如此大份量的餐點，但狼吞虎嚥、飽餐一頓仍有其必要。這段過渡似乎讓我倆從對彼此的執著與排斥之中解放出來。坐在這租來的房間的地板上，我們推開餐具，像本地人一樣，直接以手就餐、大快朵頤。汁液從指縫滴滴答答墜下，但我們連拿餐巾揩手都省了——我們直接舔掉湯汁，縱情享受異國文化。我們吃了小羊排（應該是），一份杏桃與葡萄乾。平常我們並不會以這類水果佐餐，但是在這裡，在摩洛哥昏黃的燈光下，如此搭配實在再合適、再完美不過了。待我倆終於勉強解決盤中的食物，兩人的嘴唇都油膩膩的；我們滿足地往後靠，端詳彼此，雙雙露出不好意思的笑容。

「我們這模樣好嚇人喔。」愛麗絲煞有其事地說，笑出聲來。

我看著她一度純白的上衣，現已佈滿斑斑污漬（旅途的塵土與餐點的湯汁）；而我猜我自己也好不到哪兒去。儘管我這身七分褲配襯衫與愛麗絲的洋裝形成鮮明對比，此刻亦蒙上一層薄薄的塵土，同時也因為方才的倉促用餐而遭殃。「我看這衣服是毀了，直接扔了唄。」我動手拉扯衣領，把這件上衣的慘狀瞧個仔細。

「怎麼能扔！」愛麗絲喊道。「它們可是紀念品耶！紀念這次旅行。」

我細細端詳她：笑容燦爛，自由奔放，臉頰油膩膩，衣裳歪七扭八。其實我好想一把抓住她、扣住她纖弱的肩膀，質問她——**為什麼？**為什麼她要鎖上心門，把自己託付給一個完全不值得她愛的男人？但這表示我必須提起他與他的不忠，而我不能這麼做，不能在當下這一刻。這一天並非為了約翰、為了坦吉爾而存在。愛麗絲和我好不容易卸下層層防衛，是以過去那個愛麗絲——我最初認識、並且深深為之傾倒的那個愛麗絲又回來了。我還沒準備好要再一次目睹她埋葬自己，被現在與未來的重量壓垮。我還沒做好心理準備。

「噢，不過我也不能穿著這身衣服回坦吉爾就是了。」她低頭看看自己，把身上的衣服、還有她一手造成的混亂瞧個仔細。「露西，我沒帶第二套外出服欸？」她抬頭看看我，「只帶了睡衣來。我真夠蠢的，對吧？但我想這下我真的麻煩大了。」

我看著她眉頭漸鎖。「別擔心，」我說，急著想消解山雨欲來的情緒風暴；「我多帶了一條褲子和一件襯衫，可以讓給妳穿。」

她皺皺鼻子，不過仍盡力讓自己維持開心的模樣；「妳覺得我可以嗎？露西？褲子耶？」她傾身靠向我，好似想勘查此刻穿在我身上的這一條。「我從來沒穿過長褲欸。」

「簡單。」我伸手抓來旅行背包——前陣子在市集上買的。這包包還聞得到新品的味道，某種混合幽暗與土壤的皮革味。搞不好是肥料的氣味。大多數的觀光客一聞到這味道便猛皺鼻子，我倒覺得舒心愉快。這氣味給我一種熟悉、真實的感覺。好似這氣味本身即象徵產品真實可靠，向我保證這背包從材料到縫製皆出自坦吉爾、百分百摩洛哥製，而非漂洋過海、經過特殊處理然後標上價格、專門賣給喜愛「摩洛哥風格」的觀光客的重製品。我從背包掏出兩件衣裳（因為一路塞在包包裡而皺巴巴），留意到她似乎有些抗拒，遂直接塞給她。「試試看吧。」

「什麼？現在嗎？」

「對呀，現在。」

她低頭看。「可是我一團糟耶？我連澡都還沒洗。」

「沒關係，就只是簡單套一下，看看妳穿起來怎麼樣。」

看得出來，這個點子十分討她歡心，所以我繼續勸誘直到她終於鬆口答應，最後微笑地望著她奔向浴室、逐漸遠去的身影。浴室門半掩，我看著她脫去洋裝、任其落下，變成一團團攏在腳邊的布料。然後她抬腳輕輕踢開它。這時我注意到，她不再像大學那時總是穿著緊身搭，所以儘管她身材苗條依舊，此刻卻已不再受制於過去她堅持套在身上、硬梆梆的架子；相反的，她僅著胸衣與內褲，再以樣式簡單的襪帶扣住襪子。少了緊身搭的她看起來蒼老了些。倒不是那種令人惋惜、懷想過去的感覺，而是讓我後退一步，重新審視那段朝夕相處的日子。我猛然驚覺：從我第一次見到她的那天起，我們之間發生了好多事。時光亦馬不停蹄地迅速飛逝。

「唔，妳覺得怎麼樣？」

她站在我面前，穿著我的白綢衫和卡其褲。在此之前，除了那些充滿青春氣息（一堆幼稚花俏的褶邊）的洋裝，我不曾見她穿過其他類型的衣裳。好長一段時間以來，我已將那些洋裝視為她身體的延伸，因此過去每當我想起愛麗絲的身影時，總是無可避免地將洋裝和她連結在一起。剝去原本的繁複裝飾，甚至是她臉上的淡妝，以及總是梳得極為服貼、一絲不苟的髮型，她看起來完全變了個人——我突然有種奇怪的感覺，覺得我完全不認識她。她的改變讓我一時說不出話來。

見我沉默無語，她整張臉垮下來，害怕地說：「真有這麼糟糕？」她問。

「不是的，」我連忙安撫她，「不是。妳看起來好漂亮。如果我在街上遇見這樣的妳，我幾乎要懷疑我可能會認不出妳呢！」我告訴她。全心全意。

愛麗絲笑了，然後宛如行宮廷禮般微微欠身，再一次消失在浴室門後。我聽見她扭開水龍頭、水柱撞擊浴缸底部琺瑯磚面的聲音。她又出現在門口，身上還穿著衣服，不過襯衫最上端的鈕扣已經鬆開了；「這完完全全就是我需要的，露西！」她輕快地拉近我們之間的距離，伸出雙手、抓起我的手；「謝謝妳。」

我微微一笑。即使在她放開之後，我依舊能感覺到她手心的暖意。

那晚，我睡不著。太陽已下山好幾個鐘頭，天空也逐漸變黑，我依舊了無睡意。雨滴突如其來地落在客棧斜斜的屋頂上。初聞雨聲時，我躺在床上，看著沉睡中的愛麗絲皺起眉頭，喃喃吐出一串我無法解析的話語。然後好幾分鐘過去，或許是好幾個鐘頭。我只好起身下床，將薄薄的睡袍裹在身上、走出房間；我的步伐安靜而緩慢，深怕吵醒她。

我偏頭往上看。看著雨滴滑下玻璃窗，然後迅速墜落、遠離我們的屋子。

我穿過客棧的公共空間，溫度驟降。我經過明早擺放早餐的大桌——新鮮橄欖、起司和麵包；幸運的話，說不定還有一小份橄欖油或奶油。我漫無目的、茫然怔忡地走逛，迂迴穿過充作沙發的地墊，破舊的邊幅隱藏在裝飾繁複的布面底下。我在桌上發現一包遺落的香菸，幾近全滿；儘管我的手提包裡已經有幾包菸了，我仍伸手取來。我抽出一根，置於唇間，再將整包菸塞進睡袍口袋。這菸的味道辛辣，灼痛我的喉嚨；我努力回想上一次抽這種劣質菸是什麼時候？大四那年。我想起來了。那天晚上，我跟愛麗絲溜進學校舞蹈教室——當然，我們不是真的偷溜進去，畢竟那棟建築沒有一處上鎖。我覺得班寧頓總能啟發學生做出名目奇特的造反行為——其中又以闖入而非溜出學校為最。我們把這種事當成娛樂。

妳知道嗎？瑪莎・葛蘭姆在這裡教過舞喔！我們走向某間舞蹈教室的時候，愛麗絲如此告訴我。儘管室內漆黑一片，剛打蠟的地板仍微微發光。教室有三面牆都是鏡子，第四面則是整片玻璃，可一眼望穿校園（不過此際則裹在一片黑暗中）。玻璃映射出我倆的影像：纖瘦、長髮，其中一人的個子比另一人高。我們倆毫無引人注目之處，至少乍看之下沒有；但是在那一刻，我瞪著兩人的映影，真心覺得我們可能被誤認成姊妹。我倆的儀態或移動的方式，舉手投足的流轉之間，確實有諸多相似之處。

妳有聽到嗎？我剛才說的？愛麗絲已來到鏡牆之前，那裡的天花板垂下一條長長的、看起來挺紮實的繩索。她用雙手握住繩子。瑪莎・葛蘭姆在這裡教過舞喔。

嗯，我回答，微微笑著。我不知道瑪莎・葛蘭姆是誰，但我沒說，滿心只期盼擁有平順愉快的一晚。最近我倆之間的氣氛有點怪，因為愛麗絲大多時候都跟湯姆在一起，要不然就是自己一個人窩在暗房。此刻看來，巴黎、或是我倆曾一起籌畫的未來似乎都變得好遙遠。我已經不記得當初那兩個女孩互許的諾言了。

她示意我到她身邊。喏，她說，把繩索塞進我手中。

我瞪著繩子，滿臉疑惑。現在要做什麼？

擺盪。

我繼續困惑地看著她，最後她嘆了口氣、從我手中抓回繩子。看好喔，她指示道。愛麗絲拉著繩索來到教室遠處的角落，一腳踩住繩索底部那個粗大的結，然後弓起身子，令雙臂和另一條腿勾住繩索。她用力一跳、雙腿往後抬，這股力道順勢將她往前推。繩索劃過寬闊的室內，我退一步凝神觀望。愛麗絲的長髮先是往後揚、接著向前甩，遮住她的臉；她像一只人形擺錘隨著繩索來回擺盪，她的笑聲也在這間小小的教室裡反覆迴盪。

雷聲傾頭劈下，將我帶回舍夫沙萬。我轉身看向窗外，只見一片漆黑與自己孤單的映影。我繼續凝視窗外，意識到那晚在舞蹈教室的記憶和舍夫沙萬簡直恍如隔世。改變的不只是愛麗絲。沒有她在身邊，我對自己的認知也開始搖擺不定。在意外發生後的那段日子裡，我試著要自己接受我可能再也見不到她的事實；不論愛麗絲和我之間曾經存在過什麼，一切都已徹底摧毀、被那場熊熊的地獄之火燒得只剩渣屑，只剩往日餘燼。如此徹底的失去令我刻骨銘心。那是身體能感覺到的痛，像胃裡的一個結，不斷扭絞、泛出酸意與憤怒。曾經有好幾個月的時間，我在紐約街頭漫無目的地走蕩，無法入睡，無法停止想念她。我不斷不斷地走，走到雙腳裂傷流血，然後繼續，根本停不下來。我曾如此迷失，宛若遊魂。

耳中又出現那熟悉的咻咻聲響。這聲音一度非常擾人，但現在我習慣了。我仔細檢查：不痛，沒有感染跡象，只有異常的塞脹感。這時我突然感覺到了。我瞧瞧手指——指頭蒙了一層沙。不論我怎麼泡澡、怎麼洗都沒用，坦吉爾就是不願放過我。不過幾天以前，我還蠻享受這項發現的，但此刻卻令我有些驚慌。摩洛哥已然變得太危險——不只對留在這裡的外僑而言是如此，對愛麗絲也是，這座城市彷彿威脅要囚禁她。於是我明白：我們兩個都必須徹底回到最初的自我，而不只是短短二十四小時的遁逃。

我站在窗前，窗外的景色仍幽暗朦朧。愛麗絲必須了解這個事實。我們不能再蹉跎、不能再等待了。我必須把我看見的告訴她。不論我們去向何方，總有一座滴答滴答、快速推進的時鐘跟在身後。我知道約翰不會無止盡地一直等下去。

滴答。滴答。

這時，我突然意識到愛麗絲站在我身後，彷彿我的腦子設法將她的幻影實體化了。望著我和她在玻璃上的映影，我發現我倆看起來不再像姊妹了。我不太確定到底是哪裡變了。我們現在的髮型確實非常不同——我依舊是老氣橫秋的長直髮，而愛麗絲則剪去長髮、梳理成像鮑伯頭的髮型。不知她是在搬來坦吉爾之前、還是之後剪短的，不曉得是因為行前就知道這地方很熱、還是來了之後因為太熱才剪掉的。除了髮型，還有些別的。我倆的神態表情已不再彼此協調連動。還有過去彼此都習慣的動作手勢，或是曾經存在彼此之間、且互為表裡、互相參照的特質，全都消失了。此刻，我們只是一度十分親暱且外貌相似、如今卻南轅北轍的兩名女子。不會再分辨不出來了。

「我們得離開這裡，愛麗絲。」我的嗓音嘶啞，彷彿這些話語全都禁錮在喉嚨深處。

她漾起帶著睡意的慵懶微笑。「我知道。雖然我們心裡可能都希望再待久一點，甚至是永遠待下來。」

她以為我指的是舍夫沙萬。「不是的，愛麗絲。」我說，輕輕搖頭。「我的意思是，我們得離開坦吉爾。」

她身軀一緊，突然清醒過來，接著她後退一步，離開我身邊。

「妳不能再留在這裡了。這裡不安全。」我繼續。

「不安全？」

「對。」我清清嗓子，一字一句說：「約翰知道了——知道我知道莎賓的事。」

她望著我，眉宇間盡是疑惑。但不單是這樣。她的臉上還有一抹淡淡的好奇，指明我早已懷疑的真相：**愛麗絲知情**。或許她不知道對方的名字，也還不確定是否真有其事，但她曉得約翰和其他女人有染。雖然她把這件事埋在內心深處，但她確實知情。

愛麗絲眨眨眼，問道：「誰？」

我搖搖頭，無視她裝模作樣的表情。我告訴自己，這件事不能再隱瞞、不能再假裝下去了。我再次開口，聲音更為嚴厲且堅定：「妳曉得我在說誰，愛麗絲。」

她神色一驚，但不確定是因為我的語氣、還是措辭。

「我不知道。」她防衛地說。

我傾身靠過去。「妳知道。」

「我不知道。」她又說，繼續後退。「我不知道。我不想知道。」她抬眼看我，神色哀求；「我不要知道，露西。」

「愛麗絲。」她開始搖頭，勁道強烈得使我不得不走向她，萬分擔憂。「愛麗絲？」我低喃，盡可能壓低音量，穩定聲調。

她的臉好紅，臉頰流淌著淚水。「我知道，」她說，但聽來猶若哽咽，哀戚地懸在我倆之間；「我知道這件事，露西。雖然這實在教人難以啟齒，不過，是的，我早就知道了。」

我鬆了一口氣——確認我的判斷正確，我依然能讀懂她、了解她，就像過去一樣。「那妳認為約翰會怎麼做？愛麗絲？」我追問，「當他發現妳已經知道了，也意識到金援即將中止，他會怎麼做？」她瞪大雙眼，但依然沉默；「那麼，妳曉得我們該怎麼做嗎？」我進一步施壓，「我們必須在他發現之前離開這裡。」

「發現什麼？」她輕問。

「發現妳也知道了。」她不說話，於是我低聲說：「沒有其他辦法了。」

其實我並不確定她是否還在聽我說話，因為她在發抖——劇烈顫抖——儘管室內相當溫暖，窗玻璃上凝結成串串霧滴的濕氣就是證據。她以雙手環抱身體，彷彿想藉此抵禦寒意；而我感覺自己也在發抖，猶如呼應。

「我們明天就回坦吉爾，一起跟他說。然後我們就走。」我低語。語氣沉穩、冷靜。

「好。」她輕聲回答，轉向玻璃窗。

「這不是妳想要的嗎，愛麗絲？」我問她。「離開坦吉爾，回到英國？」

「是呀，是的。那當然。」她答道。

我的心輕顫起來，領悟到現在正是時候——採取行動，表明心意。我向前一步，離她僅數公分之遙，我低頭凝視她佈滿淚痕的臉。然後，我吻了她。

在他出現以前，我倆一直是形影不離的。

但是那年（我們在班寧頓的第四年）情況變了。愛麗絲較少待在宿舍，不是忙著往返攝影研究室、就是進城——只要一有時間，她就設法安排跟湯姆見面。我常瞥見她越過大草坪、走向停車場的身影，奔向湯姆那輛別克翔雲暖烘烘的車內。那輛車太好認了——在陽光下閃閃發亮的深紅車身，與系上其他顏色相對較保守的車子形成鮮明對比。像湯姆這麼年輕的人竟然負擔得起如此奢華的車款，著實令人吃驚。因為當時大部分的車商仍嚴守戰時規矩：買家得先交付金額達數個月分期款的訂金，否則甭想把車子開出車廠。憎恨如荊棘一般刺痛我的肌膚，炙燙鮮明。

湯姆．史托威爾。在他出現後不久，我即得知此人來自緬因州的一個古老家族——不是漁夫、木匠聚集的那一區，而是坐落著一幢幢殖民風大宅、夏季週日晚餐必有烤龍蝦上桌的那一邊。史托威爾家靠老本過活，也就是說，不論家族財產還剩下多少，基本上就只剩房產了；又或者他們充其量也只能靠家族姓氏向外借貸。不過湯姆本人也是個傳奇——他拿到威廉斯學院的全額獎學金。說實話，如果沒有這份獎學金，史托威爾這個姓氏絕不可能出現在新英格蘭州任何一所備受尊崇的學校學生名單上。

前面提到的這些資訊，部分來自愛麗絲本人（雖然每次提到湯姆，她都意外地相當保留），其餘則是我透過各種管道蒐集來的，其中包括一些班寧頓的學生。令我吃驚的是，這些女孩對於鄰校男生的事可謂瞭若指掌——她們已經把「認識未來夫婿」認真當作一回事了。雖然這些女孩有的主修文學、有的主修數學，還有人甚至申請醫學預科，但她們似乎大多都已經意識到，未來她們真正的職業注定只有人妻人母這一項。

至於掌握湯姆．史托威爾的一切——打探他修哪些課、哪些男生是他認定的好哥兒們——則成了我的職責。我求知若渴，狂熱地吸收這類資訊，彷彿同學間的流言蜚語是這世上唯一解渴的水源。我很快便打聽到，那輛車是他祖父（一位嚴謹克己的大家長）送他的十六歲生日禮物。我的學業漸漸受影響，但我不在乎；現在「湯姆」才是我的主修科目——我的人生、我的幸福全繫於對他的了解，他的一切。

少了愛麗絲作伴，我又躲回老地方——圖書館。每天下午我都往圖書館跑，告訴自己她總有一天會厭倦他，總有一天，她會穿過那一道道厚重的木門、帶著微笑、臂彎夾著幾本書，就這麼回到我身邊。然後，過去幾個月的時光不知不覺消散，彷彿不曾存在亦不曾發生。我耐心期盼，癡心等待，明白湯姆的時間就快用完了。

然而，每當太陽下山，她又一次未能現身時，我會起身返回宿舍，在猛烈來襲的冬季寒風中瑟縮發抖，懷疑我是否再也不可能感覺溫暖。

為了能再靠近她一點，我開始從她的衣櫃裡取用一些配件。一條圍巾，或是一雙襪子。這每一件每一樣似乎都帶著些許屬於她的香氣，某種融合辛香與花香的味道，宛如香水清晰可辨。有一回，我拿她的外衣來穿；布料緊緊繃覆在我身上、拒絕延展配合，使我最初的期盼轉為失望。於是我提醒自己：愛麗絲和我是不一樣的。我們各自獨立、彼此迥異，但唯有將我倆放在一起，我們才是完整的。穿上她的衣服，她的香氣提醒我這一點、亦發揮效用——穩定我的心神，就算只有短暫的片刻也好。

但是就在這時候，她走進房門。

我覺得好丟臉、雙頰發燙，連忙抓耙身上的衣服，感覺縫線被拉開甚至綻線。發現這樣的我（身上穿著她的衣服），我清楚看見她臉上驚愕的表情──還有別的，可能是恐懼吧（我後來才意識到）。雖然她再三表示不介意、說我隨時都可以借她的衣服來穿，但她說的每一句話只會讓我更加沮喪難堪。她根本不了解，因此隨意將我的舉措歸咎於虛榮心作祟；她甚至不曾想過、亦未曾理解，我之所以這麼做純粹只是想更靠近她。後來，我漸漸察覺到某種需要、內心亦充滿某種渴望──我認為我必須對她殘忍一點、必須懲罰她，讓她明白低人一等，讓人揮之即來、呼之即去究竟是什麼感覺。她連想都沒想，就這麼一而再、再而三地如此對待我。所以在那一刻，我要她知道、嚐到這種滋味。

後來有一天，愛麗絲再度無預警地回到宿舍房間，就這麼對著我亮出手指──我腳下的世界頓時消失不見：一只玫瑰金戒指，鑲著一顆小小的鑽石，燦亮地瞪著我。我抬頭看她，「你們已經決定了？」我的聲音聽起來好遙遠，我幾乎認定我彷彿能聽見這句話在屋裡反覆迴盪。

「嗯，差不多了。」她微笑著說。「目前還沒有任何正式儀式，不過，我們打算畢業之後辦婚禮，辦完婚禮，湯姆就會帶我出國了。」

所以不會有巴黎，不會有布達佩斯，也沒有開羅了。

沒有我們。

那一刻，我在心裡搖頭，告訴自己絕對不行——我不要走回頭路，我不可能再回到原本那個平淡渺小的人生，繼續過著晦澀庸俗的日子。她把我從圖書館、從我內心深處的晦暗拖出來，而我則是反過來幫助她走出過去的陰影，幫助她擺脫自雙親過世後便緊攫不放的焦慮，昂首向前。這一切再明顯不過，但她不知為何卻看不明白：她看不清湯姆．史托威爾不可能像我這般關心她、這般了解她。於是那一刻，我意識到：這件事需要有人提醒她。

於是，我綻放笑顏，道賀恭喜。

然後我開始計劃。

我的唇緊貼著愛麗絲的唇。雙唇緊貼移動的感覺好熟悉，和我過去花了無數時刻幻想的情景一模一樣；有時候，我深深以為這一刻永遠不可能發生。我等待。等待回應，等待暗示，等待任何能告訴我她的感受、她的想法的細微動作——然後，我感覺到了。是的，我非常確定，我感覺愛麗絲開始回應，感覺她的身體輕輕挪動、雙唇微微開啟。我緊閉雙眼，試著將所有的感情——自我倆相識以來，我的渴望、我的夢想，還有分開這一年來的心痛，以及此刻我對未來懷抱的希望——全部傾注、投入這一個動作。

稍後，在我倆的房間裡，我轉向她、靜靜微笑。「妳看出來了嗎？這是命運。在經歷過這麼多事情以後，我倆還是在一起了。」然後我壓低聲音，輕聲低語：「那天晚上，關於湯姆和那件意外——」她縮了一下，但我堅持說下去，因為我知道她同樣不能再繼續漠視這件事；「我還以為妳不會活下來。畢竟那輛車的煞車線斷了，然後我看見妳，我甚至認為妳已經死了。我非常確定。但後來妳沒死，然後——」我停下來，注意到她的表情變了：臉色蒼白，雙眼緊盯著我。我看著她，等她說話，但她只是一逕沉默。我瞥向窗外，但玻璃上的濕氣遮蔽早先映照的景象。我看不見愛麗絲的映影。只有我自己盯著自己，陌生而詭異的臉。

9 愛麗絲

她差點就騙過我了。

在她面前，我曾任由自己遺忘恐怖的過去、忘記眼前的單調乏味、不去思考令人沮喪的未來——我想就算是招搖撞騙的算命師也能從我支離破碎的掌紋看出來。我坐在破舊的汽車後座，閉上眼睛，任由身體隨著車子左擺右盪：計程車一路彈跳駛過凹凸不平的路面、繞過摩洛哥蜿蜒崎嶇的公路，飛沙走石甚至直接撲甩在我們臉上。我想忘掉已經存在一切。我在人生即將走向萬劫不復的深淵之際，仍力圖振作、想讓自己尋回初衷；我只感覺到堅定的決心與希望，知道未來的一切全掌握在我手中，由我所創。

而一切幾乎如我所願，幾乎成功了。在許多美妙且揪心的時刻裡，一切是如此純粹而美好，有時候我甚至覺得自己開心得無法呼吸——我做到了。我掏出相機，動手拍照。我對陌生人微笑，孩子們的貼心善意使我笑出聲來；迎面而來的全是未知，但此刻我只想經歷更多。於是我大吃大喝，直到肚子快撐破為止；我笑到臉頰發疼、笑到全身無力。然後——然後這幅假象徹底粉碎。碎片四散在我赤裸的腳邊，而我明白，我的世界再也不可能拼合復原。

她低聲告訴我約翰的不忠與背叛，提醒我這些我早已知曉、也曾竭力埋在內心深處的事實。她力勸我必須離開坦吉爾——**我們**必須離開坦吉爾。偷偷摸摸，趁夜出逃，因為她還知道錢的事：知道那筆茱德姑姑給我、再轉給約翰的定期津貼，知道他會因為我的離開而損失這筆錢。當時我並未起疑、質疑她為何總能掌握我的大小事，只覺得她就是會知道這些。眼前的一切看起來再合理不過，所以我點頭答應了。坦吉爾不屬於我。我從來不曾宣稱坦吉爾是我的地方，坦吉爾對我也是。我知道我可以就這樣離開，沒有一絲困擾與遺憾。

但後來，她提起那場意外。她說出的那個名字——湯姆——宛如帶有魔法的咒語，瞬間解開迷霧、令一切無所遁形，於是我別無選擇，只得再一次面對它。其實我一直不想聽見她說出他的名字，不想被迫正視、回想那一夜。我希望我們就這樣維持下去，就算只能再多撐一段時間也好。可是她說了他的名字。迷咒打破了。而接下來她說的那些話，我不曾在任何一份報紙讀過，也沒有任何警方人員、甚至就連茉德姑姑都不曾提過——因為我始終沒有說出來。我不曾告訴過任何人，最後那幾分鐘究竟出了什麼事。我把這些話藏在心底，不讓別人知道，因為我知道就算大聲說出來，什麼都不會改變，也不能改變什麼。在意外發生之後好幾個禮拜，待我逐漸從驚嚇狀態恢復，等我終於能坐起身來、能聽人說話、能再度進食之後，茉德姑姑曾經告訴我：當時現場燒得只剩些許殘骸，警方也盡力在這些斷塊碎片中尋找證據、仔細搜查，最後仍未能得出任何正式結論。

隔天，在我們乘車返家的路上，有件事突然牽動我的記憶。我努力回想、試著讓這份印象完整浮現：我想起她分享過的少數幾件、有關她家人的往事，她父親——還有他工作的修車廠。那個瞬間，空氣從我體內抽走，我的胸肺彷彿再也無法正常運作。我掙扎地想吸進空氣，從舍夫沙萬通往坦吉爾的沿途風光開始支離破碎、逐漸模糊，於是我什麼也記不得了，什麼也想不起來，腦中只剩下她說過的話——昨晚，傾盆大雨灑在屋頂上，雨聲浩瀚不歇；她躺在床上，喃喃說出的那幾句話。有那麼一瞬間，我以為是我聽錯了。也希望是我錯了。

但我知道我沒聽錯。我聽得很清楚，聽懂她說的每一句話：她溫熱潮濕的氣息拂過我的臉頰，她微笑嘆息、緩緩靠向我，喃喃說出他的名字和那天晚上的種種。還有煞車的事。

回到坦吉爾，當我發現約翰站在門檻上迎接我們，看著露西和我一步一步、慢慢登梯爬上公寓，我只能盡力調整臉上的表情，試著套回離開坦吉爾之前的虛假面具。我心懷恐懼、滿懷憂愁地踩著階梯，已然知曉的事實重重壓在心頭，使我再也無法預見未來；事實上，我連這一步之後的下一步都看不清楚了。

等我們走進他的視線範圍，他出聲喊我：「妳穿的是什麼衣服啊？」

我低頭看，下意識地扯扯襯衫、緊張地撫過長褲褶邊，急切地想擺脫這身衣裳。「我向露西借的。」提到她的名字時，我臉紅了，彷彿昨晚的事明明白白寫在臉上，彷彿約翰只消看一眼就能讀出我和她之間發生過的每一件事。

他換了一副表情，皺起眉頭：「那妳自個兒的衣服呢？」

「髒掉了。」我知道我的語氣聽起來短促且生硬，但我無能為力，好像我身上的每一分氣力都從骨子裡流光了，好像我至今所做的一切努力——這幾個月來擠出的每一次微笑與點頭，試圖假裝我並未做出「跟隨約翰來到坦吉爾」這個天大的錯誤決定——瞬間全部付諸東流。

我不可能再假裝下去了。

「髒了？」他大笑。「妳怎麼弄的？」

我吁聲嘆息。「怎麼弄的很重要嗎？」

一時之間，約翰似乎嚇了一跳，最後他說：「我想應該不重要。」他搖搖頭、往旁邊跨一步，讓我們進門，接著便叨叨說起看見我那張字條時他有多驚訝（但我想他真正的意思是他非常不高興）。他伸手耙過頭髮，試著擠出輕快的笑聲，但我能察覺到他搜尋、試圖解讀我的目光：好奇、臆測、揣想露西是否已將他的小祕密洩漏給我知道。他不曉得我早就知道了。他不是唯一懂得隱瞞真相的人。

「我看妳該去洗個澡。」他的聲音空洞，毫無感情，「妳全身都是沙。」他又笑起來，「穿著這身衣服，真不知道別人會怎麼想。」

我瞇眼看他，「什麼怎麼想？約翰？」這話明顯帶著挑釁。

「我哪知道。」他答，隱約流露輕蔑與不滿，「但我認為肯定不是什麼好事。」

我想回嗆、想反擊，但話語卻卡在喉間出不來；於是時機就這麼過了，那句含沙射影的批評也是。面對我的沉默，約翰繼續表明他沒有其他意思，說他只是焦躁擔心；我不在家，他很擔心。而他這番話似乎也真的是發自肺腑——他的眼睛又紅又腫，彷彿昨晚徹夜未眠。我頓時感到羞愧，為了我剛才無禮的口氣，還有我竟然為了他不知道的事而對他發脾氣。然而當我正打算開口解釋，他卻已改變話題，提議弄點飲料來喝，提議一起出門——譬如走一趟他答應要帶我們去的爵士俱樂部（那是露西造訪頭一晚的事，此刻卻感覺已經過了好久）。我懷疑，他之所以如此熱衷找我們出遊，可能是想藉此盯著我們，監視我們說了什麼、又或者哪些沒說。我好奇他怎會如此介意，橫豎他都已經有了別人。還是他打算兩者都要，我和莎賓——露西是這樣稱呼她的；若是如此，我也不意外。我察覺露西嚴肅、執著的目光（她一向如此），無聲要求我開口，將我們的計劃——不對，她的計畫，我提醒自己——付諸行動。我起身，兩人強烈的視線落在我身上，令我一度以為我就要在他倆面前爆炸了，碎成千千萬萬片。這個念頭使我全身盈滿某種近似開心的感覺。我握緊拳頭，指甲陷入掌心；「我先去洗個澡好了。」我說，設法裝出輕快的語氣，但這句話好似在屋裡反響迴盪，聽來沉重鬱悶。約翰說的沒錯。經過這段長途車程，露西和我都髒兮兮的，滿身沙塵、皮膚也曬傷了，彷彿每個動作都會剝掉一層皮似的。

我快步離開他們倆，感覺兩人緊盯我的背脊。

我一關上浴室的門，立刻吐出一聲悠長、沉重的嘆息，我甚至懷疑他們會不會聽見這聲嘆息，懷疑他們——他們兩個——正躲在門的另一邊偷聽。我打開水龍頭，坐在陶瓷浴缸邊緣，任水流變得滾燙炙人；我漫不經心，甚至滿心歡迎這份灼熱。這一刻，我已然曬傷的肌膚轉成更為激烈的赤紅色。

我壓低身體、埋入水中，然後放聲嘶喊。好在有這缸水蒙住我的聲音。我浮出水面，感覺空氣終於灌入胸膛、感覺胸肺灼痛，於是我嗆咳起來、不斷乾嘔，擔心可能真的因此吐出來。

是她做的。我一直都知道是她。

這就是藏在迷霧背後的真相——但現在我想起來了。想起在意外發生之後，我是如何堅信、深信她應該為此負責。然而當我試著把這件事說出來（起初在醫院，後來在英國），茱德姑姑總是漠視我的指控，反過來要求我噤語靜默。由於我並非十分篤定，也因為凡是扯上露西、或跟我內心幽暗角落有關的事，我永遠無法百分之百肯定，因此我聽從姑姑的囑咐，閉上眼睛，無視這種可能性。

我想起舍夫沙萬，想起那座城市在我心裡激起的混亂感覺——有好有壞，還有恐怖驚懼——我突然好氣露西，也氣我自己。我把水龍頭左轉到底，希望滾燙的熱水能燒盡盤踞我腦中的混亂思緒。

我會告訴她，我已經知道她做了什麼。然後我會請她離開。

我緊緊閉上眼睛，命令自己這一次必須夠聰明、夠勇敢，才能確保她會離開——而且不只是離開坦吉爾，也必須離開我的生活。她不能再出現在我面前，也不准再意外上門造訪。我必須將她逐出我的人生，從我的生活徹底清除，徹底了結。

我盡了最大的努力遺忘過去、埋葬過去，繼續向前邁進。我嫁給約翰、移居另一塊大陸，遠離那個會使我想起湯姆的地方數千萬哩遠。但是現在，我才明白過去從未真正過去，我永遠不可能逃離過去的陰影，而那團迷霧也不可能永遠保護我。當年的種種痛苦細節開始浮現，我漸漸感覺不到貼抵肌膚的灼燙水溫，漸漸感覺不到坦吉爾。

我打起寒顫，突然覺得我可能再也無法感覺溫暖了。

10 露西

我們穿過新城區，三人皆不發一語。走著走著，我直覺認為這一帶已經出了我的管轄區——彷彿舊城區、卡斯巴區、以及所有介於兩區之間的曲折巷弄全都屬於我，但眼前這些街道於我而言仍屬未知，拒絕坦露它們的祕密，使我覺得我好像踏進約翰的地盤。此外還有別的。愛麗絲好安靜，導致氣氛有些不自在；舍夫沙萬的一切突然離我們好遠。我發現我讀不懂她，不明白她為何還沒跟約翰提起我們的計畫，亦不明白我們為什麼反而會跟著約翰走進摩洛哥的小街小巷，迎向一場不知最終獎賞為何、令人惶惶不安的尋寶遊戲。

「我們先去另一間。」約翰轉進一條我不認得的暗巷。

「噢，約翰。」愛麗絲喊道。看得出來，舍夫沙萬已在她身上留下印記：她的眼睛下方開始出現黑眼圈，並且，雖然她在出門前先洗了澡，但身上似乎仍沾附著些許沙塵和脫皮，好像她並未盡全力刷除似的。「改天吧？」

「別掃興嘛。」他笑著說，戲謔地拽起愛麗絲的手臂，只不過他的動作隱約帶著急切、堅持與渴望。我想起與愛麗絲重逢的那晚，想起她勉強的笑容，想起她營造的假象，還有某種災難無可避免地即將傾頭落下、像碎玻璃一樣落在地上的不祥預感——約翰此刻的眼神就像當時的愛麗絲，焦躁不安。但眼前我只擔心愛麗絲，只覺得約翰陰晴不定的脾氣令人相當不舒服。這時他轉身背對我們，加快速度，遠遠走在我倆前方、而非我倆身旁。「快點！就快到了！」他喊道，歌唱般的聲調好似在玩遊戲，使人以為這一切都是玩笑。他使我聯想到領著孩童走出小鎮、進入森林的吹笛人。雖然我知道童話故事是怎麼說的，但我仍不免想到更黑暗的版本——滿心復仇的魔笛手，領著毫不知情的孩子一步步走向死亡。

不過約翰並未帶我們離開城鎮，相反的，他催促我們踏進城裡一間又一間無名酒吧。牆上污痕點點、裝潢斑駁陳舊，所有不願被照亮的事物皆隱藏在刻意調暗的燈光底下。我大聲詢問約翰為何帶我們來這種地方，但他根本不理我，一逕朝店內深處走、直直走到盡頭；在一行人看似即將走向出口之際，約翰突然停步，害我倆直接撞在他身上。

「把鞋子脫了，放在這裡。」他指指地上。

我皺眉，轉頭看愛麗絲；不過就算她也被約翰「跟我這樣做」的把戲弄得摸不著頭緒，她也沒表現出來。相反的，她依言彎腰解開短跟鞋的足踝繫帶、任其落在覆了一層煤塵的地板上。我訝異地看著她脫鞋，意識到自己別無選擇只能照辦，於是我也脫下鞋子、小心放在角落，暗自希望它們別給人摸走了。

「很好。」約翰眼神發亮，回頭看著我們：「現在，跟我來。」

我是最後一個走進暗室的人。我快速眨眼眨了好一會兒工夫，終於適應屋內昏暗的燈光；因此，待我終於把我們所在的環境給瞧個清楚了——地面鋪著某種蓆墊（不像竹蓆但也不像木頭做的），牆壁則是被煙燻得黝黑，以至在昏暗燈光下完全看不出是什麼顏色；然後還有幾張矮桌，著傳統長袍的男子三三兩兩圍桌而坐，一個個都在抽菸斗——約翰與愛麗絲早已佔據一張矮桌，盤腿坐下。我連忙加入他倆。

「我可是費了一番唇舌才把妳們倆給弄進來呀。」雖然約翰掩不住自我恭維的口吻，表情卻相當嚴肅。「這地方被歸類為『老男孩的俱樂部』，所以嚴格禁止女性進入。算妳們幸運，因為這裡的老闆欠我人情，不過，我答應他我們頂多待個十五分鐘。半小時算是極限了。」

「但我們來這裡做什麼?」我問，瞥瞥屋裡其他男人。這群人顯然大多五十好幾，或許六十出頭。方才進門時，好些人對我們投以感興趣的眼神，但這會兒差不多都已回過頭去，拾起擱下的長菸斗、重啟閒談。

「當然是這個。」約翰變出自己的菸斗。這玩意兒顯然一直藏在他西裝外套的某個內褶裡。「不要跟我說妳會怕。妳不怕吧?」他調侃地說，將大麻菸斗湊近愛麗絲面前，隨手揮兩下。他的笑容好像變了，變得越來越小、也越來越惡毒。他完全不像吹笛人，我發現自己在心裡說，根本是企圖誘拐我們的大野狼。他似乎想逗弄、刺探我們，想抓起我們倒過來、抖一抖，看看會掉出什麼東西來。他很焦慮——我突然意識到這一點——他想知道我到底跟愛麗絲說了多少莎賓的事，或許也想知道我跟愛麗絲之間發生過什麼事。我看得出來。他的猜疑、他的偏執瀰漫在我們四周，激奮顫動。

愛麗絲伸手接過來，順從地抽了一口;而令我意外、但約翰顯然很開心的是，她竟然立刻嗆咳起來。菸斗往我的方向遞過來，我當下有些遲疑:因為自從小時候在街角雜貨店偷了人生第一包菸、飛快騎著單車躲至小溪旁偷抽以來，我一向只抽香菸，但眼前這玩意兒明顯不同。我噘唇吸了一口，試著確認這玩意兒到底適不適合我，確認這感覺到底是怎麼回事；這一晚已漸漸進入某種詭異、令我參不透的失序狀態，無法重組成我已知且熟知的事物。

同一時間，約翰大笑起來；「很好！」他朗聲說道，從我手裡抽回菸斗。「沒有那麼糟嘛，是吧？」

我歪歪頭，不太確定他這話是對誰說的；但下個瞬間，這句話彷彿不曾存在過——事實上，整個世界好像全都開始模糊起來。稍早離開公寓之前，我們喝的那幾杯酒徹底出局，換成菸草盤據、蠱惑我的心緒。我漸漸覺得，我們好像從亙古以前就坐在這裡了，但我非常確定只過了非常短的時間。於是——倘若這玩意兒只是用來吞噬時間的話——那麼我判定我不喜歡它。不過，我也莫名地覺得膽子變大了。坐在這奇怪的三人小圈圈裡，我開始構思我想說的話，心想如果愛麗絲說不出口，那麼就由我說出來。我望向她，想確認她跟我有同樣的感覺，卻發現她已頹然倒在桌角，眼神迷濛渙散；於是我納悶，這到底是因為阿拉伯麻菸的作用？還是她老早就是這副模樣，只是我並未察覺？

這時，我覺得身體裡的空氣好像突然抽走了。我站起來，快步走向後門，探出身子迎視夜空。我深深地、慢慢地吸氣，感謝太陽早已下山，感謝水汽終於脫離白晝的箝制、滲入空氣中。我緊緊抱住頭，喝令它別再旋轉，別再飛快移動。

我回頭瞥向矮桌。愛麗絲依舊動也不動，就像石頭一樣看不透；而約翰仍堅定地抽著菸斗，抬眼對上我的視線。我嘗試解讀他的眼神，但他眨眨眼、起身離開位子；「繼續下一家？」他問。

我聽見有人唱和似地表達同意，但我自己一個字也沒說。話雖如此，我們——愛麗絲和我——還是拖著腳步、再一次像小學生一樣跟著他走。我們誰也沒開口問接下來要往哪兒去，就只是靜靜地、順服地不斷不斷往前走。我倆低頭專心看著腳下起伏不平的路面，小心翼翼，深怕在漆黑巷弄中踩錯一步。

我們靜靜走了好一會兒，下一秒約翰突然閃進一扇隱蔽的門扉。這地方比我們先前離開的密室還要昏暗，所以在找到位子坐下以前，我就已經絆倒好幾次了。小舞台上有幾名男子，呈半圓形圍坐，只不過他們演奏的完全不是爵士樂——就連我這個外行人都聽得出來：某種混合阿拉伯與安達魯西亞風情的樂曲從他們手中的樂器徐徐飄送出來，而他們亦偶爾隨著旋律唱和。這幾人想必經常一起演奏，故有些時候，當其中一個人停下來，其他人會立刻接手，彷彿每個人早已預知、也都能跟上彼此的節奏。我看見其中一位老先生就是利用這種空檔，隨興地從後口袋掏出長長的菸管，為自己填好菸斗。老先生吸了一口，休息時間從一兩秒延長至三、四秒。

我注意到約翰臉上閃過一抹不耐的表情。「難不成咱們來錯時間？」我問，盡力隱藏輕蔑的語氣。

他不理會我的評論，反而來回看著我和愛麗絲，好似在決定下一步該怎麼走——究竟該屈服於內心的焦慮、抑或抓住虛偽的幻想，佯裝諸事太平，假裝一切都能繼續維持美好的假象。我別開視線，不知道自己希望他選擇哪一邊。「所以，」他朗聲說，「愛麗絲終於踏出家門了呢！」儘管他的語氣聽來歡欣，卻仍帶著某種未曾流露過的僵硬及苦澀。

這句話懸在我們三人之間。約翰來來回回看著我們倆，好似急著想知道誰會先回話、咬住他拋出的誘餌。

「別說這種傻話，」愛麗絲伸手拿她的酒，大喝一口：「我又不是隱士。」她的聲音極低，所以我得傾身越過桌子才能聽清楚她說的話。只不過一夜之隔，昨日的她靈動活潑，此刻卻變得呆板嚴厲。我絞盡腦汁想搞清楚究竟是哪裡變了。

「是啊，也是。但我得承認我嚇了一跳。起初我還在想，妳們倆是不是跑回英國去了。」約翰說道，臉上掛著大大的笑容，眼神明亮。接著他大笑一聲，「噢，我夢遊幻境的小愛麗絲，我到底該拿妳怎麼辦？」

「別這樣叫我。」她低聲說，只不過她的聲音幾乎被嘈雜的噪音淹沒。

這時，約翰轉頭看我、上下打量我這一身裝扮：自然又是襯衫長褲，一頭時下並不流行的黑髮往後梳成一條同樣不流行的髮辮。我讀出他臉上失望的表情。「我該拿她怎麼辦？」他說，兩眼緊鎖住我的視線。

我心中閃過數百萬個答案，而第一個就是：*放她走*。雖然我並未真的說出來，但我能感覺我的唇形透露了我的想法。於是我別過頭，打斷他的凝視並伸手取酒，焦急地想感受琴酒沉靜的暖意。

大家好一會兒沒說話。然後，約翰直直看著我：「我說，妳的小假期是不是差不多該結束啦？」他往後倒向椅背，搖杯轉動飲料裡的冰塊。「該是返回真實世界的時候了？」他笑著說，但我能看見他熠熠閃亮的眼神。

他這話帶著輕視，我感覺得出來。他說的每一個字、每一處音節轉折無不顯露沸騰的怒意——因為我和愛麗絲關係要好。然後我也看見她的反應：她微縮了一下，迅速抽了口氣。想必她也聽見、也感覺到了——畢竟這才是重點。他說的每一句話都是侮辱，意在削砍、撕裂和傷害。我永遠不可能真正融入這裡，不可能成為她們的一分子——這才是他想說的。她們全是出身好人家、茶來伸手飯來張口，金髮耀眼、肌膚蒼白，五官平庸再加上鷹勾鼻，三句不離財富與優良血統的女子。她們不需要工作維生，只要服從爹地（婚前）和丈夫（婚後）就行了。但我不同，且明顯地礙眼。我必須工作，這就是我和愛麗絲之間永遠存在差異的證據，這份證據導致我們分開，終至訣別。約翰不理解我和愛麗絲的友情，但更重要的是他不喜歡這份友情。現在我看清楚了。我已然馴服她，某種程度改變了她對自己、或是他對她的理解。我們的友情對她的人格有害，而他欲除之而後快。

起初他並未看我不順眼——我這個孤單、獨立、突然出現在他家門口的奇怪女人。而我知道，孤單與獨立是截然不同的兩件事。一個人可能很孤單，卻十分依賴——就像愛麗絲。她在班寧頓是孤單一人，在這裡也是，但她總是依賴著某個人——她姑姑、約翰，或甚至是湯姆（雖然時間很短）。而我則是另一種截然不同的類型，不是跟約翰・麥克埃利斯特混同一種圈子的人。初見這個坐在他家沙發上喝琴酒的女人時，他應該是好奇，甚至有點開心；但現在他很生氣，對於我的繼續存在感到不悅，或者更重要的——他感覺受到威脅。

我微笑，嘴唇緊抵著門牙，而我一度認為我嚐到鮮血的滋味；「說真的——」我感覺今晚夜遊的效應徹底爆發，整個人輕鬆渙散，話語毫不遮攔地溜出唇畔；「告訴你吧！我根本沒有所謂的真實世界可以回去。我已經把出版社的工作給辭了。」我留意到愛麗絲對這項消息的反應：她大皺眉頭。我原本無意告訴她，至少也要等到我們離開坦吉爾再說；不過，早點把這個祕密說出來，或許才是最好的處理方式。是啊，我想我看得出來，提早招供應該對我有利。畢竟，美國或紐約都已不再有理由綁住我。我和她，我們可以一起到任何地方去。

約翰點點頭，小啜雞尾酒；「所以怎麼著？難道妳想在這裡——在坦吉爾找工作？」他邊說邊挑挑眉毛，好似認為這個想法很荒謬、彷彿他從來沒聽過此等稀奇念頭似的。「我認為，妳在這裡應該找不到幾家出版社。此外，妳的家人不會想念妳嗎？畢竟妳離家這麼遠。」

我感覺愛麗絲抽了一下。「露西沒有親人，約翰。我告訴過你了。」她說，明顯聽得出厭煩、尖刻的語氣。

他又點頭。「當然，我想起來了，只不過——」他停下來，轉向我，「只不過，這不全是真的，是吧？」他短笑兩聲。「妳瞧，我可是稍微做了點功課唷！我知道，我知道——」他看著愛麗絲，後者正打算開口辯解；「我不應該這樣濫用權力什麼的。但我喜歡瞭解一下住在我家屋簷下的都是些什麼樣的人。」

我以靜制變，好奇他打算抖出哪樁陳年往事，挖出什麼不為人知的祕密。他沒接著往下說——他也在等待——而是咧嘴笑開，笑容做足了效果，彷彿在強調他有多了不起，讓大家知道他終於贏過這個威脅要戰勝他的女人。

還有愛麗絲。

愛麗絲在看我，我感覺得出來。感覺到她火燒般的視線，炙燙而充滿譴責。率先提問的是她。她的音量很小，語音顫抖；「你發現什麼了？」

「噢，其實也不是什麼有趣的事。不過就是個過得滿辛苦的工人階級家庭嘛。住在修車廠樓上的小房間，只有父親、沒有母親。實在沒什麼好意外的。我想我這麼說已經很保留了。」

「那也——」愛麗絲想反駁。

「可是妳知道嗎，有時候我會想，這好像也挺奇怪的。」約翰打斷她的發言，繼續說。

「什麼挺奇怪的？」我問。

「這整件事。妳。妳為什麼在坦吉爾。妳為何不請自來。」他一句接著一句說，唾沫漸漸在嘴角堆聚；這畫面令我胃裡一陣翻攪，我厭惡地別開視線。

「愛麗絲要我來的。」我的語氣堅定。儘管我並不想回應他的指控，但我急著為自己辯護。

「我沒有。」

我轉頭。說話的是愛麗絲。準確來說，她音量不大，但這三個字卻如雷貫耳。儘管屋裡有不少人，她的聲音卻彷彿在我倆身旁迴盪；好像我們——只有我和她——又一次將約翰置於某種奇妙的存在，將其屏除在外。

「我沒有。」她又說了一遍，這次聲音小了點，好像她無法十分確信是不是這幾個字、抑或這幾個字代表的意思。「沒有，我沒有，露西。我從來沒有邀請過妳。」她鎖住我的視線，「我根本不希望妳出現在這裡。」她低語。最後幾個字隱沒在周遭喧鬧的噪音裡，因此我無法完全確定這句話是否真的說出來了。

愛麗絲起身——此舉令我們的小桌失去平衡，導致飲料劇烈搖晃，差點灑出杯緣。我看著杯子，雙眼緊盯著液面晃動的酒杯。事實上，我根本不敢抬眼看她，不敢看她說出那些話之後、寫在她臉上的表情。等我終於鼓起勇氣抬起頭，卻只見到她的背影正好鑽出酒吧大門。我迅速偷瞄約翰一眼，訝異地發現他非但並未露出我預料的輕蔑表情，反而眉頭深鎖，愁容滿面。我納悶這表情究竟是困惑，抑或反射他的某種心境。他並未採取任何動作、亦未起身追回妻子，他只是悠悠地掏出菸斗。我耐著性子等了好幾分鐘（邊呼吸邊默數一、二、三——），然後也跟著站起來，隨愛麗絲奔出酒吧。

街上到處都是人。數以百計的本地人大聲唱歌、揮舞旗幟，但明顯不是在示威抗議。大夥兒又唱又跳，笑著拍拍彼此的肩背，彷彿在互相道賀。我能感覺到這座城市的脈動，生氣勃勃地穿透每個人的身體，穿透我。在某個瘋狂的瞬間，我突然好想俯趴在地，張開掌臂直接感受這份低語輕鳴，令其抵著我的肌膚跳動。彷彿這座城市知道有事正在發生——歷經長久的等待，終於來到這一刻。我也感覺得到，感覺指尖刺痛。望著在我身邊流動的人群——本地人、外僑、觀光客、旅人——我別無他念，一心只想掃入人群、隨著大夥兒移動，持續前行，永不停歇。

但這時候，我想起愛麗絲。

一聲尖銳、獨特的哭喊劃過黑夜。這我知道：坦吉爾婦女在慶典上常會發出這種淒厲叫喊。後來我得知這叫泣啼（*ululation*），甚至欣喜地一個音一個音唸出這個詞。這時，我看見愛麗絲——就在我前方幾步——雙手環抱腰部，就像昨晚一樣。這會兒氣溫還沒降下來。儘管太陽已經下山，但白晝的熱氣仍在空中徘徊不去。我感覺鎖骨和後腰附近已聚集不少汗水。

「那是什麼聲音？」我一走近，她立刻抖著雙唇問我。

「沒事。」我說，但周圍太吵，我不確定她能不能聽見我的聲音，不知道她是否無論如何都願意聽我說。我讀不懂也參不透她臉上的表情。

我四處張望，尋找約翰的身影，不清楚他是否也跟著我們出了酒吧。群眾的歡呼越來越慷慨激昂，甚至開始合聲吟唱，但我聽不懂他們在唱什麼。街上的外國人不多，零星散布在人群中。

遠處再度傳來尖喊。愛麗絲在發抖。「好可怕！」她哭喊，「她們為什麼不停下來？」

「那只是為了慶祝，愛麗絲。」我告訴她。

她左右張望，雙眼掃過人群：「聽起來好像有誰就快死掉了。」

「不是這樣的，我保證。」我說，伸手帶她。她任我拉著她往前走，於是我們再度並肩前行，只不過她步履沉重，猶如行過泥濘地。她的臉上沒有情緒，但這份空茫卻彷彿徹徹底底、完完全全填滿了她，也占據她的五官表情。我湊過去，想問她不久之前、她在酒吧裡到底說了什麼，但有事阻止了我——有人按住我的肩膀——我轉頭看，心擂如鼓。我以為來人是約翰。

結果是尤瑟夫。兩眼盯著我瞧。

我嚇得後退一步，不明白他怎麼有辦法找到我——他怎麼有辦法在坦吉爾永遠失序、迷惑混亂的狀態中發現我。我牢牢瞪著他，內心充滿不信任，然後那感覺一股腦全湧上來——今晚的詭異、不自在與憤怒——我好討厭他。討厭他的侵擾，討厭他打斷我和愛麗絲獨處的片刻，討厭他破壞我把話說清楚、解決問題的機會。我煩悶地回頭一瞥：愛麗絲似乎沒注意到尤瑟夫的存在，依舊茫然瞪著前方，將包圍我們的這片混亂收進眼底。我再一次感覺到他按在我肩上的手，這份壓力使我厭惡地皺起眉頭。

「上次談完之後，我很擔心。」他的聲音低沉堅決。

我眨眨眼。那次談話——關於約翰和莎賓——彷彿已經是好幾個星期、甚至好幾個月以前的事了。從那時候起，許多事都變了，然後這一切也即將再度改變。我想起他是怎麼說我的——**女孩**——以及我當時的反應。我的臉開始發紅。憤怒緩緩從血管滲出來，幸好夜色掩蓋了逐漸爬上雙頰的紅潮。那天或許是我太過倉促，但此刻看起來肯定如此。但不管怎麼說，那兩個字仍討人厭地緊跟著我，在我口中留下一股酸味。

「妳一直在躲我。」他說。

我心裡有什麼東西安靜下來，不敢妄動。

他瞇起眼睛，望向遠方暗處；「我搞不懂為什麼，但顯然妳就是那種人。」他跨一步欺上來，縮短我們之間的距離。

我後退一步。

他不屑地笑笑，彷彿讀懂我的思緒。「到頭來你們全都一樣，你們這些坦吉爾傢伙。妳見到的每一個摩洛哥人都只為一己之利，同時也待價而沽。」他又站近了些，「所以，我在想，親愛的小姐，不知您願意付出什麼代價？」他伸手扣住我的手腕，手指牢牢嵌進我的肌膚，用力捏緊；「還有妳想買的究竟是什麼？」

我扭轉手臂甩開他，結果不小心撞上愛麗絲，令她跌倒在地。一聲輕喊逸出她口中。在那個瞬間，我忘了尤瑟夫，也忘了他不懷好意的口吻。他不過就是隻蚊子，我告訴自己，現在我終於可以擯開他了。我一個轉身、背對他，扶起愛麗絲。「有沒有受傷？」我問，順手拍拍她的衣裙和膝蓋——兩者皆覆了一層塵土及污漬。「愛麗絲——」我正要往下說，這時約翰突然出現、邁步朝我倆走來。他滿頭大汗，頭髮濕軟地垂落臉頰，帽子則不見蹤影。

「我得去辦公室一趟——」他的雙手無力垂在身側，彷彿剛才——不過就是片刻以前——支持他積極叫戰的旺盛精力，一轉眼全部流光，令他徒剩空殼而已。約翰沒往下說，仔細瞧著愛麗絲亂糟糟的外表。

「她跌倒了。不過她沒事。」我說。

約翰猶豫了一下，然後點點頭。他認真看著街上以及我們四周的狂歡群眾，「顯然坦吉爾成功了。至少就我們所知是這樣。」他揩揩眉毛上的汗水，而我清清楚楚看見他對這個國家的愛：他深愛這一小塊奇妙、不屬於任何人卻也屬於每一個人的狹長土地。我看見他有多麼為此心痛——想到這塊土地的變化，想到自己不再是管理者、甚至還變成局外人，說不定這是他人生頭一次遭遇這種狀況。他無能為力，受困作縛，什麼也不能做。至於我，雖然我也心痛——想到我們倆處境相類、想到我們倆搞不好真有些感受是相連的（特別是那晚他如此奮力想做些什麼——那種感受我也有過。某種程度來說，我這輩子每天都能感覺到這份心力交瘁），我仍試著從現在他終

於能體會我的感受了的事實汲取些許痛快、開心的感覺，但這個念頭卻徒留空洞的一擊，毫無意義。「出了什麼事？」我問道。他的舉止態度不變，令我不安。

「大家都開始緊張了。」他聳了聳肩，但他的表情傳達內心的憂慮。「看看這兩年來的各種示威暴動……他們想在正式宣布前離開這裡。」他搖搖頭，神情疲憊。**他累了**，我心想。「我得走了，晚點回去。不過我已經答應查理明天會跟他去一趟菲斯。」這話他是對著愛麗絲說的，但後者顯然沒聽進去。他轉身，背對著我：「請妳帶她回家。」他猶豫地補上一句。「平安到家。」

然後他就走了。消失在人群中。

我在深夜驚醒，急促喘息。起初，我還不確定是怎麼回事——是噩夢突然將我帶回現實？還是房中某處發出聲響？心臟跳得好快。莫名的困惑籠罩心頭，但已精疲力竭的我無力思索自己身在何處、發生了什麼事。**坦吉爾**，這個名字如洪水撲向我。**我在坦吉爾。跟愛麗絲在一起。**

接著我看見她——站在我房間的門檻外。

在那一刻，我滿心只求一件事：希望她能跨過橫亙在我倆之間的阻礙。我希望她走進我的房間，爬上這張小床——這張她親手為我鋪整、最初聞起來像她，此刻聞起來帶著我倆氣味的床，允許我安慰她，容我照顧她。其實我在許多年前、在我見到她的第一天起即有了這份領悟：世上再也沒有一個人能像我這般為她著想、愛她、看顧她，沒有人會做得比我更好。

在佛蒙特州一起生活的那幾年裡，我們日日月月四處溜達、包裹在宛如家庭生活的幸福雲朵中，而我一直在等她理解這一點。春天，我們在風和日麗的「世界盡頭」和大草坪上享受野餐。秋天，我們漫步校園，枯葉在腳下發出清脆聲響，有時則終日躲進圖書館。然後還有冬天——她最喜歡的季節，也是我最喜歡的季節。因為冬天令她展露笑顏，令她回想起童年、身為小女兒時的快樂時光。我們會坐在火堆旁喝熱可可、輕啜紅茶，而我總是不忘確認宿舍備妥足夠的木柴；若未送達，我也會溫和地提醒舍監。因為我知道她有多喜歡在大雪紛飛的時刻，盯著壁爐中搖曳閃爍的火光。到了最後一年，當我倆共同創造的安穩生活遭到威脅……這部分我也關照到了。我所做的一切全是為了她，我默默付出，沒有一絲怨言。其實我很開心，而這些也都是我想做的。我為她打理每一件事，靜靜等待，等她發現。屆時她就會明白了。

我不敢說話，耐心等待。一如往常。

然後她開口了。她的話語將滿室幽冥一分為二，裂成兩半。

「我希望妳離開，露西。」

我的心跳停了，胃糾成一團。我想起這輩子在書上讀到所有令人心生恐懼的陳腔濫調，在這一刻，我覺得我完完全全能體會那些句子每一處令人苦惱、淒慘的感受。我搖頭，試著將愛麗絲的話從心頭甩去。結果不該是這樣。不應該發生這種事才對。我皺起眉頭，左思右想，試圖想通、想搞清楚為何每一件事在這短短幾個鐘頭裡全都變了樣，而我竟渾然不覺？我感覺憤怒。灼燙而尖銳的怒氣壓迫我的喉嚨。她不是已經答應要跟我走？她已經承諾我了。

「妳是說約翰要我走嗎？」最後我終於擠出這句話，一字一句生硬地說。「妳是這個意思吧。」

「不是的，露西。」

她站得又挺又直，彷彿她的信心、決心與她的站姿緊密融為一體，使我腦中只剩下一個念頭：推她、搖她，破除那股逼她吐出這番醜惡之言的無名力量。

她交疊雙臂，抱在胸前；「是**我**要妳離開。」

我坐起來，推開被單；「妳不是真心的。」我說。我知道我的口吻遊走在安撫與嚴厲之間；她的話語使我勇氣盡失、心神不定，因此我再也想不明白，在那一刻，對她而言我到底算什麼，再也讀不懂她需要我扮演哪種角色。我搖頭，「妳不可能是真心的。愛麗絲。」

「我是真心的，露西。」她說，不斷地點頭，動作堅定果決。

「我不知道他還跟妳說了什麼，」我試著挽回，「可是妳不能任他這樣對待我們。」有那麼一瞬間，她看起來困惑不解，接著她再一次搖頭，而且還帶上一抹小小的笑容；「不對，」她柔柔地說，對上我的視線，「跟約翰沒有關係。」一聲苦澀、刻薄的笑聲逸出唇畔，「是我，露西。從頭到尾都是我的意思。要求妳離開的人是我。希望妳離開的人是我。」她稍作停頓，又說，「妳走吧，永遠別再回來。我要妳別再來煩我。」

我心痛如絞。不是約翰，她說了。但我好想伸手抓住她、搖她、尖聲嘶吼**當然是他！一定是他！**她太過六神無主、太過受他的迷咒蠱惑，看不清事實真相。「愛麗絲，我——」我開口。

她舉起一隻手，彷彿想藉此止住我的話語。

「我們會離開呀，」我爭辯，下床走向她，「妳說了我們會一起走的——離開他，離開坦吉爾。離開這一切。」

「我沒有，露西。那是妳說的。是妳的決定。」她搖頭。

「愛麗絲——」我伸手想拉她。

「我不要。」她退回走廊。「我根本不該打開那扇門。我根本就不應該讓妳進來。」她舉步走向她的房門，然後停住；「我知道妳做了什麼。在班寧頓。我知道是妳。」

「愛麗絲——」我想解釋。

「妳為什麼要我別走？」

我皺眉。這個問題嚇了我一跳。「我不懂。」

「那天。在佛蒙特那個悲慘的日子。」她說，語音冷酷生硬。「妳叫我別上那輛車。為什麼？」

「因為，」我別開視線——雖然只有一秒鐘，但她注意到了；「我不想讓妳走。我不要我們再繼續生彼此的氣。」

「不對。」她說，緩緩搖頭，「別再說了，露西。我不會聽了。我不會再相信妳了。」

「愛麗絲，妳糊塗了，」我看著她，眼神哀求；「妳真的認為我會做出任何傷害妳的事嗎？」

我看見她的猶豫。但她仍搖搖頭，迅速且猛烈，好似決心說服她自己。「妳必須離開，明天就走。」她轉身，彷彿要走、卻由停下來。接下來的話語彷彿在黑暗中微微發光：「如果妳不離開，我會報警。把妳過去的所作所為全部說出來。」

她越過走廊，關上她的臥室房門。

門鎖落下，聲音響亮地在屋裡迴盪。

那晚，我徹夜未眠。

我坐看陽光照進室內，在牆上投下長長的光影；我的眼皮好沉，思緒散亂惶惑。待清晨降臨，天色全亮，我起身離開公寓。

出了屋門，我開始走路。走過窄道小徑和急彎，踏進熟悉的街巷和初見的地域。我不停地走，直到雙腳疼痛、裂傷流血。我偶遇探險家伊本・巴圖塔的墓碑。我張開手掌，貼著粗糙牆面，指尖輕刷過描述其功績的牌匾。就像他一樣，我拒絕停下腳步，而且我也不累——口渴和飢餓壓根不存在。我繼續推進。我知道我必須繼續走，必須向前走，這份認知埋在我內心深處，而這也是最重要的：因為我不能停下來，不能用力思考。然後，我知道，最後一切都會沒事的。愛麗絲會恢復理智，她會把我們的決定告訴約翰，然後我們倆就能離開這裡、一起返回英國；或許先在西班牙待幾個月再回去。我想像這幅畫面——我們倆，在馬德里，然後是巴塞隆納；我們在一處喝雪莉酒，在另一處喝琴酒。我們會坐在屋外，等到太陽下山、夜色襲來，享受餐前小菜、暢飲利奧哈紅酒。這支酒肯定比琴酒更討愛麗絲歡心。

這時我突然絆倒了。我沒看見腳下那塊突出路面的石片。雖然我迅速爬起，但這一撲卻足以扭傷腳踝，因此當我試著把全身重量壓在那隻腳上時，劇痛瞬時劈來。沒人看見這一幕。我隻身立於一條空蕩蕩的小巷中，即便如此，我仍因為困窘、因為生氣而感覺雙頰火燙通紅。從我初次踏上這片土地以來，我便深深愛上這個國度，但這就是它回報我的方式？在我腳底擱上看不見的障礙，害我在這條覆了層層乾涸尿液（我光想到就直打哆嗦）的骯髒小巷裡受了傷——現在我的手掌和膝蓋擦傷紅腫，腳踝也不好使了。我想到愛麗絲。她也一樣，不是嗎？我為她做了這麼多，我愛她、看顧她，但她竟然這樣對待我。她隱瞞真相，蒙蔽我的視線，使我誤以為自己很安全。耳鳴越來越嚴重。我絕望地拍打雙耳。我再也無法凝聚足夠的氣力保持冷靜，太難了，我克服不了。我察覺肌膚底下幾近沸騰的怒意。微微的刺痛感沿著雙臂流竄，接著是規模更大、更兇惡害人的紅疹。但即使發熱發紅，我的身體仍拒絕出汗；彷彿汗水被困在體內，拒絕離開。於是，我的手臂浮起一道道鞭傷似的紅痕，直竄而上、再向下轉進肚腹。我甚至能感覺到紅痕從頸部一路朝臉頰擴散。

有人繞過街角走來。我不理他，希望他也禮尚往來——他最好別搞花樣。他走過我身邊，安靜不語，我一度以為我的怒氣開始消褪了。

但他轉過頭，對我說：「笑一個。開心點。」

我瞪他一眼，恨意沸騰、暴戾氾濫。他嚇地往後縮，而我不耐地轉身逃離，走出這條腐爛惡臭的小巷。不對。我不是不耐煩，而是絕望。我絕望得想逃。我感覺臉頰再一次羞紅，新生的憤怒更助其火燙。我又氣又窘：氣的是這名男子竟能使我萌生這種感覺，彷彿任何人都能如此動搖我。我感覺得出來，就像往常一樣，我的情緒逐漸失控，就像意外發生那天一樣。我感覺失控的力量在體內四竄，彷彿我在受到驚嚇或攻擊之後突然回神，於是全身發熱滾燙，好似通了電，再也抑制不住體內源源不絕的能量。我必須用盡意志力才能逼自己不撲上去攻擊他。理智上我知道，我的怒氣與他無關，這份怒氣完全是衝著其他事件來的；但是在此同時，我無力遏止。我不想。如果我當真逼自己隱忍、默不作聲，我擔心我可能會直接炸開、四分五裂，徹底崩潰。

憤怒的力量（是的，憤怒使我覺得好有力量）滲出我的毛孔，使我變成渺小、殘酷，受盡嘲笑辱罵的可悲傢伙。眼淚逐漸聚積。「滾開！」我嘶喊。我想他或許根本聽不懂我在說什麼，所以肯定不會注意到我的語氣和心情。

一抹困惑掃過他的臉。

我幾乎開始祈望他能做點什麼了——怒吼、掌摑、啐口唾沫——什麼都好，但他只是悄悄溜進這座城市數不清的某條巷弄，在這個曲折迷宮中消失了身影。

在那一刻，我只有滿心的輕蔑、鄙視——鄙視他們每一個人。我討厭約翰，還有他自信得意的笑。我討厭為了在這片茫茫人海中找到一處清淨孤絕之地、而必須推開的每一張無名面孔。然後，甚至在最短暫的一瞬間，我討厭她。愛麗絲。我為她做了這麼多——跨過半個世界，只為尋覓芳蹤，拯救她脫離自己一手創造的混亂：她把**我們的人生**攪得一團亂。我恨她的怯弱、沒有骨氣，恨她總是做回同樣的決定。

眼前該做的只有一件事。

我迅速轉身，走出幽暗窄巷，朗步朝舊城區的方向走，最後來到小廣場。我溜進塔吉咖啡館，點了一杯咖啡，然後向侍者借來電話一用。

我撥了號碼，暗自希望他還沒出門，指望他來接電話。我屏住呼吸，等待約翰的聲音響起。

那晚，愛麗絲根本不該在那輛車上。

湯姆也不該喪命。

只是後來我們吵了一架。憤怒、指控的話語織成洪流，威力與屋外肆虐的暴風雪不相上下。那是一場暴雪，後來我聽人這麼說，所以當我意識到當下發生的事——車子開過來，愛麗絲上車，暴風雪的威力到達頂巔以致路面結了一層滑冰——這才明白意外可能遠比我當初計劃的還要糟糕。

我的原意只是想嚇嚇他。想像他可能因此撞斷腿、失去獎學金，總之就是設法讓他離愛麗絲離得遠遠的、讓愛麗絲和我能再一次只有彼此，不受干擾；於是我熟練地趴在湯姆的引擎蓋底下（他把車停在防火巷裡），吸著濃濁不安的機油味（這味道使我想起老家、想起某個與班寧頓截然不同的地方），憑著記憶、憑著我不願承認的經驗移動雙手，迅速作業。我只用一把鉗子折凹了煞車線。我知道這會影響油壓、影響煞車，但我沒想過它會爆炸，也沒料到會有那場雪、路面結冰、山路和愛麗絲。

我試過要阻止她、警告她，但她不聽我的話。我想過要跟上去、擠上那輛車，坐在她身邊；但我動不了，杵在門口——因為暴風雪越來越強，因為她對我說了那句話：她要我消失，說她再也不想見到我。我被她忿恨、充滿怒意的目光釘在原地，措手不及，無法反應。

後來，我回到宿舍，站在我們靜悄悄的小房間裡，明白一切都結束了。我沒有理由繼續待在這裡。於是，我開始打包（不多不少，就只有一個行李箱），只放進最初帶來的幾樣東西——幾件衣服，幾雙襪子；至於這些年添購的小說（在鎮上書店買的），去年夾進書裡的秋葉……這些，我就不帶走了。

起初我想避開大路，想躲掉可能看見的景象；但後來我想到那片樹林、無盡的黑暗還有暴風雪，只好硬著頭皮走下去。

走在狂風暴雪中，雙手凍得發青、毫無知覺卻頻頻顫抖。我在大片殘骸附近停下來，內心升起某種渴望：我好想知道——我熱血奔騰，耳鳴隆隆作響——想知道這一切究竟是為了什麼。我看見愛麗絲：她躺在雪地上，離車子有好一段距離，身上沾抹不少猩紅與污黑，身影隱晦難辨。我立在這副渺無生氣的軀體身旁、看著我曾經愛過的女孩——她曾是我的夢想、我渴望的一切，最後竟落得如此下場。我感覺到那份黑暗。它包圍我，影響我，改變我，使我變成一頭我無意成為、亦無從預見的怪物。

後來我來到紐約這座大城市——不過我先在從小長大的修車廠稍作停留。不過幾天前，我才在心裡感謝過這個地方，感謝我在這裡熬過的幾個夏天（我和幾個男人一起工作。每當有人的視線在我身上流連不去，我必定回敬肅殺的眼神）。我拿走修車廠收銀機裡為數不多的現金——他們欠我的，我心想，畢竟我在這裡做牛做馬了好幾年——然後買了一張灰狗巴士的單程票。到了紐約，我也懶得改名換姓，橫豎這是座大城市，不會有人找到這兒來的。我就是知道。

於是我就這麼消失了，與其他十數名女孩一同隱身在寄宿公寓裡；這些女孩不是剛脫離對她們拳腳相向或不聞不問的丈夫，就是準備投向其他男人的懷抱。最初幾個星期，我每天認真翻報紙、看訃聞。租屋處的幾條街外有個小書報攤，那裡碰巧也有家鄉來的報紙，所以我每天都會走一趟。迎著清晨寒風，我縮著肩膀發抖，每天都確信報紙一定會刊出我等待已久、卻也害怕知道的消息。過了一個禮拜，報上登了一篇湯姆．史托威爾的報導，通篇描述「史托威爾」這個偉大、淵源已久的白領家族，彷彿他繼承的血統即足已要求世人關注他的早逝。我繼續等待愛麗絲的報導，但始終等不到隻字片語。隨著日子一天天過去，書報攤主人甚至會拿著報紙等我出現（幸好，我猜他誤以為我是初來乍到、思鄉心切的年輕女孩），而我也漸漸覺得這種無止盡的等待其實很公平：這是命運，也是懲罰。日復一日、毫無變化的腳步聲成為我的日常註記，領我從寄宿公寓走到書報攤、走去上班、然後再走回公寓。如此日常已成為我唯一的寄望。有一陣子，我說服自己我做得到，我可以繼續這種日子，隱身在這個冷酷、灰暗又空虛的城市裡，讓這座城市成為隱匿我的殘酷與惡毒的完美屏障。

但是有一天，我看見她──愛麗絲的監護人，茱德。她剛下計程車，而那輛車離我不到五步遠。她身上的時髦套裝看起來比我一整年的薪水還貴，髮型俐落雅緻，妝容華貴；雖然我不曾當面見過她，但我立刻認出她就是愛麗絲宿舍照片上的那個人。於是我走向她──在那個瞬間，我非得如此不可，我必須接近曾經十分靠近愛麗絲的這麼一個人。我拉攏磨得又薄又舊的大衣，暗自希望它能遮住底下更為不堪、因為頻繁穿著而磨損得幾已透光的平俗衣裳。

「希普萊女士？」我喊道。

愛麗絲的姑姑回過頭，迅速將我的寒傖掃進眼底，不悅地撇下嘴角；「妳是哪位？」她問，語氣冷硬唐突。

「希普萊女士，」我又喊她一次，強迫自己微笑，「我在想說不定是您。」我不理會她微微皺起的眉頭，好似她正試著把我的面孔套入她人生的某個位置，但失敗了。

「我和您的姪女愛麗絲唸同一所學校。」這是我數月來頭一回大聲說出她的名字。那幾個字牢牢卡在喉頭，我得費勁才能說出來。

乍聞她姪女的名字，茱德．希普萊的表情變了——但我認為並非放鬆，而是警覺：「是嗎？那麼，」她說，「我一定會傳達妳的問候。」

就這麼一句話，一句承諾，我的世界整個變了。

後來，我認為茱德的出現是個徵兆，一個不容漠視、要求我——不對，是乞求我——重視的先兆。於是我感覺那條將愛麗絲和我繫在一起的絲線，再一次拉緊了。我們的緣分還沒完結，還沒告終。我們的故事還要繼續寫下去。這是命運，我決定了。自我獨居紐約以來，那始終籠罩心頭的晦暗逐漸消散，我心裡那片哀愁的小雨雲也終於開始褪去。我捱近茱德，「說真的，能在這裡遇見您，我實在非常幸運。其實我一直試著要更新她的聯絡方式——您也知道，就是校友年鑑之類的——但我怎麼問也問不到。我在想，她應該已經不住在原來的地方吧？我是指倫敦的地址？」

她雙眉一挑，開口問道：「剛才妳說妳叫什麼名字，親愛的？我想我可能沒聽清楚。」

「噢，」我用帶著手套的手覆住喉嚨，「我真蠢。抱歉，希普萊女士，我叫蘇菲。

蘇菲．透納。」我答道，借用跟我們住同一棟宿舍、隔壁幾間房那女孩的名字（她是個沒什麼特色的人物。就算有人提到她，也只是因為她的父母、她家的財富）。離開班寧頓後，我持續追蹤、更新好幾個人的近況，不是利用我在出版社的資源，就是透過報紙挖消息，妒忌地讀著她們的新近成就與計畫，因此我知道蘇菲．透納目前過得差強人意：結了婚，但嫁得不太好，深居簡出，住在我祈求這輩子永遠不會踏進的南方某州，某個隨口就能說出、但說過即忘的小鎮。根據經驗，我知道蘇菲是個不太可能讓人留下印象的女孩（頂多記得她的名字、記得有這麼一個人）。有段時間，我佔過這類好處：每當我偶爾留宿旅館、或必須結清客房小吧檯的帳款時，只要報上她們的姓氏，對方總是微微笑、點個頭，不問問題，也不會出現尷尬的爭執場面，沒有人會為難這個誰也記不得的女孩。但後來，透納家出了某種財務危機（我懶得研究細節），因此飯店經理在預約訂房、贈送飲料、付款無須信用擔保之類的服務便趨於保守；不過我還是會在適當時機借用她們的名字。而現在，站在這位身分地位與過去的透納家相提並論的女士面前，我再一次發現這名字實在非常好用。

聽聞我報上的姓氏，茱德微微一笑（但表情依舊僵硬），徐徐說起愛麗絲的丈夫、還有坦吉爾。「我還滿後悔介紹他倆認識的。」她坦承，眉宇間的褶紋因此更形深刻；「但我又怎麼會知道他竟然把她帶到非洲去？」據茱德表示，其實她並不十分確定姪女是否真的開心，也不完全相信她丈夫之所以娶她，跟她的財產毫無關係。「妳能想像嗎？」她質問，「一個像她這樣的女孩，竟然會待在那種地方？」

結果，到頭來，真正說服我的就是這句話。其他都不重要。

茱德從手提包裡掏出一本小筆記（外皮是金屬質地，封面採深色壓花設計，有點像維多利亞風格的壁紙），抽起夾在裡頭的鍍金筆，將她的地址寫在一張紙上。我接過來，把紙條塞進口袋。我的手在發抖。

翌日，我去銀行把房租存款全部領出來，然後立刻到「庫納德郵輪」票口排隊，預定一張橫越大西洋的船票。

我們大概走了十五分鐘，一路上誰也沒開口說話。起初，我把他的沉默歸咎於燠熱的天氣——儘管太陽已經下山，殘存的熱力彷彿依舊能烤焦我的後腦勺。我感覺襯衫黏在身上，隨著腋窩周圍的布料漸漸變濕，汗味亦益發明顯。我納悶他是否也察覺到了，但他總是擺出一副「流汗與我無干」的模樣，因此我實在看不出來。搞不好他只是裝模作樣，就像他人生中的大多時刻一樣。又或者，他還在為昨晚的事生悶氣。

我在想，這說不定就是他始終直直看著前方、盯著眼前的道路，或者什麼都看、但似乎就是偏偏不看我的真正原因。

然後，他終於開口了。

「我知道妳看見我們了。」他的口氣既不和善亦無威脅之意，完全不帶情緒，好似想等著看我會有什麼反應。

我看看他，「你和莎賓。」

約翰臉上閃過一抹訝異，他沒料到我竟然知道她的名字。於是我開始好奇：要是我繼續保持沉默，不曉得他會說什麼？他會不會輕描淡寫地帶過，說她是同事或朋友妻子之類的？就像那天在卡斯巴，我懷疑他又會編出一套說詞。

「我不會問妳是怎麼知道的，」他再一次露出那種調侃、奚落的微笑，只不過笑容並不完全到位，好像他再也擠不出足夠的氣力假裝下去了。「不用說，我確實驚訝，但妳似乎頗擅長打探消息。」他清清嗓子。「妳告訴愛麗絲了嗎？」

我也回他一笑，答非所問地說：「我就要走了，約翰。愛麗絲想跟我一起走。」

我注意到他的表情變了——眉毛微微下垂，算不上皺眉，不是那種明白表達不贊同的表情。我想應該是疑惑。難道他當真如此天真，以為愛麗絲不會因為他的行為不檢點而離開他？我們繼續朝目的地前進，而我幾乎是本能地往旁邊閃，在我們之間空出一段距離。我不知道他會不會採取什麼暴力反應，還是他會哭出來、求我勸她改變心意？我無法確定我比較討厭哪一種反應。我們走得很慢，但夜色迅速襲來；眼前幾乎已看不清楚去路，舊城區的燈光被我們遠遠拋在後頭。

「所以妳跟她說了？」他問。但他的口氣聽不出懼怕也未流露擔憂，反而像是被逗樂了，彷彿我這個舉動——把他不忠的事告訴愛麗絲——根本是可以扔在一旁不管的雞毛小事。

「她不需要我來告訴她，約翰。」我頓了頓。「她已經知道了。是她自己想通、搞清楚的。」

他好一會兒沒說話。後來他點點頭，似乎想讓自己接受這個消息。「也是。有時候，我覺得她會自己猜出來。畢竟她沒有那麼遲鈍，是吧？」說完，他促狹一笑，透露他的不自在。

「是的，她並不遲鈍。」我嚥下嘴裡的苦澀。「所以，你打算怎麼辦？」

他看看我，「什麼怎麼辦？」

「愛麗絲。」我頓了頓，又說，「你該不會指望她還會繼續留在你身邊吧？都走到這一步了。」

他再次縱聲大笑——這回感覺比較真實可信。「為什麼不會？」他問。「妳也知道，這全是她姑姑的主意。當時，她和我母親都非常積極想撮合我們。雖然我懷疑我應該不是茉德心中理想的姪女婿人選，不過，她也只有兩種選擇：不是她自己來照顧愛麗絲，就是找人來照顧她。所以囉。」

我轉向他，一時有些站不穩。

即使夜色深沉，但他肯定察覺到我的困惑，因為他又繼續往下說：「愛麗絲哪兒都不會去的，露西。我想妳心裡也明白。除了家族羈絆以外，我們對彼此也是很好的伴侶。我們屬於——妳都怎麼形容？共生關係？這不是妳們最喜歡的詞彙之一嘛？總之，我們彼此需要，愛麗絲和我。這點妳還沒想通嗎？我需要她的錢——唔，或許不是需要，用感激可能比較貼切。」他笑起來，「而她需要我協助她遠離精神病院。」

我頓住，但我們也到了。即使在黑暗中，我依舊能看見他正左右張望，試著掌握、了解周遭環境。他不認得這裡，他跟我說他不曾來過這裡。我很高興。這樣事情簡單多了。

坐在塔吉咖啡館的時候，我就決定了。約翰是個麻煩，他是必須除之而後快的沙豬，也是必須死在英雄屠刀下才能使女主角得救的惡龍。我無法跟約翰競爭，就像我永遠不可能爭贏湯姆，不太可能——因為這個世界告訴我這是不可能的。我在各方面都強過他們，唯獨性別除外。但我也只需要勝過他們，並且讓愛麗絲看清這點就行了：她的未來不用指望他們，而是我。我能感覺這份堅持躍躍欲現、強烈搏動。眼看摩洛哥人民即將脫離臣服受迫的日子，在這一刻，我認為我也感覺到了，那也是給我、給愛麗絲的預兆。

「她會走的。」我的聲音平板單調。「她會跟我走。她會明白這是最正確的決定。」

「露西。」此刻，他的語氣帶著一絲惱怒，我感覺得出來。他越來越不耐煩，而我的執著、我的決心更助長這股情緒；「愛麗絲根本不在意莎賓的事。不完全在乎。」他越說越急，「如果她真的在乎，妳不覺得她至少會說句話、或做點什麼嗎？」

我努力找回我的聲音，「她怕你。」

「不對，露西。」他笑了。「她只是知道，對於像她這樣的女人來說，眼前沒有更好的選擇了。」

就在這時候，我感覺到了——氣息不穩，呼吸急劇猛烈。好痛。每一次吸氣都好費力，痛徹心肺。「這裡是我在坦吉爾最喜愛的地方。」我把痛苦的感覺推一邊去。

「這些都是墳墓，就在你腳底下。」我停下來，轉向他，強烈的情緒使我聲音不穩；「愛麗絲會跟我走，約翰。她已經答應我了，在舍夫沙萬的時候。她已經決定要離開你了。你只是不夠聰明，還沒意識到這個事實罷了。」

他大吃一驚，然後突然推我一把；我失去平衡，重重跌在塵土飛揚的地上。「妳這賤貨！」他啐道。我向後爬、試著調整姿勢並遠離他，不讓他有機會像高塔一樣俯視我。我看不清他的表情，這裡太暗了，但我能想像他肯定氣得滿臉通紅。這番怒火其實頗為荒謬：他曾經擁有愛麗絲，卻親手放開她、換了另一個女人。我想，大概就是這件事——他的不忠與背叛——徹徹底底說服了我，使我認為這麼做是正確的。

這也是我唯一能做的——在那一刻，我明白了。

約翰將愛麗絲視為他的禁臠，認定她沒有獨立生存的能力。只要他存在一天，她便毫無機會。眼前只有一條路能放她自由，確保她不再永遠屬於他、屬於這個地方。這時我又想到約翰有多愛坦吉爾，也明白他是對的：一切都在變化、都在改變，而坦吉爾——還有我們每一個人——再也不會一樣了。如果他做得到，我知道他會選擇永遠留在這裡——和她一起，在屬於他的坦吉爾——和她永遠停留在這一刻。

一旦明白了這一點，剩下的竟然意外地簡單。

第三部

坦吉爾

11
愛麗絲

那天早上醒來的時候，有那麼一瞬間——那美妙的瞬間——我彷彿又回到新英格蘭。我感覺到冬季冷冰冰的疾風，聞到冷冽鮮新的空氣，因此我動了動身子、埋進被窩，探索羽絨被熟悉的溫暖；就在這時候，那份狂喜的感覺變了、傾斜了，取而代之的是漸增的急迫感，好像有什麼事出錯了。這份認知將我往下拉，越帶越深，直到我再也無法掙脫、無法浮上來。我的胃好痛，我又踢又抓，但完全沒用。我又回到那個地方，回到佛蒙特，所有懷舊、美好得教人忘了呼吸的感覺全部消失，只剩黑暗。某種巨大且無法控制的形體作勢要再次抓住我、箝制我。這時我看見湯姆，躺在雪地上，他身下那片猶如地毯的白雪緩緩流淌，漸漸變成深沉、驚悚的紅。我跨近一步。不對，那根本不是湯姆，我赫然理解：那是約翰。靜靜地，動也不動——死了。突然間，我知道了。我知道——

我倏地坐起來。

有人在敲門。

我的腦袋仍因為方才的夢境而昏沉沉的。我轉向約翰那邊，想看看他是否也聽見敲門聲了。看見空蕩蕩的床鋪，我想起來了：那晚在酒吧，麻菸，調酒，以及後來他去了菲斯。我無法為此責怪他。他需要逃避——這顯然是我倆少數的共同點之一。畢竟，我不是也逃去舍夫沙萬，讓他枯等在家？而現在，我似乎也該做同樣一件事，等著他從菲斯歸來、等著他再次現身門前臺階，帶著一身疲憊與全然的領悟——領悟我們誰也無法逃離我們為彼此塑造的人生。

我深呼吸，設法用意志力命令心跳慢下來、命令肌膚上的汗水蒸散，即使如此仍揮不去約翰蒼白、沉默的身影。

最近一次見到他出現在我眼前，彷彿已經是好久好久以前的事了。

夜遊歸來的隔天早晨，我嚴重宿醉，一直待在床上調養，也不清楚他何時到家，是否睡在我身畔、在我們的床上過夜，或只是窩在外頭的沙發上。我倒是被他在廚房做早餐的聲音吵醒。水煮蛋，一片千層餅，然後迅速灌下一杯茶。每天都一樣。後來，我聽見電話響了——我猜是查理，想起他昨晚提到菲斯的事——沒多久便傳來大門關上的聲音。

接著，我專注聽探露西的聲音。想聽出任何可能暗示她正在打包行李、準備離開的聲音。但外頭悄然無聲，一片寂靜。幾個鐘頭後——按陽光落在牆上的方式判斷（彷彿緊攫住最後一絲生氣，堅持不放），時間約莫是傍晚了吧——我躡手躡腳經過她房門口，伺機迅速往房內看一眼。空的。我吁了口氣，帶著近似解脫的感覺回到房間，爬進被窩，滿足地讓白晝從我舒適的床鋪一步步溜走，滿心踏實地想著每一件事終於回歸正軌，恢復以往的模樣。想到露西已經離開、而約翰又偕同查理出遠門，這份認知令我寬慰——我又是一個人了。

日暮時分，我幽幽轉醒。睡不著，站在窗邊又是一兩個鐘頭。我凝視坦吉爾，看著這座不知不覺變成我的家的城市。在這片靜謐中，我允許自己盡情揣想我是否愛過這座城市，揣想若我繼續留下來、留在約翰身邊，我是否有一天能衷心感到快樂。我倆的人生與我最初想像的已大不相同，而現在，露西離開了，一切終於塵埃落定，我卻不知道這對我和約翰來說究竟代表什麼意義？我們能不能再若無其事、重回過去共同塑造的那種日常？我甚至不曉得那是不是他或我真心想要的。於是，我再度早早上床，急切地想讓腦中盤旋的思緒靜下來。哪怕只有短暫的一兩刻鐘也好。

敲門聲越來越響。

我拉緊睡袍，匆匆來到走廊。「馬上來！」我喊道，冰涼的磁磚迴盪著我的腳步聲。我來到樓下大門，握住黃銅門把，理所當然地以為約翰就在門外——他和查理閒遊歸來，很可能因為在旅途中隨興收置鑰匙、一時找不著而心生惱怒，因此滿心期待泡個熱水澡再啜飲一杯好茶。這份熟悉感令我展露笑顏，急切地想掃除約翰在我夢中的形象。我拉開大門。

不是他。

眼前是一位我不認識的男士，雙手緊扣著帽子。他很高，高得足以頂住門框，而他的身體似乎隨著每一次呼吸而漸漸膨脹。他的眉毛有一道疤，因此看起來好像少了一小塊眉毛；疤痕表面光滑，襯著他黝黑的皮膚，彷彿在黑暗中微微發亮。

我皺起眉頭，瞇眼看著燈光昏暗的廊道，努力想認出眼前這個男人。

「抱歉在這時候打擾妳，愛麗絲。」他開口，口音顯示他是我們的同胞。

聽聞我的名字，我略略吃驚。「怎麼了？」我問，旋即對自己微弱、試探的口吻（我知道我的聲音聽起來是什麼樣子）感到無限悔恨。

「我有事要找您的丈夫。他昨天沒進辦公室。事實上，可能連今天也沒來。」他頓了頓，望向我肩後、看進我們的公寓。「您大概也想像得到，他的缺勤令我們有些擔憂。」

「噢。」吐出這個字的同時，我感覺一陣釋然漫湧過全身——站在我家門口的只是一名心懷擔憂的同事，不是帶來壞消息、將我的清晨夢魘化為真實的制服警員。「他不在這裡。我是說，他不在坦吉爾。他和他的朋友查理到菲斯去了。」我說，試探地笑了笑。

男人聞言卻皺起眉頭。「您最近一次見到他是什麼時候？」

「他昨天中午就出門了，用過早餐之後。」我說，刻意忽視指頭微微竄起的麻刺感。「方便請教您找他有什麼事嗎？」

「您見過他？」他問，無視我的問題，「我的意思是昨天，在他離開以前？」

「沒有。」我坦承，這兩個字緩緩從我口中吐出來。「前天晚上，我們出門溜達了好一會兒，所以隔天早上我恐怕是睡晚了，並未親眼看他出門。」不知怎麼著，向這位站在我面前、眼神估量的陌生人解釋我何以無法確定丈夫行蹤，似乎非常重要。

男人再一次瞧了瞧我身後。「但他後來確實回到家了吧？」

我皺眉，「他到家的時候，我已經睡了。」

「那麼您又是怎麼知道的？我是指他回到家這件事。」

「我聽見的。」我語帶防衛。但這時候，我突然開始懷疑我到底聽見了什麼？昨天早上，在廚房做早餐的人真的是約翰嗎？我的胃開始抽筋，我甚至一度覺得非常不舒服；「是他沒錯。」

男人微微一笑，但他的表情還有某種含意，令我肚腹深處更加糾結、令我想想躲回公寓。我想起約翰口中那些影射他神祕詭譎的工作的種種事件。以往我總是嗤之以鼻，認為那只是基於不安全感和虛榮作祟所吐出的誇大之詞，除了硬扯上他的名字之外，別無他意；但現在，我深信這些故事說不定有某種形式的真實性，於是我開始揣測，這位男士出現在我眼前究竟代表什麼意義。

「有沒有發現什麼不尋常的跡象？」對於我方才招認的內容，他並無回應。「我是指那天晚上。」

「沒有，當然沒有。」他這問題嚇了我一跳。「一切都很正常。」然後我想到露西，想起我們的爭執，突然有些喘不過氣；我敢說他肯定是注意到了，因為他瞇起眼睛打量我。不過，經過好幾分鐘的沉默、見我也未再進一步說明，他便點點頭、感謝我撥冗回覆，轉身準備離去。

我動手關門，這名即將離去的陌生人令我滿心焦慮——但他倏地停步，回過身來，五官因為專注而糾結在一起。「抱歉，」他說，「方便請教您剛才說他是幾點離開的？」

我雙臂抱胸，緊緊扣住。「剛過中午吧。我不太確定。也可能是快到中午的時候。」我說，越來越不確定前天我到底在床上躺了多久；感覺好像過了很久，實際上卻可能只有幾秒鐘、或只是一瞬間。我搖搖頭，抬頭看著這位正專注盯著我的男人，「我也不太清楚。」

他皺起眉頭，好似這番不確定的回答惹得他很不高興。「我知道了。」他說。「總之，假如您有他的消息，」他從外套口袋掏出一張名片，「請務必聯繫。」

我接過來，也跟著皺眉，再度想起早上的夢境。「他……出了什麼事嗎？」

他定睛看我，表情高深莫測；「您認為他出事了？」

「什麼？」我感覺臉倏地變紅，「不是的。我只是在想，我是說，我還以為您在暗示——」我沒往下說，等著他接話。但他沒說話。他只是比比我手上的名片，再一次轉身要走。「等等！」我喊他，聲音顫抖，「我們——我是說，我該通知警方嗎？」

他眉頭一展、白色的傷疤延伸開來，嘴唇也彎成一抹大大的笑弧，令我當下只想用力摔上門，不願再等待他的答覆。「我認為完全沒有這個必要。」他的嗓音低沉，語帶安撫；「說到底，妳我都不想讓本地人干涉我們的事，對吧？」

儘管他臉上掛著古怪的微笑，但我聽出他話裡的脅迫與暗示。他轉身離去。腳步聲越來越遠，我緊緊關上門。

所以，約翰不在菲斯。他並沒有跟他的朋友查理在一起。這位男士——我不確定他是否提過他的姓名，而名片上也只有一個電話號碼而已——肯定已經問過他了。我在想要不要打給查理，就算只是確認一下也好，但我赫然領悟我根本不曉得該如何聯絡他。我跟查理僅有數面之緣，都是在派對上見到的；當時，我強烈認為他根本不曉得、或者不太確定我是誰。他知道約翰已婚，也知道他帶著妻子一同來到坦吉爾；不過對他而言，我的名字、我的臉全都是謎，但我猜他大概也無意探尋謎底就是了。

我回到起居間，走向約翰鮮少使用的書桌，那幾個抽屜儼然已成為收藏紙筆的雜物櫃。約翰肯定會把查理的聯絡方式抄在某個地方。我層層翻找，紙張飛落一地；我完全不在乎自己搞出的一團混亂，驚慌地想找出來——什麼都好，任何有助於消卻約翰留在我心頭、身軀了無生氣的畫面，任何能阻止夢境成為現實的隻字片語都好。

「妳在找什麼？」

聽見她的聲音，我嚇得跳起來、然後腳下一滑，已擦傷破皮的膝蓋硬生生撞上實木地板。露西聳立在我身旁，頭髮恣意披散，越過肩膀沿著柔軟的白襯衫縷縷垂下，彷彿在日暮微光中發亮。

她輕聲笑出來。「妳太容易受驚嚇了，愛麗絲。」

我猛眨眼。這並非光影耍弄的技倆，也不是我的神智作弄人。她在這裡，還在這裡。我慢慢搖頭。這不可能呀。我請求她——不對，告知她——必須離開，不過就是昨晚的事呀。我還記得我站在她房門口，瞪著睡在床上的她，心知我再也不能屈服於恐懼、繼續保持沉默了。因此，我終於把話說出來、從內心釋放出來。好不容易。

這是千真萬確的事。

「露西，」我急切地問，「妳在這裡做什麼？」她抵達坦吉爾的第一天，我也對她說過類似的話。我的腦子嗡嗡作響，昏沉沉的，內心只填滿她還在這裡這一件事實、以及它可能代表的恐怖暗示。我伸手按住地板，使盡全力把自己撐起來，地面的砂礫刺入掌心；「我請妳離開了。」

露西發出一聲短促的輕笑。「別傻了，愛麗絲。那天我們有點喝過頭、也太累了。」她輕輕搖頭，「妳放心，我哪兒都不會去。」

在我心底、在我整個人的核心深處，我又再一次感覺到那股再熟悉不過的恐懼。我的兩腿開始發抖。我十分確定，此刻要是再跟她同處一室超過一秒鐘，我絕對會徹底崩潰。於是我擠過她身邊，走回我房間——嚴格來說是跑回去——奔向安全區域。我緊緊扣上房門，驚惶失措地摸索門閂。

我坐在臥室角落，等待。

稍早，我聽見她走近門口的腳步聲，聽見她壓靠木門所發出的細微咿呀；我猜她在偷聽我的狀況，一如此刻我也正在聆聽她的動靜。這種相互刺探的敵對狀態令我不寒而慄。我的視線在臥房裡漫遊、搜尋，但我無法解釋我在尋找什麼——或許是逃脫的出路，或許是一扇暗門，總之是某種東西，能助我逃離現在籠罩著我、醒不過來的夢魘。我的視線落在約翰床頭櫃上的話機。

這具電話算是我們不需要的奢侈品——小小的屋子竟然裝了兩座話機，實在太奇怪了，我曾對約翰這麼說。但他很堅持，表示如此一來，他就不用拖著疲累的身子下床，穿過走廊去接我姑姑心血來潮、打來確認我倆是否安好的問候電話。藉口。沒多久我便明白了。其實他真正的用意是：他想賴在床上主持會議。但此舉逼得我不得不背過身去、把枕頭抵在耳朵上，設法阻絕他的聲音。此刻，我緩緩爬向電話（但我不時因為地板受重、微微下沉而暫停動作，仔細聽辨、等待，深怕萬一她意識到我的打算，不知會有什麼下場——彷彿露西已察覺我的計畫，彷彿我的思緒會滲出腦袋、像過去那樣不可信賴），我默默感謝約翰做了這個決定。

一來到床邊，我立刻將冰冷的電木聽筒緊緊抓在手裡；而我在許多年前努力背下來、也是唯一記得的電話號碼，隨時都能唸出來。

當我聽見她的聲音，我的手指更加緊扣聽筒。

「愛麗絲？」茱德姑姑喊我，乍聽之下彷彿和我在同一間房裡，而非數千哩之外。「愛麗絲？怎麼了？發生什麼事了？」

有那麼一瞬間，我懷疑她怎麼知道是我？怎麼知道出事了？難道她莫名感應到了，儘管我們之間隔著這麼遠的距離？接著我想起還有接線生，遂困窘地甩甩頭。「是約翰，」我開口，意識到她正等著我說明；「他——」我遲疑了。

「他怎麼了？」她質問——以往一向冷靜、慎重的口吻，此刻變得尖銳、驚慌。她的情緒像振動一樣傳送過來，我能感覺得到。

「他失蹤了。」我好不容易擠出這幾個字，語音支離破碎；「今天，他工作那邊的人突然跑來家裡，說要找他。我跟他說他應該是去了菲斯，跟他朋友查理一起去，可是現在我不確定這是不是真的了。」我深深吸一口氣。「他叫我不要報警，但我覺得應該是出事了。我覺得——我認為我知道誰可能跟這件事有關。」

話筒另一端沒有回應。

「姑姑？」我悄聲說，好擔心剛才聽見的聲音只是我想像出來的。

「是，愛麗絲，我在。」她停了一下，然後說，「我要妳認真聽我說。聽好。我會請我的祕書訂好去西班牙的機票，然後我會從那裡坐船過去。我不確定要花多久時間才會安排好，但我會盡可能趕在這禮拜結束之前過去。妳聽明白了嗎？」

「謝謝妳。」我用力呼吸。「謝謝妳，姑姑。非常謝謝妳。」我心中再次浮現茱德姑姑的身影——堅定，可靠——想起她總是有辦法將一團混亂整治得井井有條的神祕力量。一股釋然、寬慰的感覺包圍住我，穩固得令我好安心。

「愛麗絲，」她的聲音切入我的思緒；「我要妳答應我一件事。」

我點頭。「好，當然好。」

「我要妳答應我，妳不會去聯絡警方。妳剛才說，他們還不曉得約翰失蹤的事，所以我要妳向我保證，妳不會去找警察、也不會告訴他們。」

雖然她看不見，但我再次點頭。「好，好的。」我答應她，我知道要守住這個承諾並不難。一想到要我違抗那位眉上有疤的男士的建議，隻身踏進警局通報約翰失蹤、並試圖解釋來龍去脈，光是這樣便足以令我臉色發白。「我答應妳，姑姑。」

「很好。」她說。「還有，假如他們上門盤問，我要妳表明：沒有監護人在場，妳一個字也不會說。」

我再一次猛點頭。茉德姑姑對我的監護權還剩幾個月，雖然我偶爾會覺得深受束縛，急著想拿回我的經濟和人生自主權，希望自己不再感覺像個孩子；但此時此刻，我深深感激茉德姑姑和我仍有法律上、具約束力的連結。雖然我知道她是我的親姑姑，我的家人，但我總覺得我們之間有距離：我認為茉德姑姑在胞弟亡故後，面對這個她被迫接收、撫養的女孩，內心是困惑的。她從來不想要小孩。雖然她不曾抱怨過監護人的職責，但我有時候也會猜想，她是否並不願意接下這個擔子。我暫時把這份擔憂撥一邊去，也和她說好要盡快談一談；然後就在我準備把聽筒放回機座時，我又聽見她的聲音：「對了。妳朋友連絡上妳了嗎？」

我蹙眉。「我朋友？」

「是啊。她叫什麼來著？我把她的名字抄下來了……」茉德姑姑沒往下說。我聽見翻動紙張的窸窣聲；「有了。蘇菲・透納。我跟她是在紐約大街上遇到的，唔，大概幾個月前吧，不過她說會設法連絡妳。所以最後她連絡到妳了嗎？」

我扣緊聽筒。在班寧頓就學期間，我自始至終沒跟蘇菲・透納說過一句話。此外，在班寧頓也只有一個人認得出茉德姑姑——露西。就在前幾天晚上，她自己承認她曾經在紐約的出版社工作，所以一定是她。之前我一直想不透她是怎麼找到我的，但話說回來，露西總有辦法做到其他人做不到的事。

「愛麗絲？」

「喔，有，她找到我了。」我回答。我壓低音量，左右環視整個房間，深信她肯定在偷聽；好像我能感覺到她的存在，她的呼吸——就在那裡，在門的另一邊，因此我緊張地迅速朝肩後瞥了瞥。我把注意力轉回電話，手指仍緊扣話筒。

起先我考慮要警告茉德姑姑，關於露西的事，告訴她這個人此刻就在坦吉爾，還有同樣的事又再度發生了——我要告訴她，我心中的迷霧已然揭開，而我也想起我想忘記的每一件事了；但如果現在就把這些話說出來，感覺太危險了。牆壁太薄，隔牆有耳。我甚至擔心就連電話連線本身也不安全，有可能遭到監聽、或被人動了手腳。

畢竟坦吉爾設有通訊局，說不定露西已結識局裡的某些人，說動他們向她打小報告，把我跟其他人的通話內容告訴她。我用力甩頭。這太瘋狂了，但仍不無可能。我沉默了好一會兒，另一個念頭醞釀成形：如果我跟茱德姑姑說蘇菲・透納的事，但某種程度把她當成露西的代號，那麼等姑姑到了坦吉爾，解釋起來或許方便許多。屆時她就能親眼看見真正的露西・梅森是多麼工於心計、善於操縱的人，而露西亦將無所遁形。

我深呼吸，然後開口：「其實她現在就在這裡。」

「什麼？她在坦吉爾？」茱德姑姑疑惑地問。我聽出她的驚訝與困惑，證據都在聲音裡。「我不知道她打算去拜訪妳。她完全沒提到這一類的事。」

「是啊，」我回答，「確實滿突然的。我也嚇了一跳。」

短暫沉默之後，姑姑說，「好吧，至少這樣妳就不算是完全孤單一個人了。眼下蘇菲應該能給妳很大的支持和安慰。」

我用力閉緊雙眼。「是呀，姑姑，那當然。」我痛恨撒謊，厭惡我必須說服她相信不是真實的事。但我告訴自己，我必須這麼做。

「別擔心，愛麗絲。」茱德姑姑再度恢復原本沉穩、緩慢的語調。「我會盡快趕到，把一切都打理好。我向妳保證。」

我想起她在班寧頓對我說過的話。剛才這句話和當年恐怖地相似。

我把話筒放回機座。我的手懸在話機上方好一會兒，止不住地顫抖。

12
露西

她是冒牌貨。我躺在床上——手指夾著香菸，熱燙的菸灰眼看就要落在床單上——心裡這麼想。我知道這個念頭很奇怪，也很荒唐，但我依舊反覆思索這種可能性，不斷回想稍早她看我的表情——彷彿我是陌生人，是個她不僅不認識、而且令她害怕的人。在這之前，我總是把她的異常言行歸咎於約翰的影響，但現在他已經不在了，我不能再拿他當藉口了。

我起身坐直，菸灰落在襯衫上。我不耐煩地撣掉。

說不定這就是原因——她的言行舉止變得如此怪異的理由。她還不曉得他已經走了，至少還不確定。或許，我只要告訴她我為她做了什麼，那麼一切就能回到從前，恢復原貌了。但我總覺得有什麼事拖住我、牽動著我，於是我開始思索從前的真正意義，以及我們要回到多久以前的從前——遇見約翰之前？認識湯姆以前？還是我們被所有瘋狂煩擾包圍以前？

有人在說話。這聲音打斷我的思緒。

我躡手躡腳來到門口，好奇地把耳朵貼在門板上；是愛麗絲，是她的聲音沒錯。但她並不是在唱歌（不像我到的第一晚那樣），也不是一個人在偌大的房間裡自言自語。不對。聽起來像是一連串穩定的話語，而且是對著某人說的。好像這間公寓裡除了我們，還有別人。

電話。我赫然領悟。

我打開門（起初略為遲疑，故我只發出轉動門把的聲音，而我的耳朵也隨之嗡嗚），小心翼翼踏進走廊。我光著腳，踩過門外破舊、紋路髒污且剝落的木板地。現在她的聲音清楚多了，只是隔著門、但依舊悶悶的；我皺了皺眉，湊向她的房門口。她再度安靜下來，我也靜靜等待，屏住呼吸，站在門口。有了。我聽見了。但她的話許仍隱晦難辨。一秒鐘過去，又一秒，我的挫折感越來越重——這時我突然想起來，我曾在起居間看過一具電話。就塞在沙發後頭。我毫不遲疑立刻轉身，深怕即使只漏聽千分之一秒，也會錯失對話中的重要訊息。

我輕輕拿起聽筒，另一隻手穩穩摀住嘴巴，確定她們不知道我在偷聽。有人突然停下來。那個瞬間，我以為我被逮到了；但是，不對——是茉德，我聽出來了——她正以清晰的語調質問，她要知道愛麗絲怎麼了，發生了什麼事。

我仔細聆聽，急切地想知道愛麗絲會怎麼回答。

約翰失蹤了，她如此交代。於是我突然有些迷惘，一時無法跟上她們的敘事軸，滿腦子糾結在**愛麗絲知道了**這個事實。她不知怎麼著竟然知道了。後來，她提及有位男士登門拜訪，那人在找約翰。我迅速瞥了一眼走廊，好像他可能會在那裡似的。那人是誰？我靜靜猜想。雖然那天早上我幾乎都窩在床上，不過我睡得很淺，所以就算是一點細微聲響也能使我驚醒，但我始終沒聽見任何令我警覺、警告我屋裡還有別人的聲音。我想起愛麗絲稍早的模樣——瞪大雙眼，頭髮散亂糾結——那時她正在翻約翰的書桌抽屜，顯然在找東西。但我不敢細問她在找什麼。

這時我聽見她低聲說了一句：**我知道是誰做的**。我聽見她提到蘇菲·透納，當下立刻明白她到底知道什麼，也知道她打算做什麼了。因為我了解她。我比愛麗絲更了解她自己。我能在她自己還沒想到以前，預料到她的每一個行動和反應。

我跌坐在地，手指抓緊身下的伯伯爾地毯；我扣緊地毯磨損的邊緣，指甲也隨著漸增的壓力而泛白。我沒有離開，無法移動，儘管我在某個時間點似乎意識到前門好像打開又關上，意識到愛麗絲不在屋裡，意識到接線生正在對我說話。

「小姐？您還在線上嗎？小姐？」

我仍舊跪坐著，感覺、體會膝蓋抵著地毯的灼人痛意。

「在，是的，我還在。」我回答。我的嘴巴好乾。

「這裡是通訊中心。您還需要其他服務嗎？」

我猶豫了一下，但只猶豫不到一秒鐘。

「是的。可以麻煩您再幫我接通剛才那個號碼嗎？」

「同一支號碼？小姐？」

「是的。麻煩您。」

我等待，聽著尖銳短促的細響，想像導線拔下又插上，想像接線生忙著將愛麗絲起居間的電話連上數千哩外的某個地方。我聚精會神想像這幅畫面，努力將它留在心頭腦海，讓自己無暇顧及其他。即使只有短暫的一刻也好。

電話響了。一聲，兩聲，然後——「愛麗絲？」

我已經知道會是茉德來接電話，幾秒鐘前也才聽過她的聲音，但此刻依然有種異樣的感覺——彷彿一切已成定局，我禁不住心顫發抖。即使午後高溫炙熱逼人，我的身子卻冷得直打哆嗦。

我舉起手，準備把聽筒掛回機座，卻突然停住；我把聽筒再次貼回耳邊，試探地說：「希普萊女士？」

對方頓了一秒。「我是。」

「是我，蘇菲・透納。」

「蘇菲？」我聽見她聲音裡的訝異。

「是的。透過這種方式連絡您，我真的覺得非常抱歉，可是我需要跟您談一談，事關緊急。」我停住，屏息以待，在腦中倒數；「是愛麗絲的事。」

這一回，她毫不遲疑、立刻回應：「事情都還好嗎？蘇菲？」

我刻意用顫抖、聽起來不太穩定的聲音，低聲對著話筒說：「不太好。恐怕，我得說情況不太妙。」

要做就要快。眼前還有一件事得辦成，我得在愛麗絲返家前再撥一通電話——但這通電話不能從這間公寓打出去，以免有人追蹤。我不確定這方面是怎麼運作的，但我曉得打電話會留下紀錄，接線生會在一張張小卡上登載誰在哪裡撥了哪個號碼、時間多久等等。我的計畫若要行得通，接下來這通電話絕不能留下這種紀錄。

我快步行進，步伐穩健堅定。我希望計畫順利成功。

不過就在片刻之前，我在絕望與不顧一切之中發想的這套計畫，想必是萬無一失了。我沒算到這一步、也沒有預見這個轉折——我無法接受我們的故事出現這種轉變——這令我心痛。我做得如此完美、如此盡心盡力，她卻掉頭就走，一筆抹煞。

我沒記錯，這條街底有座公共電話亭。一進入電話亭，我拿起聽筒等待喀噠一聲、等待接線生招呼問候，然後我開始說話——以近似愛麗絲的口音說道：「請幫我轉接這裡的警察局，麻煩您。」我稍作停頓，「是的。好。我可以等。我的名字？愛麗絲．希普萊。」

結束了。無法再回頭了。

我掛上電話，思緒扭曲變形。所有的一切都在過去這一個鐘頭內變了樣。看起來完全不可能，甚至可說是荒謬：人生哪有可能因為簡單幾句話就徹底改變？我試圖讓腦子跟上現實，試圖理解我方才的行動即將造成的後果；但我失敗了。不對。我提醒自己：那不是我，是愛麗絲。一直都是她。

我轉身離開電話亭，但有個人杵在眼前，擋住去路。尤瑟夫。

「噢，拜託你行行好，別來煩我了。」我喃喃嘀咕，突然意識到小玻璃間內窒悶的熱氣，襯衫亦貼上背脊；「我們之間應該沒什麼好說的了。」

他微笑。「但我只求有個說話的機會，讓我能釐清我們之間的某些誤會。」

我看著他，心知他只是嘴上說說、內心另有盤算。前晚他找上我、今日又出現在我面前，肯定有其他理由。我知道我們的相遇不純是偶然。他似乎想從我身上得到什麼——不對，絕不只這樣。他認為他**可以**從我身上得到什麼——或許他認為那是他應得的，是我欠他的。鑑於目前為止已經發生的種種，我納悶他到底想要什麼，以及何以如此重要。警察就要來了。我的時間不多，我必須盡快返回公寓，但我卻停下來，想多要個幾分鐘、多幾個小時，讓我能繼續假裝一切都跟昨天一模一樣。因此，即使我知道這個決定並不聰明——我應該趕走眼前這隻蚊子，繼續應該完成的工作——我仍重重倚在門框上，答應他的要求。

「這樣也好。」雖然我已經注意到了，卻無視他危險的笑容。

我暫時撇開那晚他在街上對我惡言相向的記憶，跟著他走向哈法咖啡館，然後繼續；一扇扇象徵當地社區住宅、且外觀毫無特色的門扉映入眼簾。我走進其中一扇，甚至荒謬地同意坐在他示意的位子上——他請求畫一幅我的肖像。我滿心好奇，一心想知道在剛才那個瞬間，藏在他那抹笑容背後的意圖到底是什麼。但我同時也又累又生氣，因為他是那天第二個想騙我、試圖欺瞞我的人。

剛進門的時候，我立刻注意到屋裡擺了十幾幅油畫；迂迴穿過其間，我好奇這裡頭是否真有一幅是尤瑟夫的畫作，又或者這只是他的另一層偽裝。說不定這些油彩畫筆都只是舞台上的道具，而眼前的油畫全出自另一人之手——忘了是約翰還是愛麗絲曾提過，他有個女兒（我不記得是誰說的了）。畫作本身四平八穩，沒什麼特色：一幅日落，一幅海景，還有一幅是繁忙市集，全是坦吉爾的日常生活，但用色鮮豔活潑，一掃這座城市裡流竄的種種晦暗不祥，將所有污穢、塵垢清除殆盡。我突然有股想大笑的衝動，感覺相當不可思議。

不過倒是有一幅令我駐足細看。畫裡是一片綿延的屋頂，沒什麼特別，但畫面鮮活的筆觸令我深受震撼。也許是恣意揮灑的幾筆粗線條，或是對比衝突的色彩——我依稀辨出一條條纖細、將建築物連在一起的晾衣繩，但這些線條全部亂成一團，教人分不清從哪裡起頭、另一端又連向何方。就某種程度來說，這幅畫實在糟糕，完全違反我們在美術課學到的所有規矩；儘管如此，這幅畫還有些別的，某種能使我想起坦吉爾的東西，好像我已離開這裡似的。不論是什麼吸引了我，總之我慢慢走過去，手指輕輕擱在畫框上。

「這幅畫好美。」我說。

尤瑟夫點點頭，指示我走向他擺在房間正中央的高腳凳。一縷自然光照亮整座空間，以及幾步之外的畫架與畫布。「請坐。」他說。

我坐定，十分感激他的提議，讓我有機會放鬆心情、神遊太虛，不用老想著過去幾天發生的事，不用盤算接下來必須發生的每一件事。我的視線在靜謐中飄蕩，感覺溫暖的陽光照在臉上。我嘆息，放鬆身體。

「妳知道嗎，」尤瑟夫開口，低沉的嗓音劃破一室清寂。「我看見妳了。」

我微微蹙眉，暖意使我的腦子有些遲鈍。我沒料到他會這麼快開口。「你看見我了？」我重複一遍，睜開眼睛看他。

他從畫布後探出頭來，眼神異常明亮。「是呀。前幾天我看見妳了。在古墳那邊。」

我愣住，擱在腿上的雙手抽了一下。我竭力控制。「你是指我跟我朋友在一起那天嗎？」我設法讓聲音聽起來有氣無力、用氣音說話，但我的神智相當清醒。「對呀，我帶她去哈法咖啡館。我覺得她會喜歡那邊的景色。」

「是啊，」他點點頭，「那個我也看到了。」

哈，終於，真相大白——他一直在跟蹤我，盯著我的一舉一動，就像三流電影裡的私家偵探。看來是我低估了尤瑟夫。他始終蟄伏在暗處，像蚊蠅一樣任人揮趕；但現在回想起來，那晚我揮手要他走開的時候，他的表情是……惱怒，對，不過還有別的。我感覺到某種沸騰的情緒。憤怒。對，始終都是憤怒。深沉、無邊無際的憤怒，而我知道這不只是衝著我來的。我飛快動起腦筋：如果他一直在跟蹤我，那不就代表——我突然無法呼吸——他知道了。我終於明白，他知道了。而且他打算勒索我。

「是呀。」他繼續，口吻悠哉，自信從容——這證實了我的猜測。「我看見妳跟他在一起。」然後，彷彿為了不讓彼此產生任何誤會，他又補上一句：「我看見妳做了什麼。」

我靜坐不動。「我有錢。」我鎮定地說——儘管嘴上這麼說，不過，想起我那幾近透支的帳戶，數目著實有限。

尤瑟夫點頭，但表情扭曲，好像被這三個字給侮辱了——雖然他就希望我這麼說。我想我能理解他厭惡、忿恨的心情，而我也願意原諒他（想到他目前的處境），不計較他原本就打算訛詐我的事實（雖然我是唯一支持他、為他說話的人）。畢竟，我懂得絕望的滋味，我能理解絕望對一個人的影響，以及絕望會要求你回報、逼你出手。說真的，我們——尤瑟夫和我——處境有些相似。然後我想到錢的事。我扣緊雙手，感覺指甲深深嵌進皮肉。我不理會掌心疼痛，無視皮膚滲出鮮血。只付一次大概不夠，我懷疑就算我有再多的錢也無法滿足他。

不行。我得想辦法脫身。

然後我想起來了：初見面那天——那已經是好些日子以前的事了——我們在里夫戲院外，尤瑟夫以為我叫愛麗絲。

那只是下意識的決定。那天我才剛到坦吉爾，我給了他她的名字，而不是我自己的名字，因為當時我不確定眼前這個人有何意圖，所以猶豫了一下。他是個習慣戴面具的人，我也是，於是我就像過去無數次一樣，也戴上我的面具。除了最初的直覺，這個決定背後沒有其他動機；但現在，好處一清二楚。我不想這麼做，感覺全身都在排斥這個念頭。但我提醒自己：眼前沒有其他辦法了。我被困住了，被逼進牆角，唯一重要的只剩下生存——讓我自己活下去。是他們——愛麗絲和尤瑟夫都是——逼得我別無選擇，只能出此下策。

13

愛麗絲

結束與茱德姑姑的通話、知道她很快就會來到坦吉爾，將一切導回正軌，我感覺寬心多了，甚至有點輕飄飄的；然而，當我站在起居間裡，仔細看著每一件屬於約翰的小東西，我再度被罪惡感吞噬——因為不到幾個鐘頭前，我還在斟酌要不要繼續留在坦吉爾，要不要留在他身邊。這感覺像背叛，而且是比他至今所犯下的背叛還要危險無數倍。於是我離開公寓，絕望地想逃離充滿他的存在的封閉空間。我走過一條街，然後繼續走，經過我倆曾結伴走逛的市集，無視皮革、肉類等濃烈逼人、令我倒胃的氣味。我路過一間咖啡館。剛到坦吉爾時，我們曾坐在這兒大笑談天。我加快步伐，沒有明確目標，沒有真正方向，急躁得被自己的腳步絆倒。於是我明白，這座城市的每一處轉彎、每一抹街角都標記著我對約翰的記憶。不論我走到哪裡，我都逃不出記憶的掌心。

走著走著，我突然意識到有人在看我。

這人很聰明，始終藏得很好，因此起初我只是眼角餘光剛好瞥見他的寬帽緣、以及被帽緣遮住的臉。當時我甩甩頭，認真要求自己別再胡思亂想，但後來我又看見他了——早上才見過的那個人。眉毛有疤的男人。他始終在我附近，一開始在我右邊、後來在左邊，有時候走在我前面幾步。他十分謹慎，設法不讓我看見他；但我還是看到了。他確實聰明。但我提醒自己：假如他是約翰的同事，一起替政府工作，那麼他理當聰明。我感覺心跳越來越快，好奇他到底想要什麼？或者以為我可能隱藏什麼答案？我加快速度，轉進小巷再切進另一條，但完全沒用。

我沒辦法甩掉他。

待我終於返抵住處，早已上氣不接下氣，心跳又重又急，抖著雙手摸索鑰匙開門。我的頭髮不知何時掙脫了髮夾的箝制，因此在走向起居間的路上，我能感覺縷縷髮絲輕觸臉頰；我迅速、執著地撥開，試圖掙脫它們的瘋狂搔弄。

我倏地停步。

露西在家，坐在沙發上：但她並非獨自一人。她身邊有兩名警官（一邊一個）——熟悉的卡其制服，頭上戴著奇怪的窄邊帽（看起來像是放在頭頂、而非戴在頭上）；兩人的來福配槍就靠在書架上。我用力眨眼，不確定他們是不是真的在這裡，不確定他們是不是我想像出來的。

「愛麗絲。」露西喊我，聲音盡是憂慮。「警察來問約翰的事，他失蹤了。他們想找妳談一談，但我跟他們說我不曉得妳在哪兒。我猜妳上市集去了。」

我看起來肯定是瘋了，我意識到。我緊緊扣住手邊的書櫃——在那個瞬間，我絕望地想透過手指感覺到真實、實際的事物。「真抱歉……」我喃喃道，不確定我在向誰道歉。

其中一名警官起身問道：「*Est-ce que tout va bien, madame?*」（法語：一切都還好吧，夫人？）

「*Oui*（是的）。」我勉強回答。我發現，我的呼吸變得短促且刺耳。

「*Elle a l'air malade*（她看起來不太舒服）。」另一位警官表示。

他看似正要朝我走來，但我立刻舉手制止；「*Non*（不用了），」我堅定地說：「我沒事。」

好一會兒誰也沒說話。兩位警官不時瞄我，但眼神不盡是擔心。「希普萊女士，警局接到妳的電話——」其中一位終於開口。

「電話？」我環顧整個房間，再看看那幾張表情期盼的臉；「可是我沒打電話呀。」

發話的警官微微蹙眉，翻查手中的記事本。「我們接到通知——時間是今天早上，一位名叫愛麗絲．希普萊的女士打來的。通報她丈夫失蹤了。」他停下來，然後再問：「不是您嗎？」

「不是我。」我說，視線滑向露西所在的位置；我納悶警方上門多久了，以及露西在這段時間裡又是怎麼跟他們說的。我腦中閃過那個眉頭有疤的男人，以及他曾叮囑千萬不能連絡本地警方。

「所以，您的丈夫並未失蹤？」

「什麼？」我下意識反問，注意力轉回警官身上。「不是的——呃，我是說，是的，對，他失蹤了。」

「您的丈夫失蹤了，但您卻沒有打電話報警？」

我點頭，臉頰火燒似地灼紅；「對，是的。沒錯。」

又是一片沉默。兩位警官皺起眉頭。這時露西說話了：「我在想——」聽起來，她似乎打算重拾方才的對話（被我進門的插曲打斷了）；她掃視整個房間，最後停在我身上。雖然時間只有幾分之一秒——或是一秒、兩秒或三秒，我不清楚過了多久，但我看得出來、也已經知道她想做什麼了。我對她的熟悉一如我對自己的瞭解——我知道她在困窘的時候，嘴巴會縮成O字形；知道她受到驚嚇時會發出哪種聲音；又或者她滿意開心時，瞳孔會微微擴大。我了解她。所以不論她腦中正在盤算什麼，在她瞥向我的那一刻，在那個瞬間，一切已幾近水落石出。

「有個男的，」她說，「叫尤瑟夫。」

我蹙眉，背上泛起一陣針刺般的感覺。

「尤瑟夫？」警官頓了一下，拿起筆記本快速翻頁；「他是誰？」

露西聳聳肩。「本地人吧。坦白說，就是個騙子。他還有另一個名字，喬瑟夫。」

她甩甩頭，好似想釐清思緒；「真不懂我為什麼會提到他。」

騙人。我心想。

她轉向我。「我想愛麗絲應該認識他。印象中，我剛到這裡的時候，愛麗絲提過這個人。我一直覺得很奇怪，愛麗絲怎會認識這種人，但後來我明白了。坦吉爾很小，要認識這裡的每一個人其實不難。」她停頓，然後補上一句：「他戴紳士帽。帽子圍了一圈紫色緞帶。其他人大多也是因為這樣才認得他——他不管到哪兒都戴著那頂帽子。」

她的語氣毫無指控之意。她沒這麼傻。至於那位警官——我看見他眼睛一亮——雖然不很清楚，但足以使我確知這話挑起他的興趣了。我可以從他整個人的模樣看出來：他好像開始膨脹，彷彿就要填滿整個房間。

我還看出來她做了什麼好事——她把尤瑟夫和我連在一起，在我們之間建立某種連結、痕跡。猶如灑在地上的麵包屑。

「*Merci beaucoup*（非常感謝）。」警官說，同時輕輕點頭；「我們會去調查，也會讓妳們知道有何後續進展。麥克埃利斯特先生可能只是……就像大多數坦吉爾人一樣，不是在哪兒喝醉了、直接在外頭睡一晚，或是……」他拉長尾音，沒把話說完。

「或是什麼？」我想挑戰、想質疑，但我的聲音聽起來卻不是這麼回事。

但他只是聳聳肩。「同時呢，夫人，也請讓我們知道您的丈夫是否與您聯繫上了。」

我點點頭，不理會他明顯帶著斥責的說詞，好像約翰失蹤應該怪我似的。我試著思索他沒說出口的可能性還有哪些：跟當地賭徒打架，結果出了意外，可能被捅了一刀什麼的。或是在夜總會發生了爭執，跟照管那些鶯鶯燕燕的男人起衝突。我搖頭，不對，警方搞錯了，但我還來不及對他們說，他們已經走了，耳邊只聞厚質布料與沉重軍靴窸窣遠去的聲音。

「妳跑哪兒去了？」露西的聲音劃破沉靜，直指向我。

我看著她從沙發起身，走向窗邊、倚在窗臺上。她一身深色長褲配淺素色罩衫，我突然驚覺：**這就是她**，同時看著她將一根菸湊向唇邊。線條纖長、優雅，全身上下沒有任何多餘、不必要的裝飾。她依舊是我至今見過最美麗的女人——但我某種程度也因此恐懼地開始發抖。

「屋裡太暗了。」我看了看四周，意識到太陽正逐漸西沉；兩位警官離開後，屋裡變暗許多。我走向檯燈，突然急切地渴求光亮。

「別開燈。」她命令道，聲音堅決、斷然。「我想看夕陽。」

這是一句挑戰，而我奮力壓抑想違抗她的衝動，想豁出去、按下開關，將我倆送進刺目、燦亮的短暫光明中。我想起茱德姑姑，想起她正在前來坦吉爾的路上；我的手指再度蜷曲，熱切渴望她的到來。

「這裡跟家鄉那邊完全不一樣，是吧？」她問我，卻也懶得把頭轉向我。

我望向窗外：一條條粉紅、燦白與湛藍渲染整座天空。是啊，是不一樣。我心想。或許甚至比家鄉更美。然而在那一刻，我眼中只見到不祥的警告，暗示我可能永遠無法躲避眼前的威脅。我答應過茱德姑姑，我不會讓警方涉入這件事，但他們不知為何卻出現在我家門口。儘管我十分確定我並未打電話報警，將警察召喚過來的人亦分明不是我，但不論我怎麼回想，就是想不起來在結束與茱德的通話之後，接下來這段時間的清楚細節。我太焦慮、太煩亂，被這個完全屬於約翰的地方——這間公寓，還有這座某種程度屬於他、而我卻完全無法理解的城市——緊緊束縛包圍。此刻，我願意付出一切，只求能回到童年那片晦暗、陰雨綿綿的天空下。

她轉向我。「但妳都不出門。」

這句話同樣不帶指控。她說得一副單純陳述事實的模樣——但確實也是事實，我心想。曾經，我足不出戶。曾經，我害怕那些可能蟄伏在街巷轉角、藏匿在酒吧咖啡館深處的幽魅暗影；但那是以前，我想這麼告訴她。那是在她來到這裡以前、在約翰消失以前、這一切還未改變以前的我。於是我開始懷疑，也逐漸憶起，真正的危險並不完全藏在我的腦子裡。

「妳上哪兒去了？」她再問。

菸頭冒出的朵朵白霧圍繞她的五官，我好奇她是否已經知道我去了哪裡，好奇她之所以這麼問，有沒有可能只是想驗證我是否誠實。「市集。」我撒謊。

她瞧瞧屋裡，「那妳買了什麼？」

「什麼都沒買。」我聳聳肩，雖然我不確定她看不看得見如此細微的動作，畢竟我們籠罩在一片昏暗中。「我只是看看。」

「這時候去市集不會太晚？」

「我先去市集，後來去散步。」我以同樣堅定的語氣回答她。

她點點頭，然後開口，視線緊盯著我。「我很訝異妳竟然沒告訴我。我是指約翰失蹤的事。」

我勇敢迎視她。雖然聲音有些顫抖，但我還是問了：「有這個必要嗎？」

這個問句、這個暗示就這麼懸在我們之間，無人答覆。

她轉回去看著窗外，又說：「妳知道，我們還是可以離開這裡。我們倆，一起走。我們可以去西班牙。或者去巴黎。」她停下來，緩緩轉頭看我，我聽見她移動時、布料摩擦的窸窣聲；「現在還來得及。沒有必要就這樣結束。」

我看見了，看見她眼中絕望的光芒。在我內心深處——即使我知道這很荒唐，也是錯的——但我想回答好。閉上眼睛、屈服妥協，拉近我們的距離並拋開今晚的夢魘，肯定簡單多了。或許她也感覺到了（感覺到我態度軟化），因為她伸出手，彷彿想碰觸我。但這時候，我想起湯姆，想起約翰，還有她極可能做過的事——不對，我狠狠地低聲對自己說，她絕對做了那些事——血色從我臉上褪去。我用力拍掉她的手，此舉令我們雙方都嚇了一跳。我看見她的震驚、失望、還有，對，憤怒。「妳不能勒索我去愛妳，露西。」我啐道，控制不住情緒；「這樣是行不通的。」

她當場呆住，五官彷彿開始扭曲皺縮。然後，在黑暗中，我看見她緩緩揚起嘴角，嘴唇似乎微微傾斜往上噘。就像是貓咪捉弄老鼠的表情。

我的手臂開始發癢。我知道有事即將發生。我已然察覺她接下來藏在話鋒裡的危險惡意。

「妳打算什麼時候報警？」她問。

我愣住。

「把妳知道的告訴他們？」

「我知道什麼？」我低語，全身都在發抖，但我試著不理會它。

她笑了——真實、毫不掩飾地笑。「莎賓的事。」

我屈起手臂，環抱腰際。我不想再待在這裡了。不想待在這個房間，不想待在坦吉爾，不想待在非洲大陸上的任何地方。這裡不是我的家。從來不是。我的所作所為不過是創造了一處囚禁自己的牢籠。我甚至造了一道鎖，還把鑰匙交給露西。我的胃劇烈痙攣，一時之間我以為我就要吐了，就在這起居間裡，周圍盡是約翰的所有物，還有露西一口森森白牙的咧笑。

「莎賓？」我重複道。

「是啊。」她轉身。「警方應該會想知道那天是怎麼回事。在哈法咖啡館。」

我又感覺到了。感覺我的身子越來越小，恐懼得動彈不得——不對，不是恐懼，而是毛骨悚然。我想起那一天，那個女人，還有滿地的碎玻璃——階梯上的血跡在午後陽光下閃閃發亮。眼前的她有種莫名的熟悉感——雖然我沒辦法明確描述出來……不對，我當然可以——我想起她剛來那晚，在約翰不忠的事實曝光、我倆關係的假象戳破，我因此昏過去的數秒之前，我見過這種表情。我動不了，說不出話。我渾身僵直，愣愣地站著。

「妳在說什麼啊，露西？」

她縱聲輕笑；「愛麗絲，我知道妳推了她一把。」

我感覺血液衝上腦門，聽見耳中咻咻奔竄的雜音，鼓膜亦隨之搏動：「我沒有，露西。我沒有推那個女人。」

「妳是說莎賓嗎？」她問。

聽她提到她的名字，我胃裡一沉，但我竭力壓抑內心的驚慌。

對於那天的事發經過，我曾絞盡腦汁、苦思回想不下十數次，但沒有一次得出合理的解釋。那一幕反覆在我心底上演，一遍又一遍，有時畫面甚至出現我曾在她跌落前的瞬間，瞥見她的表情──滿臉驚恐。她知道即將發生什麼事，卻無力阻止。難道我很享受這一切？我百思不解，試著再次想像那種感覺，因為我知道，即使在當時，我已隱約知曉她的身份。我望向露西，奮力逼自己開口──說出那些永遠沒機會說出口的話。

「我不怪妳，愛麗絲。」她說，離開窗邊；「換作是我也會做同樣的事。畢竟，要是有人像那樣背叛妳……」她故意不把話說完，兩眼在黑暗中熠熠發亮。

我的脈搏越跳越快，視野邊緣的黑暗開始蔓延。

「我要去睡了。」我感覺我的聲音在體內迴盪。「我頭好痛。太痛了。」

那天晚上，我緊緊鎖住房門。我又推又拉，把沉重的木製梳妝檯從原本的位置移至門邊；桌腳刮過木地板，我滿足地聆聽這刺耳的聲音，心想眼前這一切著實荒謬，所有不愉快、不幸的事件又再度上演。光是移動梳妝檯就整整耗去大概一個鐘頭的時間（我拼命推、拼命拉），但我絕不停手，在它成為我的屏障，隔開我房間與外頭走道、隔開露西與我之前，我絕不罷休。我低頭看——溪流般的刮痕深深刻進地板，這些記號令我欣喜，是我持續不懈的象徵，亦是我奮勇抵抗的記錄。等茉德姑姑到了以後，我要讓她看看這些痕跡，讓她看見我為了掙脫露西箝制所做的一切努力。

屆時她就會明白了。然後，我們就能找出解決辦法，一起逃出去。

14
露西

我隔了好幾天才返回藏屍處。

我盡可能拖延，好向自己確認這是真的——這事真的發生了：約翰死了，死透了，無論如何都不會再出現，不會以幽靈之姿回來煩我；同時，我也得確認尤瑟夫不會再出手攪局。我等到愛麗絲入睡，等到整座城市終於陷入沉寂，這才匆匆穿過黑夜。我的腦子好脹，耳朵嗡嗡鳴響；每走一步，潮濕之氣似乎就更增一分——最終無可避免帶著我一步步走向他。

雖然我知道我會在最後扔下他的地方找到他——他的屍體卡在一塊巨岩底下，位置非常貼近懸崖邊緣，就連本地人也不敢繞過去——然而，再次見到他的當下，我依舊震驚不已：他是我盛怒之下的肉身證據。我偏了偏腦袋。在斷裂、不連續的月光下，他極易被誤認成一名在坦吉爾月夜中沉靜安眠的觀光客。事發至今，時間異常快速地飛掠疾走，因此我發現自己罕見地心神不寧，在嘗試搬動他（他的屍體）、將他移向我選定的藏匿地點時，滿心驚惶。那個藏屍處一度看來十分完美，但此刻卻彷彿遙不可及，亦過於顯眼。

我直起身，低頭看他——我過去的對手，現在則是我的被征服者，我的手下敗將。他再也無法威脅我了。耳內的嗡鳴聲逐漸退去，腦門的脹痛亦逐漸消解，彷彿在此之前，曾有無數念頭滿載著憂懼和焦慮，自我來到坦吉爾伊始便持續盤據心頭。

我向前靠近了些，別過頭，使勁往後拉，試著鬆動僅僅數日之前、我才拚了命想卡進去的屍體。我重重推他一把。他的屍身已然僵硬、腐敗。我專注但萬般不願地盯著他的頭蓋骨，盯著我想像出來的空洞，同時看見那晚我不經意藏起來的石塊，看著它鋒利的邊緣。

石塊砸在他腦門上時，曾發出一記悶響。這個動作逼得我必須把手拉直——伸直、伸直、再伸直，彷彿已超出我的極限——導致我在過程中扭傷肩膀、事後則危顫顫地倒退，擔心我是不是給了他扳回劣勢的機會。但我沒有。他已雙膝跪地——因為驚訝、還是痛楚，我無從得知，亦無力回想；在那一刻，原本持續不斷的嗡鳴已轉為足以教人耳聾的高頻音，因此就算當時他說了什麼，我也幾乎聽不見他說的任何一句話。他的遺言——假使他當真說了什麼——飄散在空中，惟有坦吉爾知曉。我猜坦吉爾必定會守住所有祕密。

我看著手中的石塊，看著這塊沾了鮮血的冰冷物體。不知這只是一塊單純的岩石、抑或是亡者墳塚的殘塊。我逼自己制住一聲冷笑。

約翰回過神來，亦已明白發生了什麼事，整張臉因狂怒而扭曲；他兇猛的怒氣將我們雙雙擊倒在地，我手中的石塊亦滑了出去。現在回想起來，那時候他或許真的開口了：可能是幾句簡短的陳述，但無一值得記憶；他口齒不清，好似酩酊大醉。

他撿起石塊、高舉過頭，這使他看起來就像一名嘗試軸轉但姿勢古怪的芭蕾舞者。他舉步走向我，步履蹣跚，額頭的裂口血流如注，沿著臉頰往下流，將他裹在一層溜滑的黑暗中。

接下來的過程發生得太快：我起身，從他手中奪回石塊——他並未明顯反抗，彷彿明瞭一切已成定局。我使勁砸下，這回用力得多……後來他就不動了。

此刻我推著他的屍體，手臂因使勁出力而抖個不停；我不明白這一切究竟有何意義。我在懸崖邊停下。

我們終於來到終點。

傾身向下，我用力一推——這最後一次出力、最後一股氣力通過我全身上下每一處，竄遍每一條結實肌肉，猶如犯下這項罪行所必須付出、萬萬不可或缺的元素。我愣愣站著，滿身砂土塵垢，專心聆聽下方的落水聲，等待宣告落幕的聲音響起。

但是什麼聲音也沒有。

後來，我繼續站在崖邊，探看下方的大海，試圖解讀我的未來。愛麗絲不會跟我走了，我心裡明白。我們不會一起去西班牙，不會在夕陽下品嚐餐前小菜或紅酒。巴黎，我麻木地意識到，永遠也不會有巴黎。我清清楚楚看見——或許是這輩子第一次——看見我為我倆設想的未來永遠不會到來，不會發生。不僅如此，我也把原因看明白了——都是愛麗絲的錯。都是因為她逃來坦吉爾，拋下我，把孤單且心碎的我扔在冰冷的紐約街頭。她的選擇、她的決定導致我們走上今天這一步。而我唯一做過、也唯一會做的一件事，就是努力去做對我們倆而言最好的選擇、創造她曾宣稱她想要的生活。只是那並非她想要的。不完全是。我回想起前幾天晚上她在酒館的那席話，一時之間，頓悟擊中我，又沉又重，使我再度聽見嗡鳴、再次嚐到猶似金屬的苦澀味。真相的味道。她從來不曾想要我。

我轉身背對海洋，拋下我所做的一切。

我不信臨終祝禱，我知道我說不出什麼誠摯良善的好話。我一步步遠離破曉晨光，而我最大程度能做到的就只是想像：想像他已投入他深愛女子的懷抱、甘苦與共；不論這份愛對他而言究竟代表什麼，他將永遠有她、有坦吉爾相伴，至死不渝。

這麼說來，約翰無疑是我們之中最幸福的一個。

15 愛麗絲

我上氣不接下氣、終於來到家門口。我在銀行耗了一整個上午，想把我和約翰共用帳戶裡剩餘的錢領出來，為離開坦吉爾那天做好準備。當我發現約翰揮霍的數目時，我極度沮喪困惑，百思不解約翰到底把茉德姑姑每月匯來的津貼花到哪兒去了。起初，我想到莎賓，納悶她是不是我父母信託基金的另一名受惠者；這個可能性令我非常不舒服，但後來，我想起那天她失足跌落前的臉孔（外加露西描述的細節）——如此年輕、惶恐驚懼——於是我不再苦惱她究竟有沒有拿錢、又拿了多少。

我把鑰匙送進鎖孔，焦急地轉動，想在茉德姑姑抵達前確認家裡已收拾整齊了。幾天前，我收到她發來的電報；雖然我計劃去港口接她，但茉德堅定拒絕了。姑姑表示我毋須如此折騰，她可以搭計程車，直接在公寓與我碰面。

我只希望屆時露西不在家。

過去幾天，我們的作息已落入某種模式：露西起得比我早，整個下午都不在家，晚上也都會等我確確實實把自己鎖進臥室之後才回來。剛開始我很擔心，不知該不該再謹慎一點、多考慮一些，因為她不像往常那樣尋求我的陪伴，反而想逃開我，彷彿焦急地想避開我好度過一整天。這實在奇怪，不像她的作風，但最後我也做了決定，認為我最好把時間用來整理、打包，為姑姑的到來以及接下來離開坦吉爾的行動做好準備——為我再也不必、永遠都不需要擔心該怎麼應付露西．梅森的那一刻，做好準備。

我踏進走廊，瞬間愣住。起居室隱約傳出人聲：先是一點點笑聲，然後飛快追加幾個字。我認得這個中性的聲音——講話的人是茉德姑姑。我快步走去，肚腹扭絞得厲害，完全不明白露西怎麼會知道茉德姑姑要來，也好奇她到底做了什麼、說了什麼，逗得姑姑發出那樣的笑聲。認識姑姑這些年來，我不曾聽她這麼笑過。

她倆並肩坐在沙發上——她和她——彷彿這是世界上最自然的事。兩人面前擺著茶盤和點心。

「怎麼回事？」我厲聲質問。

茉德姑姑嚇了一跳，抬頭看我。「愛麗絲，妳回來啦。」她起身向我走來，給我一個短促、敷衍的擁抱。「我早到了。不過蘇菲剛好在家，她開門讓我進來。」看見我的表情（我知道，那是一張因為害怕、恐懼而僵硬的臉。因為我發現茉德在這裡，和她在一起。這一切的一切都暗示了一個最簡單的事實），她眉頭微蹙，問道：「愛麗絲，妳怎麼啦？臉色好蒼白。」她朝我跨前一步，「警方跟妳說了？那現在呢？」

我望向露西。她懸坐在沙發邊上，我注意到她又再度換上初抵當日那套繫腰黑色外出服。那是她的偽裝，現在我明白了。「她不是蘇菲．透納。」我不理會姑姑的提問，逕自回答。

茉德大皺眉頭。「妳到底在說什麼呀？」她回過身、轉向露西，「妳知道是怎麼回事嗎？」

露西垮下臉，神情擔憂；「我想可能是這種情況導致的壓力吧。就如同我在電話裡說的，自從約翰失蹤之後，她整個人就不對勁了。」

「她撒謊！」我厲聲反駁，此舉令茉德訝異地轉頭看我。「露西說的每一句話都是騙人的，從以前到現在都是這樣。」

「愛麗絲，」茉德靜靜地說，「親愛的，我想妳可能糊塗了。我認為妳把約翰的事跟以前湯姆的事搞混了。」

「不是，沒有，我沒有。」我邊說邊搖頭。

「妳有，親愛的。」她伸手覆住喉嚨——代表擔憂——這是我們共有的動作，象徵我倆身上流著相同血液的具體明證。「妳自己跟我說，蘇菲在這裡陪妳，不過就是幾天前的事。難道妳忘了？」

我止不住地搖頭。在那一刻，我找不到任何出路、逃不出自己的謊言。這時，我想起她剛才說的話。「警方要跟我說什麼？」我問。

她頓住，臉上掃過一抹疑惑的神色；「我以為妳是因為這件事才這麼情緒化。我以為妳剛從警察局回來。」

「發生什麼事了？」我質問。

露西站起來。「愛麗絲，警察稍早來過了，我剛才正在跟妳姑姑說他們為了什麼事來找妳。一群漁夫發現他了……在港口底下。我是指約翰。」她停下來，擺出擔憂的表情，「他們一直在找妳。」

「找我？」

「是呀，愛麗絲。」茱德回答。「他們需要妳去確認他的身分。」

所以我是對的。約翰死了，就像湯姆也死了一樣。

我大步越過露西和我之間、短短幾步的距離，無視姑姑震驚的表情，亦不理會露西臉上帶著消遣的訝異。

我一把抓住她的手提袋，從她手上扯下來。

「愛麗絲！」茉德大叫，「妳在做什麼？」

我不理她，一逕瘋狂翻找，尋找應該在裡頭的東西——我知道，就算是她也不可能預料到這一步。「找她的護照。」我終於摸到那本小冊子。我把手提包往旁邊一扔，看著露西的臉皺了一下；包包裡的物品散落在地，一只銀製粉盒翻倒過來，香粉撲覆在磁磚上。「拿去。」我把小冊子往姑姑手裡塞。雖然只有一下子，但我的動作有些遲疑，因為我突然想起，以前在班寧頓也發生過類似事件：手鍊，還有照片的事。一縷髮絲固執地攀附在我汗濕的額頭，我忿忿撥開。沒關係，我提醒自己，時間不同、狀況也不同。當年的每一步、每個環節，露西全計畫好了，所以我只能落入她設下的圈套，什麼事也做不了；但現在，她是依直覺行事，她的所作所為肇因於我拒絕讓步。我的全盤否認令她措手不及，毫無防備。我看得出來，這一切明明白白寫在她臉上。

「打開呀！」我命令我姑姑。「打開來看，您就會知道她在說謊。您會知道她不叫蘇菲．透納。她根本是另一個人。」

「那麼她是誰？」茱德反問。

「我告訴過您了，」我語帶哀求，「她是露西．梅森呀。」

她發出近似沮喪的嘆息。「噢，愛麗絲……」她搖搖頭，「我們怎麼又回到這個問題了？」

「沒有，」我不依，「您快看哪。這次您會知道我是對的。打開就是了。」

茱德姑姑無奈嘆氣，捧著小冊子，一副害怕翻開它、甚至不敢觸碰它的樣子。有什麼好怕的？我想大喊，如果這本冊子能證明她姪女是對的，如果它能將可疑、猜想的陰影從她自己的血親轉移到剛剛坐在她旁邊的陌生女人身上，何須害怕？

「姑姑，求求妳……」我低語。在那一刻，我好恨她逼我求她選擇自己的姪女。

「那好吧。」她嘆氣，翻開內頁。

我等待——等待她困惑地皺起眉頭，等待茱德意識到，就連她也被端坐在我們面前、這位看似無害的女孩玩弄於股掌之間時，不免引發的怒氣。

有了，眉頭皺起來了。我安心地微笑起來，看著疑惑逐漸瀰漫她整張臉，看著她眉宇間的線條越來越深。我看著她將那本子遞給露西——我知道，她在要求她解釋。我弓起上半身，急切地想聽聽露西能變出什麼說詞；但我知道她根本無話可說。這一次，誰也救不了她。

但這時候，露西竟然把護照放進外出服口袋，而茱德也坐回沙發。

「怎麼了？」我質問，「她又做了什麼？」

茱德搖搖頭，一副相當失望的模樣。「蘇菲什麼也沒做，愛麗絲。」

我奮力想吸入空氣。「您為什麼還這樣叫她？」我猛甩頭，想弄清楚；「您看到她的護照了，您不是才確認過嗎？」

茱德點頭。「是呀，愛麗絲，我確認過了。」

我看看茱德、再看看露西，然後再轉回茱德。她們倆，這兩個人，並肩坐著、抬眼凝視我，表情冰冷嚴峻。這一刻，我突然驚覺她們倆有多麼神似——堅強、時而帶著距離，固執且幾乎不退讓。真不懂我怎麼一直沒看出來。這時，我腦中閃過一個念頭（儘管我知道這實在太荒唐太荒謬，儘管我曉得那只是絕望、瘋狂的想法），但是，看著她倆，坐在一起，我開始懷疑有沒有可能——有沒有可能這全是她倆一手策畫的？而這一切、這全部的一切是否只有一個目的：把我逼瘋，永遠關進精神病院？

如此一來，露西會很高興我再也不屬於別人；把我關起來，往後就再也沒人碰得了我。那茉德呢？我想到那筆不久之後將屬於我的信託基金，還有她身為我的監護人的角色。太荒謬，太瘋狂了。但我仍禁不住認為這一切全都十分合理。

「您為什麼要這麼做？」我低語，聲音冰冷平靜。

「我做了什麼？」茉德姑姑反問。

「這個，」我逼出意志力，讓聲調維持平穩、冷靜；「護照上是怎麼寫的？」我質問，同時也意識到我自己根本還沒看過，沒看過照片旁邊寫了什麼。

茉德冷冷看我，「妳認為護照上是怎麼寫的，愛麗絲？」

我不確定她是不是真的這樣看我——冰冷而疏離，彷彿我們從此斷了血緣束縛——又或者是她的聲音，低沉且挑釁，在那一刻我只能解讀為威嚇。還是，或許我只是突然明白了：這個我一直以來最信任、我唯一還在世的、真正的家人，這個女人，她已然遺棄了我、背叛了我。這份認知作勢要淹沒我、扼殺我，逼得我發出一聲怪異瘋狂的喊叫——我再一次撲向露西：這一回，我的目標是她口袋裡的冊子。

我必須知道。我告訴自己。我推開她為了自我防衛而舉起的雙手，我的指甲劃傷她的肌膚。我必須知道護照上寫了什麼。我必須弄清楚究竟是我姑姑不願意相信我，還是她跟她——跟露西是一夥兒的。我必須了解她關心的是我的福祉，還是我的財富。所以我推她、我拉她，我瘋狂抓扯直到感覺鮮血——她的血——滲入我的指甲。我能做的都做了，最後我嚐到嘴裡的金屬味，感覺一雙有力的臂膀將我拉開。

「愛麗絲！」茉德在哭。臉上一條條都是顏色。

我停下來，抬頭望向姑姑的臉，看進她滿臉的恐懼憂傷；她梳攏的髮型瀕臨崩塌，髮絲一縷縷落在臉上。我轉向露西，發現她的模樣也差不多，原本夾好的頭髮也全部垂落在肩膀上；而她的衣服歪了、襪子裂了，我暴力的證據明明白白寫在那兒，遍布她全身上下。道歉的話語來到唇邊，但我狠狠抑下，感覺掌中那份文件的重量。我必須知道。於是，我飛快瞥了一眼現已緊緊扣在指間、那本護照上的文字。**蘇菲・透納**。我拼了命想呼吸。我吸不到空氣。

原來——我意識到一股不祥的預感——她還是快了一步。

16
露西

要說服茱德．希普萊她的姪女瘋了，實在易如反掌。

繼首次聯繫之後，在她抵達坦吉爾以前，我們又陸續通過幾次電話。我向她報告她姪女的動向及精神狀況，亦不斷想起愛麗絲曾告訴我的話——自雙親過世以來，她內心十分恐懼，因為她姑姑想把她送進精神病院。她怕茱德以為她瘋了，也害怕茱德說不定是對的。

而愛麗絲下午的那段插曲，更是幫了大忙，我幾乎要同情她了：看著她自信滿滿，以為她就快打敗我了；後來她狼狽地站在我們面前，雙眼圓瞪，眼神茫然，手指不停在護照同一頁翻過來、翻過去，一再反覆，彷彿這麼做就能改變上頭印刷的文字。我差點就要衝向她、將她擁入懷中，原諒她做的每一件事；但我只是別過頭，抹去這股衝動。

她怎麼可能知道，我早就調換護照了。那天我坐在尤瑟夫的畫室、遭他勒索，腦中突然浮現這個想法。我直挺挺坐著，動也不敢動，深怕洩露任何一絲軟弱跡象；直到我終於把整套計畫都想好了，我才容許自己微笑、稍稍移動。為了堅定我的決心、逼他就範，我說：「付款前，你得先幫我做一件事。」

尤瑟夫瞇起眼睛，顯然被我大膽的要求嚇了一跳。

我注視他的雙眼，「我需要一本新護照。」

「敢問我為什麼要幫妳這個忙？」他笑了。「好讓妳一溜煙跑掉卻不用付半毛錢？」

「我會付錢給你——而且是事前支付。但是，如果我沒拿到新護照，付你封口費又有何用？警方遲早都會搞清楚是怎麼回事。新證件是我離開坦吉爾的唯一辦法。要不然，我大可把錢花光，享受最後幾小時的自由。」我保持微笑，但我能感覺牙齒在顫抖。

尤瑟夫並未立刻回答，他在考慮。看得出來，他正在斟酌我這番話，神情嚴肅，一如我知道他會認真考慮。說到底，只要錢先拿到手，他何需在乎我是否離開坦吉爾？沒錯，或許他傾向長期敲詐，讓他好一段時間持續有進帳；但如果被迫在沒拿到半毛錢和拿到部分款項之間做抉擇，他是聰明人，我知道他會選擇哪一邊。

「好吧，」他妥協了。「我認識一個傢伙，或許能幫上忙。」他用畫筆指著我，「不過妳得先把錢付給我。」

我點頭。「成交。」

他的眼睛瞇成一條縫。「別耍詭計，否則交易取消。」

「明白。」我對他伸出手。「那我們握個手，一言為定？」

他再次大笑，聲音愉悅但刺耳，沉溺在自己贏過這個無助的美國女孩的勝利滋味中。至於我，在我進行下一步以前，我就是要他享受這一刻。我握住他的手，感覺十分粗糙，但我還是扣緊它、搖一搖，好像我輸了，他贏了——彷彿握手就代表承認我的失敗。

後來，出了畫室來到街上，我這才放聲笑出來，同時驚嘆我竟一度懷疑他毫無用處。

我等待，等到茱德終於說服她姪女上床休息、像照顧孩子一樣替她蓋好棉被。不一會兒她便從房裡出來，神情煩惱又疲憊。

「妳說的沒錯。」茱德沉入沙發，我在她身旁坐下。「謝謝妳打電話給我，蘇菲，讓我知道出了什麼事。很抱歉，愛麗絲以前總是會這樣……發作。」她伸出手，按在我的手背上。

她的掌心乾燥而冰冷，彷彿她對沙漠的酷熱免疫，彷彿再惡劣的氣候也威脅、撼動不了她分毫。她不為所動，堅定不移。她——我實在忍不住這麼想——是個把生命浪費在愛麗絲這種人身上的女人。我開始想像：要是命運選擇賜給我這樣一位親戚——如同我眼前這名女性——不知我能成為何等人物，成就何等事業。

我連忙揮開這些念頭。

「可不是嘛。」

「我得承認，最初我還抱著希望，以為約翰只是和他朋友出去了，某種傻氣的小探險之類的——如果妳了解約翰這個人，其實這沒什麼好意外的。」她定睛看我。「他失蹤的時候，妳在這裡。妳認為到底發生了什麼事？」

回答之前，我謹慎斟酌詞彙，剔除一些就目前而言非必要的資訊；「我也不曉得。他們似乎處得挺好的，至少一開始是這樣；但漸漸地，兩人顯然變得不太對勁。

後來愛麗絲跟我說了，就是那女人的事。」我搖搖頭。「我最後一次見到約翰時，他們正在吵架，吵得很兇。我不知道後來怎麼樣了。我真的不知道。」我低語，盡可能將滿滿的情緒塞進最後幾個字，使其聽來相當不吉利，令我倆都能感覺到這股惡兆徘徊不去，拒絕消散。

她點點頭。「我想，眼前的問題是該怎麼做。」

我假裝訝異。「您是指……愛麗絲？」

「是的。」她嘆氣。「我得說，凡是跟愛麗絲有關的事，我從來都不知道該怎麼做、或者怎麼做才對。這方面她跟我弟弟還挺像的。對他，我也是從來都不知道該說什麼。」她搖搖頭，臉上掠過一抹陰霾；「就某種意義而言，這一切實在太不堪負荷。如此不幸的事竟然落在一個女孩兒身上，而且是好幾次。先是她雙親，再來是佛蒙特那個男孩。現在又一次。」她再度搖頭，「還有她老是提到以前的室友這件傻事。我實在不明白，妳知道嗎，她堅稱那個女孩跟班寧頓那場意外也有關係。我費盡唇舌、耗盡所有氣力才終於說服那裡的警察，讓他們明白她腦子糊塗了，她把那件意外、還有那女孩失蹤的事全攪在一塊兒了。」

我感覺到這番話的重量——愛麗絲的指控——沉沉壓在我肚腹深處。「她是不是受了警方暗示？」我問。看見茉德面露疑惑，我趕緊補充，但也無法回頭了：「我是指她室友的事。我在想，必要時，警方的態度也可能相當強硬。」

茉德搖頭。「沒有。這完全是愛麗絲的想法。但妳怎會這麼問呢，親愛的？」

我眨眨眼，彷彿視野突然變得朦朧不明——或許是看不清楚吧，我心想，但是不對——我甩甩頭，耳內持續嗡鳴，強度猛烈。我斷定這毛病就是不放過我。「噢，我只是覺得這種事聽來相當不可思議，」我很快說道，「無法置信。幾乎就像——」我暫停不語，垂下視線；「請原諒我這麼問，希普萊女士。但是，愛麗絲是否進過療養院？」

茉德的視線與我交錯，嚴肅但遲疑；「沒有。為何這麼問？」

「因為她看起來好……好脆弱。然後您又提起她經常發作。」我微微動了動身子，「我知道以前我們不是特別要好，不過，她似乎總是有點……敏感。」我繼續往下說，回想我們初識的那一天，讓話語成為事實。「我擔心她，也為她的未來擔憂。」我稍微停頓。「以前，我有位阿姨，她身體非常不好。她常常——唔，常常說一些事，但這些事不完全是真的：譬如有人進了她家、動了她的檯燈，或搬動她的家具等等。後來，我父母決定送她去某個能照顧她的地方，認為這樣可能對她比較好。」

現在，茱德終於正眼看我，眼神銳利，毫無隱瞞。「我確實考慮過。」她終於打破沉默。「在她雙親過世之後，她……她傷心欲絕，妳知道，她的悲慟已經超過正常程度了。」她飛快、不著痕跡地瞥了我一眼，於是我明白，她接下來要說的話肯定很重要。「她甚至相信，她必須為他們的死負責。」

我繼續保持沉默，讓這個想法持續發酵，讓人聯想到這名孤女的存在已奪走數條人命。這時——理由我說不上來——但我覺得好像有什麼事就這麼決定了。彷彿茱德利用這段時間、這段沉默，反覆推敲叩問，最後做成決定。她轉向我——眼前的她不再是方才那個迷惘、困惑的女人。她已做好計畫，下定決心。

她瞇起眼睛。「關於妳家人不幸的過去，我聽了真難過。不過，其實我剛才也想跟妳提同樣一件事。」

「是嗎？」我挑起眉毛，急切地想知道她到底得出什麼結論——蘇菲·透納究竟將扮演何種角色？

「是的。」她頓了頓。「其實，我有個主意，不過需要有人幫忙才行。」見我並未出言反對，她繼續：「我需要妳幫我做一件事，地點在西班牙。如果妳認為妳辦得到的話。當然，妳付出的時間一定會獲得應有的報償。此外，愛麗絲每個月都能從她的信託基金取得一筆津貼，我可以把這筆津貼全數轉給妳。這部分的瑣事可以交給銀行處理，妳什麼也不必擔心。」

「是嗎，我明白了。」我說，雖然我並不明白，還不明白，但我知道我很快就會想通了。我知道茉德已百分之百信任我，她相信坐在她面前的這個女人——蘇菲・透納——是個正派、心地善良且值得幫助的人。說實話，雖然我已擬好對策，但我對茉德的意向仍十分感興趣；我想知道，就長期而言，她的計畫是否比我自己的更加有利。

我權衡風險、評估利弊得失——心頭閃過紐約寄宿公寓那個悲哀、毫無特色的小房間——然後很快做了決定。

茉德點了點頭，表達謝意。「她今天的舉止使我確信，我必須做個決定。」她轉開視線，望向窗外；「我早該這麼做了。」

17 愛麗絲

隔天早上，警察很早就來了。

當然，我早就知道他們會來，也知道我不受打擾的平靜時光——安安靜靜，假裝恐怖事件尚未發生、而這一切全是夢境的過渡狀態——與敲門聲響起的那一刻之間的距離，一吋一吋、漸漸縮短。

約翰死了。昨天她們告訴我的。茱德和露西。只是我仍感覺不到這件事的真實性，我的腦子還沒辦法理解這是事實——無法被挑戰、改變或修正，具體確定這個無從動搖的事實。我躺上床，茱德為我蓋好棉被、把我當孩子，好似我是個病弱無能、永遠無法擺脫的問題；而我只感覺那兩個字不斷在腦中迴響：*死了*。太熟悉卻又陌生。茱德抓著床單又拖又拉。這不可能是真的，我想告訴茱德。約翰不能失蹤，他不能死。他應該是那個——我想這麼解釋給她聽——能為我遮風擋雨、帶我走出憂鬱，揮開自佛蒙特苦澀淒冷的那晚（或甚至更早以前）便纏繞著我的邪惡黑暗。他不能就這樣走了。他不能死。

我的心、我的腦子就是沒辦法接受這個事實。後來，他們在驗屍房過分刺眼的燈光下讓我看他的遺體——我血色盡失，踉蹌地連番倒退；雖然我清楚意識到茉德姑姑就在我身邊，意識到警官滴溜溜的眼神，關注評估我的一舉一動、我的每一次呼吸——我也依然無法接受。我覺得他們——他們每一個——都在看，都在等待：等待我歇斯底里、等待我的淚水。但我似乎已經沒有力氣做這些表演了。

我別過身，逼自己面無表情。

「夫人？」

我抬頭望向兩名警官。兩人面露遲疑，一副拿不定主意、非常害怕的樣子。那一刻，我好想大笑：怕我？到底有什麼好怕的？我真想知道。我正打算開口問，但突然間，滿滿的情緒——照理說我應該要感覺到、而他們也期望我表現出來的情緒——完全超出我的負荷；於是我只對他們點點頭（一個短促、近似欠身的小動作）便轉身退開，走向門口。我在哈法咖啡館也有過這種感覺。我這一生經歷過無數次這種時刻——每當驚慌襲來，即將落入陷阱的感覺作勢要擊垮我，故我在那一刻只求能脫離當下受困的空間，其他什麼也不要了。儘管如此，我仍停下腳步，左探右看，認為這裡好像少了什麼，好像我忘了什麼。

我倏地明白了：露西。

我在尋找露西的身影。

這一回，我真的笑了。

「夫人？」我聽見警官再次喊我，也感覺到茉德姑姑射向我的銳利眼神；但我無力回應，我什麼也做不了，只能掉頭走開，走出驗屍房，走進有好多扇門的走廊，但沒有一扇貌似我尋尋覓覓的出口。我推撞其中一扇門、再一扇，沒有一扇願意為我開啟。我出不去，我被困住了。我被困在這個宛若迷宮的廊廳中。

眼前冒出人影。「麥克埃利斯特夫人。」

從來沒有人用我丈夫的姓氏喊過我。這實在太荒謬了：我這輩子頭一次聽見這種稱呼，但幾步之外卻躺著他的屍體。「希普萊。」我低聲說道，聲音顫抖；「我的姓氏是希普萊。」

男人蹙眉。「好吧，希普萊女士。」他指指他身旁的那扇門，「請跟我來。」

站在我前方的這個男人並非特別魁梧，眼睛的高度只比我高出一點點；但這人身上有種威嚴，令我裹足不前，使我的心臟因為恐懼而越跳越沉。顯然，他的官階高於剛才跟我說話的兩位警官，而我猜不透他想做什麼。我望向他指示的那扇門，想到門裡不知藏著什麼，我驚慌萬分。此外，我下意識、或隱約理解到我應該明確質問他的身分，問他想要什麼；但最後我好不容易問出一句：「我們要去哪裡？」

「我的辦公室。」他答得簡單扼要，不作多餘解釋。

有人把手放在我肩上。我回頭，是茱德，她的嘴唇上方冒出一層薄汗。「妳聽見那位先生的話了，愛麗絲，」她的語氣簡潔冷硬，「我們進去吧。」

男人再度蹙眉，不太高興，似乎是因為茱德也會在場的關係。

他的辦公室相當空曠。除了角落幾處看似即將剝落的黃油漆之外，牆上幾乎空無一物。辦公桌前有兩張椅子。我坐進其中一張，茱德姑姑坐另一張。

待我倆坐定，警官也屈身坐進辦公桌後的扶手椅，然後立刻傾身向前；「希普萊女士，」他說，「為什麼有位叫作尤瑟夫的男子會持有尊夫的私人物品？請問您能想到任何理由嗎？」

我搖頭，這個問題令我詫異。我預料到他會問問題，但從沒想過是這一個。就在這時候，有個念頭像針尖一樣戳了我一下——我想起來了。前幾天晚上，露西跟警方提起尤瑟夫的事。

「我想不出來，」我的聲音低沉嘶啞，「我不知道為什麼。」

他皺起眉頭看著我。「您非常確定？夫人？」

於是我考慮要不要說出來：關於露西，還有她故意向警方提起尤瑟夫，以及她極有可能必須為他們正在討論的這件事負責。我考慮是否該把最近發生的每一件事都告訴他——但，我注意到他看我的眼神，表情亦苛刻嚴厲，於是我一個字也說不出口。

「可以給我一杯水嗎？麻煩您。」我轉而這麼說。

對於我的請求，他似乎有些惱怒，卻仍無可奈何地向站在門口的屬下示意。接著是一段冗長的沉默。最後，一杯微溫的水終於放在我面前。

「謝謝。」我囁嚅。小啜之後，我把杯子放回他的辦公桌，望著杯底形成小水塘，環形水漬漸漸沒入木質桌面。我感覺茉德姑姑正在看我，但我提不起勇氣、無法迎視她。我還辦不到。

「不好意思。剛才您說您是……？」我反問他，試圖拖延。

他往後靠向椅背，嘆了口氣。「抱歉，夫人。我是阿尤博警官。」他說。「現在言歸正傳。我知道您認識他。」

這會兒換我蹙眉。我按著太陽穴，納悶竟然沒人注意到這間辦公室有多悶，簡直密不透風。「誰？」我問。在那一刻，我完全不曉得他口中的他指的是誰。

「尤瑟夫。」他語氣生硬，一字一字地說。「又或者，您認識的是喬瑟夫？他是這樁命案的嫌疑人。夫人。」

「不對。」我搖頭，不可能是這樣。不對，他們全搞錯了。我感覺茱德姑姑開始坐立不安。

「不對？」阿尤博眉毛一挑；「您的意思是，您不認識尤瑟夫？還是尤瑟夫與這宗命案無關？」

「不，我不認識他……」我還想繼續說下一句，但我說不出口。

「這跟我屬下報告的不一樣。」阿尤博瞇起眼睛，「他們告訴我，你們兩位彼此熟識。」

「不對，這不是事實。」我抗議，同時也憂心情況竟已演變至這種程度——他的說法從認識變成彼此熟識。我很清楚這兩者之間的差異。「我知道這個人，但我個人並不認識他。約翰——」我的聲音嘎然而止。他的名字使我說不下去。「——他跟我警告過這個人。」

「警告您？為什麼？」阿尤博問道。

我搖搖頭。「我不知道。大概是要我多留意這個人吧。假如我在落單的時候碰上他，要我小心一點。」

警官似乎在思索我的答案。「所以，尊夫見過這個人？」

我搖頭。「沒有。」但這時我想起莎賓，想起他將我排除在外的另一段人生；「我不知道。」我說出來了。「我是說，我認為他沒見過他。至少他沒跟我提過。」我再一次探向水杯。

警官面無表情地打量我，未透露半點思緒。「我不明白，夫人。如果您不曾見過尤瑟夫，您的丈夫也沒見過他，兩位何以如此懼怕他？」

「我們並不怕他呀。」我答得飛快。

「你們不怕？」他蹙眉。

「不怕……」我重複，感覺有些沮喪；「我不知道。約翰跟我說過一些尤瑟夫的事，還有他如何坑騙觀光客的錢。」

「所以，您擔心他也會對您做出同樣的事？坑騙您的金錢？」

我再度搖頭。「不盡然是。只不過——」

「只不過什麼？希普萊女士？」他厲聲追問。

一陣燥熱襲來，我甚至能感覺熱氣冒出體內、越過胸口；即使屋內抑鬱昏暗，那股灼熱的紅幾乎無可錯辨。我清清嗓子，準備開口，但我還來不及說話，茉德姑姑先有了動作：她向前傾，一手擱在警官的辦公桌上。「請問這是在做什麼？」

阿尤博撇撇頭，對於有人打斷他問話顯然相當不自在，但他極力掩飾。「沒什麼，夫人，」他終於擠出話來，甚至帶著一抹看似勉強的笑容；「我們只是嘗試建立這位年輕女士、她丈夫、以及行兇者之間的關係。」他轉回來看我。「所以，您從未見過尤瑟夫？」

我搖頭。「我已經告訴過您了。我不曾見過他。」

「這就怪了。」他倒回椅背，面無表情的臉泛起一抹淺笑。「是說，我們才向嫌犯問過話，而他聲稱他與您十分相熟呢，希普萊女士。」

聽見他的話，我愣住了。「這話是什麼意思？」

「他說你們認識。說是幾個星期以前，在里夫戲院外的咖啡館認識的。」

「可是我從來沒去過里夫戲院哪！」我抗議，然而就在我說出這些話的同時，我已明白——那是露西。他描述的人其實是露西。她才是那個刻意誤導方向、設下陷阱的人，所以這會兒我才會坐在這裡，困在這間辦公室。「露西。」我輕聲說。

阿尤博整張臉皺成一團。「抱歉，女士，您說什麼？」

「那是露西。」我又說了一次。這回聲音大了些。

「我不懂您的意思。」阿尤博說，瞄瞄茉德姑姑。

我猶豫，感覺姑姑冰冷、不贊同的凝視，但我仍毅然決然揮開她的影響，將之推出腦海。我不能再繼續沉默下去了。眼見情勢已扭曲至此，我不能什麼都不說。警方需要我協助他們釐清脈絡，好讓真相大白。茉德還不明白，她做不到——但她終究會明白的。

「露西．梅森。」我說，但我的聲音在發抖。「她是我大學時代的室友。」

阿尤博愁眉不展。「您的室友跟這裡發生的事又有何干係？」

「前些日子，露西來到坦吉爾。」我說。「我認為她可能涉入其中。」

阿尤博搖搖頭。「恐怕我還是不明白——她到底涉入什麼？」

「這整件事呀！」我上身前傾，湊向警官；「約翰的死，還有什麼我認識尤瑟夫這種荒唐說法，好像這一切突然莫名其妙全跟我有關似的。」

阿尤博好一會兒沒說話，然後他笑了。「您這說法挺有意思——您剛說這一切好像跟您有關。是啊，沒錯。尤瑟夫聲稱這事兒另一個人也有份。他喊她坦吉爾姑娘——」他停頓，「他的好朋友愛麗絲．希普萊女士。」

「你說什麼？」我尖聲質問。

「我說，那人宣稱他是無辜的。」阿尤博聳了聳肩。「他說是您，希普萊女士，主動找上他，問起某個女人的事。您的丈夫祕密交往的女人。然後，在那之後沒多久，他表示他親眼看見同一名女子攻擊並且謀殺她的丈夫，也就是您的丈夫。希普萊女士。」

茱德姑姑嗤之以鼻，不屑地質問，「而您相信他？」

阿尤博擺出一副這問題不值一提的模樣。「我們知道尤瑟夫這個人，也盯他好幾年了。當然，以前他確實幹過不少盜竊勾當，也耍過一些無傷大雅的小詭計，」他頓了頓，「所以這次的事件挺教人吃驚的。不過——」

「不過什麼？」我問，聲音顫抖。

「這倒也不是無法想像。」他意有所指地說。「假使，讓我們這麼說吧，說不定，事件背後有個頗具說服力的動機。」他定睛看我。「請問，希普萊女士，」他特別強調我的姓氏，「關於尊夫的風流韻事，您是否知情？」

我呆住了。但我還來不及回答，茉德姑姑便已按著我的肩膀、傾身向前，以低沉有力的語氣說：「先生，敢問您這是在指控我姪女做了什麼？」

他謹慎思索她的質問。「此刻不是，夫人。目前只是非正式談話，讓希普萊女士有機會把她可能知道的全部告訴我們。」

「可是我剛才已經告訴過你了，」我說，「我跟那個男人毫無瓜葛，而且他和約翰也沒有交集。事情是露西做的，不是他。」

「確定不是？」他陸陸續續從口袋掏出幾樣東西，置於我們之間的桌面上。我看見約翰在露天市場買的皮夾——一只聞得到這座城市的味道、使我聯想到無數我寧可遺忘的回憶與畫面的皮夾。那是我跟約翰在市集走失那天買的，當時我憤怒、迷惑又恐懼——不對，我倏地領悟。不是同一天。這兩件事彼此獨立，毫不相干。我甩甩頭，強迫自己把注意力、把全部的心思都放在阿尤博另外變出來的幾樣物品上。

起初，我並未注意到那件銀製小飾品。後來我聽見熟悉的碰撞聲，看清形狀與細節——我知道那是什麼了。它只可能是**那**樣東西，不可能是別的。

我母親的手鍊。

阿尤博期待地看著我——勝利的神色已然佈滿整張臉。「您認得這些，是吧？」

屋裡好熱，教人窒息。「是的，」我回答，「那條手鍊是我母親的。」即使嘴上這麼說，我卻怎麼想也想不透手鍊怎會在他手上，也急欲了解這條手鍊究竟輾轉經歷過什麼樣的事件，使得這條曾經捧在她掌心、繫在她纖纖手腕上的銀鍊，最後竟落入陌生人粗糙而長滿老繭的手中，而且離我上一次見到它的地方竟然相隔十萬八千里。

「但這些物品不久前皆為您所有，是嗎？」警官步步進逼，「後來您才送給其他人？」

「是——」我說，但旋即搖頭否認。「不對。我是說，是的，這條手鍊自始至終都屬於我。但不對，我並未把它送給別人。」我的聲音低沉嘶啞。

他瞅著我。「假如真是如此，夫人，那您認為我又是如何取得這些物品的呢？」

我好不容易才開了口：「我不知道。」我終於轉頭望向姑姑，接下來的話比較像是說給姑姑聽、而非回答警官的問題：「我沒有半點頭緒。手鍊在班寧頓就不見了。起初我以為是露西偷走了，但她否認。從此以後我就沒再見過手鍊了。」

警官懶懶地靠著椅背。「那我是否該告訴您，我是在哪兒找到它的？」他不懷好意地瞇起眼睛，「不過，我猜您可能已經知道了。」

「我不知道，」我說，「姑姑——」我伸手抓住她的手，「我發誓我真的不知道。」

茱德姑姑不發一語。

「我們的人在您的好友尤瑟夫身上發現這條手鍊。」他頓了頓，「他說是酬謝。」最後兩個字拖得又慢又長。

我嚇了一跳，轉頭看他。「您說什麼？」

「酬謝。」他重複。「這是他聲稱您給他這條手鍊的理由。」他短笑幾聲，「但他似乎不曉得這條手鍊根本不值幾個錢，不過是幾塊金屬和人造寶石。」

茱德不安地動了動。「酬謝？為了什麼事？」

警官轉向她。「證件，夫人。據尤瑟夫表示，希普萊女士認為警方遲早會發現她做的事，因此她想確保自己能在事跡敗露之前，悄悄離開。」

證件。露西前陣子才透過別人取得新護照，好幾個禮拜以前和尤瑟夫交朋友的也是露西。雖然我不知道為什麼，但這說不定全是露西的計畫。可是不對呀，如果最終的下場是坐牢，那個男人到底為了什麼答應幫她？現在他再怎麼瞎說胡扯也沒用了不是嘛？但或許，或許他完全不知道自己在瞎說，他根本深信不疑——他認為她就是我。他以為她叫愛麗絲。

我震驚不已。

「夫人？」阿尤博蹙眉。

「名字！」我倒抽口氣。「護照上的名字！」

「我不懂您的意思？」

「護照！」我著急地說，「那份護照上寫什麼名字？」

警官低頭看看記事本，冷靜、仔細地翻了一兩頁，而急得我傾身湊上前，兩手亦緊抓扶手、直到關節泛白。

「愛麗絲，妳在說什麼？」茱德姑姑問我。她低頭看著我顫抖的手，我連忙放開。

「證件，」我低聲回答，不想擾亂警官，「就是護照呀，您還不明白嗎？」她不解地皺眉，我趕緊解釋：「露西。她請人做了一份新護照，名字是蘇菲．透納。」

「愛麗絲——」茱德想反駁，眉宇間的皺紋變得更深了。

「別再說了。」我打斷她，用力搖頭。「我是對的。我知道我是對的。這完全說得通。這也是唯一說得通的理由。」我轉頭看看警官，「您找到了嗎？護照上的名字？」

警官抬眼看我。「他不知道她用什麼名字。他說，那位女士堅持她要親自連絡偽造證件的人，如此才不會連累他。」

我跌回椅子。

「夫人，」警官再度開口，但這回他的聲音感覺離我好遠；「我們也想找您丈夫的情婦來問話，但我們一直找不到她。她似乎逃走了——離開這個國家，疑似是擔心性命不保；而她顯然是透過您丈夫的協助，在他失蹤前一晚離開的。就我們了解，他已計劃好要去歐洲與她會合。」

我搖頭，感覺這些話一句接著一句、汩汩灌入體內。「我沒有推她。」我低語。話說出口的同時，我也意識到我不該這麼說。

阿尤博和茱德立即湊身前探、激烈交鋒。兩人說得又快又急，但我什麼都聽不清楚，什麼也聽不進去。我只覺得血液彷彿從我臉上慢慢流走，感覺事實狠狠擊中我——銳利、精準，令我一時岔了氣。這時，我終於明白——事發至今頭一次真正明白到底發生了什麼事，以及這個男人為何問我這些問題。我轉頭看著茱德姑姑，想知道她是否也明白了。她冷漠的神態告訴我她早就明白了，於是我開始好奇：她知道多久了？她是不是打從一開始——從這位警官指示我們走進這扇門的那一刻起——她就明白了？我感覺渾身刺痛。「請容我先離開。」這話聽起來鈍鈍的、不太清楚，連我自己都聽不出來是我的聲音。

說。

警官看著我，眼神嚴厲，之前流露的仁慈憐憫亦消失殆盡。「還有一件事。」他

我悶悶地說，「什麼事？」

他斜睨著我。「在您確知丈夫失蹤後，為什麼沒有通知警方？」見我並未立刻回答，他繼續，「還是您確實報警了？這是另一處疑點。據我的屬下表示，曾有位自稱愛麗絲．希普萊的女士致電警局，然而當他們親自上門訪查時，她卻否認她打過那通電話。」

我眨眨眼。「不是我打的。而且當時我還不知道……一開始我並不曉得。」

他皺起眉頭。「您不曉得您的丈夫失蹤了？」

「不知道。」我搖頭，心知這話聽起來有多荒唐，知道我再怎麼解釋也不可能解釋清楚；儘管如此，我仍迅速補上一句：「照理說他應該在別的地方。跟他朋友在一起。」

「哪個朋友？」

我猶豫，懷疑他接下來會拋出什麼問題；「查理。」我答道。接著，他確實也問了該如何跟這名友人聯絡，但我只能搖頭。「我不知道。」我說。

「您不知道尊夫友人的聯絡方式？」他問，語氣盡是質問與懷疑。

我點頭承認，心跳越來越沉。「是的，我們只見過幾次面。我是指查理。」

「但這仍不足以說明您何以知道這件事。」

「您是指他跟查理在一起？」我困惑不解。

「不是的，夫人，」他搖頭，「是您丈夫失蹤這件事。」

「噢。一位男士告訴我的，他跟約翰一起工作。」我停下來，再一次意識到他接下來肯定會問一些我答不出來的細節。「但我不知道他叫什麼名字。」

「他沒告訴您？」

「沒有。他沒說。」

阿尤博咧嘴一笑。「請原諒我這麼說，但是您不知道的事好像也太多了，夫人。有太多問題，您似乎都沒辦法回答我。」

我一邊思索他的話、一邊起身，然後背過身去。我感覺茉德姑姑也隨我站起來。推開門，我感覺她就在我身後，我們終於得以進入走廊。

「夫人？」房裡再度響起警官的聲音。

我停步，但未轉身。

「我們另外得知，您最近似乎結清了本地的銀行帳戶。考量到這一點，我們得麻煩您在離開警局以前，把身分證明文件和護照交出來。」

我僵硬地點點頭，任房門闔上。

茉德姑姑堅持要我陪她回洲際飯店。

洲際飯店是坦吉爾最古老的飯店之一，奢華的白色立面比周圍其他建築物都高出許多，彷彿意在彰顯其重要地位。我總覺得，這棟建築物像是從童話故事裡走出來的，只不過它沒有護城河，取而代之的是港口；建築周圍沒有立柱，只有成排的棕櫚樹；下榻此地的不是王公貴族，而是藝術家與作家——他們全是赫赫有名、有頭有臉的人物，只不過那名聲是在外頭，不在坦吉爾。這感覺好奇怪，但我發現我竟然已經無法想像這裡以外的世界，想像摩洛哥之外還有別的地方——另一個與這裡共時並存的世界。彷彿我人生中的每一件事、每一個部分都與這地方緊緊相繫，不論現在或未來，不論我在我們之間劃開多遠的距離。我試著回想：當年在離開班寧頓以前，我是否也有過同樣的感覺？但那似乎已離我好遠好遠，彷彿它無法熬過坦吉爾的耀眼陽光，彷彿這座炙熱、黃沙滾滾的城市擁有某種力量，能掃除綠色森林、綿延山丘、還有腳下濕葉的氣味。在那一刻，我十分確定我再也不會看見那片景色了。

「妳不舒服？」姑姑的聲音切入我的思緒。我們面對面坐在可遠眺港口的露臺上，中間擺著飯店午茶，茶組樣式精美。從離開警局到現在，我們未曾交談一句，彼此未說出口的話語猶如一條我不知該如何跨越的界線。

「沒有，我只是在想事情。」我放下茶杯。瓷杯發出清脆聲響。

她舉起手、阻止我繼續。「沒關係，愛麗絲。妳什麼也不必說。我們會想出解決辦法，就像以前一樣。」

我蹙眉，明白她指的是班寧頓的事。「茉德，」我說，她聽聞自己的名字，驚訝地抬頭看我；「您必須相信我。關於露西的事。」

「愛麗絲——」

「不行，」我打斷她，拒絕聆聽，「您得相信我。她必須為這一切負責，就像過去的事件一樣。您必須信任我。您非得相信我不可。」

她搖搖頭，惱怒地嘆了口氣，放下瓷杯。「夠了，愛麗絲。」她命令道，但語氣沒有我想像的嚴厲（或許亦非她本意）。她似乎累了，也很傷心——彷彿她一輩子都在反覆進行同樣的對話——「別再提露西．梅森的事了。算我求妳。」

「但如果您願意聽我——」

「別說了，愛麗絲。」她打斷我。「我不能。我不能再重蹈覆轍，不能再錯下去了。」她搖頭。「在經歷佛蒙特那場悲劇之後，妳滿口都是露西，好像中邪了一樣。」她頓了頓。「意外發生後，有幾個女孩子來看過妳。她們表示曾聽見妳們倆吵架，還說妳說了重話。那天晚上。」

我試圖回想，「我說了什麼？」

茱德望向他處。「說妳希望她消失。」她停下來。「然後她也真的不見了。」

「那只是——」我想辯駁。

「愛麗絲，」她再次打斷我，「妳必須理解這整件事在旁人眼中的模樣。」我不依。我不懂她在說什麼。「是露西做的。露西才是必須為這整件事負責的人，就像之前一樣。」

「愛麗絲，」她又說，這回嗓音沉了些。「妳的話沒有證據。沒有證據顯示有哪個人該為那晚的事負責。那只是意外，沒有任何人該被咎責。那是悲劇，沒錯，而我也看得出來妳很努力想討回公道。這我完全可以理解。但是，怪罪別人、把帳算在一個從此沒人見過的女孩身上……」語聲漸弱，終至消逝。

我迷惑不已，試圖再次理解她何以如此強烈反對這個說法，試圖理解她為何執意不聽姪女解釋、聽她表述真相，寧可徹底剷除跟露西有關的一切說法。

這時，我想起她在意外發生後曾經說過：**我會打理每一件事**。我突然倒抽一口氣：所以，這才是**事實真相**。這份事實始終擺在眼前，我卻拒絕正視，直到這一刻。我抬頭，望向我的姑姑，對上並緊鎖她的視線。「茉德。」我說，語氣平靜穩定。接著，我問出那個始終存在我倆之間（此刻我才終於領悟）、懸宕多年的問題：「茉德，妳認為我做了什麼？」

血色從她臉上褪去。我等待她否認，斥責我荒謬、歇斯底里，胡思亂想；但她不再看我，視線轉向港口，望著遠方的大海。她低語：「我不知道，愛麗絲。」她轉回來看我。「而且，我也不知道妳自己清不清楚，知不知道。」

我又感覺那些陰影正逐步進逼。我想起那段日子。雙親過世後，周遭的一切都變得好強烈，同時又模糊而遙遠。時間在詭異中流逝。幾個鐘頭感覺像幾天，幾天有時卻像幾小時。大多時候，我都躺在床上，思緒奔騰卻疲憊枯竭。我因為缺乏睡眠而頻頻眨眼。我強睜著乾燥、疲倦的雙眼，想確定哪些是真實可觸的現實，哪些是我過度運作的心靈產生的虛幻想像。

不能就這樣結束。

我推開這些念頭，揮去雙親以及死亡的陰影。視野邊緣的暗影隨著每分每秒逐漸擴大，我亦視若無睹。

眼前肯定還有什麼是我能做的。或許還有機會扳回一城，挽回露西又一次造成的、悲慘駭人的混亂。

我猛然起身，撞倒瓷杯，淺棕色的茶液溢出桌緣、灑落地面。「抱歉，」我喃喃道，「請容我先離開，姑姑。」

我拋下茱德，快步離開洲際飯店（對於我倉促離去，茱德看起來震驚又困惑）。我想起稍早那位警官在警局說的話。不錯，有太多問題，我都沒有答案。這倒是真的。

但我也知道，這些答案該找誰要。

18 露西

我剝下這身莊重的黑色繫帶外出服——初抵坦吉爾那天，我穿過一次；然後是今天，為了茱德（我無法想像蘇菲．透納那種女孩會穿褲裝）。布料浸了汗水、濕滑不已，緊緊黏在我身上，彷彿拒絕脫離我的身體似的。我氣急敗壞地與之對抗好幾分鐘，直到我聽見細微的撕裂聲——衣料的小小讓步——然後它便鬆開、我也自由了。敗陣的外出服落在地上，堆成一團。我嘆了口氣。我其實很想就這樣置之不理，或者扔出窗外、扔進垃圾堆，但我還是把它塞進行李箱，滿心盼望這種需要偽裝的日子能早日結束。

差不多該是離開的時候了。

今日稍早，當我走進尤瑟夫空蕩蕩的畫室，我隱約有些躊躇、甚至感到內疚。他等了一輩子，終於見到坦吉爾重獲自由——他是如此貼近這一刻，因為再過幾個星期，坦吉爾將完完全全屬於她自己。我明白其中的不公不義，就連在我把約翰沾血的皮夾扔在尤瑟夫某幅畫作後方的地板上時（手鍊早已藏在畫室某處，算是酬謝的訂金），我同樣也有這種感覺。我知道不公平。他會在牢裡度過餘生，只因為他做了一件我自己也常幹的勾當——無所不用其極、盡一切努力奮力對抗，好讓自己立足於一個拒絕對他敞開的世界。我再一次驚覺，尤瑟夫和我，我們倆竟如此相似。他和我皆受迫於同一種力量，像約翰這樣的族類；然而，儘管我們應該互為盟友，儘管照理說，打敗約翰應該能讓我們成為共謀、成為夥伴，但我們終究成了敵人，也只能是敵人。

瞥見畫架上那幅畫的當下，我停下動作，手懸在半空中。最後一次來畫室的時候，我並未要求看畫，連看一眼都懶。後來，我甚至有點懷疑他到底有沒有動筆作畫，他下筆創作的是否當真是我的肖像畫。不過，針對這一點，起碼他是誠實的。

一簇簇詭譎混合的藍，幾抹無以名之的暗影，這幅畫驚人地清楚呈現我的五官面貌。我心想，這幅畫暴露了過去幾週以來，他曾經多麼仔細地觀察過我——因為他絕不可能利用我坐在他面前的短短幾次機會，捕捉到如此豐富的細節。這幅畫流露某種親密感，隱約暗示作畫者與畫中人之間的關係。我對藝術所知甚少，但我有種感覺，這是一幅能令人有所感觸、啟發思考的作品。

時間已近向晚。在那一刻，望著照在肖像畫上、逐漸消逝的日光，我陷入天人交戰：我絕望地想逃離這間畫室，逃離坦吉爾，但我又捨不得離開。這一切似乎太過突然，彷彿我沒有時間做好心理準備、容不得我悲傷悼念。我一方面想把這幅畫留在這裡，作為某種提醒，證明我曾經來過這個地方，證明我一度愛過坦吉爾、愛過愛麗絲。證明這一切有過某種意義；但繼而一想，把畫留給尤瑟夫就等於讓他以為他曾經成功擺了我一道（雖然這份幻想不會持續太久），這個念頭令我不安。我也想到警方或許會發現這幅畫。雖然他們可能暫時按兵不動，但是萬一尤瑟夫發覺他認識的愛麗絲不是**真的**愛麗絲，他說不定會藉此指認我。於是我明白，我不能冒險。

我伸手，取下那幅畫。

此刻，我正準備將襯衫套過頭。我停下動作，眨眨眼，望著鏡中影像：一名年輕女子，健美有餘，但毫無引人之處。我想起尤瑟夫的畫作，想起他捕捉的精明神韻。我看著鏡子，放鬆臉部肌肉、試著軟化五官表情，把這張臉重組成另一個名叫蘇菲・透納的女孩；不過我已經開始懷疑，這個身分大概也撐不了多久——隨著我的每一步行動，她存在的目的和價值也越來越薄弱了。

我抓起行李箱，最後一次環顧這間公寓。

我們原本可以在這裡過著幸福快樂的日子，我哀傷地想。

關門，下樓，我走進曲折的街道。

我深深吸氣，吸入滿腹坦吉爾的香氣並提醒自己：即使此刻我正看著坦吉爾的海岸，這也可能是我最後一次凝視這塊土地了。稍早穿過市集時，我的視線在高高的香料堆之間流連不去：先是顏色鮮明如南瓜的薑黃粉，再來是碾碎的玫瑰花瓣，然後是溢出籃簍的胡椒粒。如果我是藝術家，如果我能作畫，我想我會把時間都花在這裡——要想觀察坦吉爾，沒有哪個地方比市集更合適了。

雖然我知道我接下來要做的事很蠢、純粹出自感傷，亦可能非常危險，但我還是朝卡斯巴區、朝那群古墓與懸崖和大海走去。最後一次。到頭來，我還是攔不住自己。

站上懸崖，我決心好好再看一看坦吉爾，看她最後一眼。她的美令我震驚，她的神祕使我著迷。我想起尤瑟夫告訴我的故事：那個美麗女妖誘惑水手邁向死亡的故事。也許那根本不是什麼神祕女妖——此刻我突然想到——或許就只是坦吉爾，或是坦姑。因為就某種程度來說，我也在坦吉爾海岸經歷過一段死亡：我以露西的身分來到這裡，離開時卻是另一個人。看來，重生是這份蛻變的必經歷程，因此死亡也必須是這段歷程的一部分。生與死原本就是相連的。

我抽出夾在手臂下的肖像畫，迅速瞄了瞄四周，確定沒有人在看我；然後，我放手讓它落入下方的大海。

露西．梅森終於不再有利用價值了——雖然，她的存在打從一開始就沒有什麼特別有用的價值，我輕蔑地想。出生在沒受過教育、壓根不值一提的貧窮家庭，但她後來竟然能活過十歲，這件事本身就是奇蹟。她在那間修車廠裡，不靠父親、不靠那群男人，她找到自己的生存之道——讀書。一本接一本，她教自己讀書寫字，為自己掙得一份能允諾更多、更美好未來的獎學金——而這一切原本不可能發生。照理說她早該死了，就像她母親一樣，成為另一條被遺忘的生命、另一次不復記憶的死亡，無人到場哀悼緬懷。我在崖邊繼續站了一會兒，望著浪潮拍岸，想像浪濤妖嬈如火焰，看著海水吞噬、淹沒屬於露西．梅森的最後一抹痕跡。

我退離崖邊，這才意識到時間已不知不覺流逝。渡輪就快到港了。我快步走向碼頭，專注直視前方，避免視線觸及不久前才路過的相同地點，因為我是如此渴望、貪婪、熱切地想再看它們一眼。我在坦吉爾的最後紀念。我想起初來乍到那天，街頭小販左右相迎、聲聲呼喊，試圖瓜分我的盤纏卻又敗下陣來。邁向港口的路上，我們又再度相遇——沒錯，我認得他——他就是我沿途尋找愛麗絲家那天、一路尾隨我穿過街巷的蚊子小販。那天，直到我終於站在她家陽台底下、從遠處仰望她，他才一溜煙沒了蹤影。

此刻，他走向我，臉上浮現笑容。「夫人需要嚮導嗎？」他熱切詢問。

我搖搖頭，指指他身後的渡輪。

他理解地點點頭，然後敞開外套前襟，露出那一排排閃亮、廉價的手鍊戒子。不用說，這些玩意兒不出幾天就會讓肌膚染上綠顏色。「買件飾品吧，夫人。」他勸誘道。「紀念這趟旅程。」

我點點頭，摸出身上最後幾枚硬幣。「給你。」我說，把錢幣遞給他。

他遞給我一只手鐲。

「紀念品，夫人。」他綻開微笑，「紀念您在坦吉爾的時光。」

我謝謝他，繼續走向碼頭。登船時，我鬆手，讓手鐲落入地中海，而我連看著它下沉都懶。我輕笑一聲，腦中閃過我想對那名小販說的話：不論是手鐲或他兜售的任何飾物，我都不需要。我不需要任何東西提醒我想起坦吉爾，想起她。

說到底，我早已是坦吉爾的一份子。

我永遠不會忘記她。

19 愛麗絲

就某種程度而言，馬拉巴塔監獄不如我預期的嚴肅陰沉。坐落於坦吉爾東緣，這座聳立在我面前的巨型建築立刻使我聯想到洲際飯店。我打了一記寒顫。監獄和飯店，兩者南轅北轍，卻又存在某種詭異的熟悉感，雙雙散發宏偉雄大的氣勢。

進入大門，一連串走廊過道引領我繼續前進，最後終於來到一處顯然充作臨時牢房的地方。這個小間與監獄其他區域並不相連。

我走進小房間，尤瑟夫起身致意。「現在我太出名了，所以他們決定必須讓我自己住一間。」他劈頭就這麼說，順手比比四周。他笑著看我打量這監獄中的監獄，他們為他創造的小小牢籠。

我虛弱地微笑回應，但我懷疑他可能還沒搞清楚狀況。儘管坦吉爾確實是個不怎麼安全的地方，但我曾聽約翰說過，關進馬拉巴塔監獄的大多是竊賊和皮條客，而最普遍的罪行就是從山裡走私大麻進城。像尤瑟夫這種危險的罪犯大多不見容於其他囚犯或獄警，因此獄方必須單獨囚禁他，另闢牢房隔開他與其他普通犯人，僅留一扇小窗與他作伴。

我清清嗓子。「我想跟你談談露西．梅森的事。」

尤瑟夫坐在牢房裡唯一的一張椅子上，椅身傾斜、椅背邊緣抵著牆壁，危顫顫地保持平衡。「您不是第一個提起這名字的人。」他搖搖頭，勾起嘴角一笑，然後匡噹一聲，讓椅腳落回地面。「只不過很抱歉要讓您失望了，夫人，我不認識任何叫這個名字的人。」

「她就是幾個星期前，您在大廣場遇見的那名女子。」我說。他偏了偏腦袋——我想，這應該是在暗示他正在聽我說，也要我繼續說下去的意思。「是這樣的，先生：我才是愛麗絲．希普萊。」

聞言，他雙眼大睜，眉毛至少上揚了一兩公分，但他依舊保持沉默；他的眼神狀似在探詢、評估，最後終於說道：「原來如此。」

「您遇見的那名女子，」我繼續，急著想把一切解釋清楚；「她借用了我的名字。真正的原因我並不清楚，但我認為很可能是為了這件事，因為她計劃了這一切，可能從最剛開始的時候就全部計劃好了。」我等待他回應。見他不答腔，我又說，「所以您明白了吧？您得告訴他們。」

他笑了。「告訴誰？夫人？」

「警察呀！」我納悶他何以不明白，看不清真相。「您得把我剛才跟您說的，告訴警方。」

「跟他們說有個坦吉爾姑娘騙了我、報假名給我？」他聳了聳肩，「這不是什麼新鮮事兒。」

我搖頭，「您得告訴他們我不是愛麗絲——不是您認識的那個愛麗絲。告訴他們那晚——約翰被殺的那晚，您看見的人不是我。」

「好，我會告訴他們。」他頓了頓，「但他們憑什麼信我？」

我氣急敗壞、心中百般不解：他怎麼就是不明白？我不懂。這不僅是我唯一的出路，也是他的活路——洗刷名聲、掙脫她的謊言套在他身上的枷鎖。「他們必須相信你。」我說。

他搖搖頭。「夫人，讓我告訴您警察會怎麼說吧。他們會說，您到這兒來是為了說服我撒謊。說到底，您為什麼會到監獄探訪一位您不認識的人呢？除了請求這人救您一命——反正這人肯定是沒命了——您還有什麼更好的理由？」

我直起身子，啞口無言。

「他們會扭曲每一件事——」他繼續，「您說過的話，您的意圖。直到一切符合他們的版本為止。這是他們的方式，誰也改變不了。所以您明白了吧？眼前根本是進退兩難，沒戲唱了。」

「可是這不對呀！」我說，但這話說得有氣無力，溫順遲疑。「她不能就這樣脫身。這地方不會就這樣放過她的。」

他挑挑眉毛，「這地方？」

「我的意思不是——」我焦慮地說，急著想解釋；但後來我不再說話，懷疑自己是否當真沒有這個意思。坦吉爾，這個地方。這座無法無天又不可思議、屬於每一個人又不屬於任何人的城市。

尤瑟夫倒向椅背，舒舒服服坐好。「告訴您一件事吧，這是朋友跟我說的。我這朋友在洲際飯店工作——您曉得那地方吧？」

「嗯。」聽他提起那個地名，我的臉頰漸漸發紅。望著眼前這名男子，我好奇他有多常去那裡喝茶、又或者只是經過大門口。我心頭一驚，感覺怪怪的：尤瑟夫屬於這座城市，反之亦然，但是這座城市的某些地方、某些空間卻不屬於他。「是的，」我又說，「我知道那裡。」

他點頭。「我朋友在那兒當經理。有一回，他告訴我，有一群觀光客——美國觀光客——要去他們那裡住，結果一下渡輪，這群人最先問起的幾件事之一就是『坦吉爾安不安全？』」

尤瑟夫沒往下說。他定神看我，他的視線令我越來越不自在。對於他這番敘述，我只能聯想到約翰——想到他躺在驗屍房金屬桌上的遺體。**不安全！**我好想大喊，**坦吉爾一點也不安全！**我所知道的每一件事都給我同樣的答案，不管尤瑟夫、不管這名坦吉爾之子怎麼說，都不會改變我的想法；但是，我看著他，坐在我面前，為了他不曾犯下的罪行而身陷囹圄，我突然覺得這些話我說不出口。「我也不知道。」我怯怯地說。

「於是呢，」尤瑟夫換個姿勢，「他反問他們：假如在各位的家鄉，突然有陌生人靠過來——臉上還有道猙獰的傷疤唷！」他指指自己的臉，彷彿那道疤就在他臉上似的；「各位會停下來、搞清楚他想幹什麼嗎？」他傾身湊向我，「您會嗎？」他問，語氣嚴厲。

「不會。」我立刻回答。

「不會。」他重複道。「當然不會。既然如此，如果在這裡碰上這樣的人，各位何必費神停下來打交道、又為何要對接下來發生的事感到驚訝哩？」他惋惜地搖頭。「如果在家鄉就不夠機靈，」他敲敲腦袋，「在這裡也不會機靈到哪兒去；如果在家鄉常遇上麻煩，在這兒就算碰上麻煩也不必太意外。不管到哪裡，你我都還是同一個人。坦吉爾或許神奇，但還不到創造奇蹟的地步。」

我點點頭。在那個當下，我拒絕思考他話裡的暗示，思索這段話可能隱藏的真意，以及這些含意之於我——不對，就是說給我聽的——又有何意義。

「那您呢？您打算怎麼辦？」我這才意識到，我心裡只剩下這一個問題。

「我會熬過去的。」他聳聳肩。「世事無常，人有其時。那我就不送了，愛麗絲．希普萊。」

我搭計程車回家。我原本可以讓車子停在家門口，但我滿心焦躁，只想待在外頭——只想走路，呼吸新鮮空氣。儘管此刻空氣窒悶、令人提不起勁，但是再怎麼糟也總強過計程車後座。方才，車窗一路緊閉，彷彿司機害怕接觸空氣似的。

我反覆思索尤瑟夫的話語，無法不感覺到那番話尖銳、猛烈地刺痛我，彷彿這頓斥責完完全全就是衝著我來的。畢竟，他說的沒錯——如果是我自己惹禍上身，我又怎麼能怪罪環境、把責任推給坦吉爾？沒有人刻意在我周遭、在我行走的路上弄出這些裂隙坑洞、陰暗角落。不。它們是從別的地方冒出來的，並且跟著我一路來到這裡，因為我始終漠視它們的存在，默許迷霧遮藏我早已明白的真相。

都是我的錯。不論是湯姆或約翰的遭遇，全是我的錯，怪不了別人。這事只能怪我，還有露西——她奪走我的一切，而我卻任她恣意妄為。

這份領悟在我心底激起漣漪，於是我掉頭、加快腳步走回公寓，急切地想當面質問她——就我一個人，也是最後一次了。在那個瞬間，我有種感覺，彷彿從過去的某一刻開始，我們就已經將所有祕密和謊言攤開在眼前，面對面一步步走向這個結局。我越走越快，轉過一處又一處街角；我跌跌撞撞，一下子被路人絆倒，一下子撞上鮮藍、粉紅或豔黃的門扉，多次驚恐且困惑地停下步伐。心跳重重敲擊胸膛，於是我才意識到：我迷路了。

以及，有人在跟蹤我。

我胸口一緊，努力想吸入空氣；我加快速度，視線掃過每一處，尋找看起來熟悉、耳語指引我回家方向的建築或地標。我想起那個臉上有疤的男人，斷定前幾天就是他在跟蹤我、尾隨我穿過大街小巷，當時我簡直嚇壞了；而現在，雖然我仍然非常害怕，卻也疲憊得不想再逃了。

所以我停步。非常突然，毫無預警。

我感覺他人身體撞上我的那份力道。我的手提包也被撞飛，裡頭的物品散落在人行道上：一支口紅，一盒腮紅，幾枚掉進包包底下的銅板。我壓根忘了這幾枚硬幣，直到這一刻；我盯著它們墜落在地，閃爍的銀光猶如繽紛落下的樹葉。

我回頭，以為會看見站在我身後的男子——結果不是，是個女人。是她。露西。

「妳想做什麼？」我質問，同時以小碎步抓起我的提包及私人物品，拉開好幾步距離。我忙亂摸索，想知道她跟我跟了多久，也好奇她知不知道警察局的事、以及之後茱德姑姑坦承的駭人事實。我想像她躲在轉角偷聽竊笑，以我的不開心為樂。我把包包攏上肩，趕著跨步走開，但她咧開嘴的醜惡笑容佔滿我的視線（前幾天晚上，她也這樣衝著我笑），於是我想起我父親，想起他語帶調侃的聲音：**我夢遊仙境的小愛麗**

絲。「妳為什麼要這樣對我？」我大喊，終於做好準備，感覺憤怒滾滾流過血脈。

但是當我抬頭看向她，眼前的她卻令我呆立，疑惑地猛眨眼。

明明是露西呀，我非常確定；但其實不是。現在我知道我錯了。對方是女人，這點沒錯，但她不是露西——甚至長得根本不像，或不太像。這人個子更高、年紀也比較大，她是金髮（露西是黑髮）；此刻她擔憂地看著我，手摀著嘴、瞪大眼睛，流露我無法解讀的眼神。

我甩甩腦袋。

「對不起，」我喃喃道，「*Je suis désolée*（法語：我很抱歉）。」我補上一句，僵硬地點點頭。這動作好怪——類似點頭致意的滑稽動作——我心想，但我卻情不自禁這樣做。她開始說話，似乎想說點什麼，但我卻已掉頭走開——不對，是拔腿就跑——想像這個人（不管她是誰）還留在原地，嘲諷地看著我。我幾乎能聽見她在笑，感覺她的笑聲抵著我的背脊、隨我匆忙穿過一條又一條街道。我無心留意自己要往哪兒去，我必須消失在人群中，盡可能和那張猙獰笑臉拉開距離。

待我終於回到家，露西已經走了。

起初我不敢相信，以為她只是出門去了，在城裡溜達。但後來，我走進她房間——剛開始，我走得很慢，心想她隨時可能從哪兒冒出來——這才確認她真的離開了。她的行李箱，她的衣服，她的化妝品，所有東西都不見了，彷彿她不曾真的來過這裡。

我感覺這份認知——理解她不在這裡的真實意義——緩緩地、一點一滴沉入心底。

尤瑟夫不會說出真相。茉德姑姑不相信我。更慘的是，茉德認為**我**才是應該被究責的人。我想到早上那名警官，想起他的質疑、他的失望，以及當他明瞭我無法回答擺在我面前的諸多疑問時，他那發自內心的欣喜模樣。於是我知道，他們應該很快就到了。

我倚著牆，感覺手鍊躺在口袋裡，堅實而沉重。

這條手鍊猶如一記提醒，使我察覺滿腔的憤怒情緒，並且瞬間爆發——這股情緒釋放極為猛烈，我彷彿真能感覺到怒意從皮膚表面滲溢出來。

我先是把牆上的瓷盤全都扯下來，動作激烈得扭傷肩膀。我無視疼痛，無視顫抖的手指，不顧一切希望它們全部消失不見——我要，不對，我**必須**毀掉這個地方，這個曾經允諾我安全、新契機、重新開始的地方。全都是騙人的。在那個當下，我只想毀掉這間屋子。除此之外別無他想。

我發現自己力氣太小，於是來到廚房，拿出我能找到最尖銳的一把刀，緊緊握住。這一回，我猛戳沙發椅墊、刺穿地上的軟皮坐墊，扣著刀柄狠狠往下拽，這些布料皮套別無選擇，只能棄守，在我的堅持下應聲裂開。我的手頻頻發抖，呼吸淺短急促。我一把抹去額頭的汗水，感覺心臟抵著胸膛大聲跳動。

這一刻，我想像自己看起來會是什麼模樣——神情乖戾，張牙舞爪。

手一鬆，刀子落地，我也跌坐在地上，周圍盡是破破爛爛的布條和碎片殘骸，宛如下了一場恐怖暴雪。我等待舒暢、勝利的狂喜如巨浪撲來，遂低頭瞧瞧我親手創造的混亂——但是什麼感覺也沒有。我只感覺到空虛。她走了，而我可能再也無法確定當年她到底做了什麼，以及現在她又做了什麼。自始至終，我所擁有的只是我自己的猜疑、我堅信的事實，突然間，這一切似乎不足以證明任何事。

還有一件事。

說來荒唐，甚至是荒謬，但此刻我的腹脅開始隱隱作痛。我想起稍早在警察局的時候，我曾回頭尋找她的身影。這種感覺幾乎就像我身體少了某個部分，唯有露西的存在才能真正填滿這份空缺；儘管這個念頭嚇得我臉色發青，但是根據以往的經驗判斷，她不在，我的決心亦隨之瓦解，我的聲音亦不復存在。不論我倆之間的共生關係究竟是什麼，全部都是真的，實際可觸；而現在，她不在我身邊，我能真真切切感受到那份空缺，彷彿她是我延伸出去的一部分。我終於明瞭，她是我醜陋、扭曲的那個部分，應該永遠鎖起來、關起來，就像《簡愛》裡被鎖進閣樓的瘋女人。她是未經修飾處理的原始版本，不該公諸於世。她是所有邪念與禁忌慾望的真實化身。舉起雙手，望著被皮革染紅的肌膚，我大笑起來，同時對自己低語：妳看，就說妳永遠擺脫不了她唄？我再次垂眼看著滿地狼藉，逼自己感覺、感受到什麼。

依舊什麼也沒有。什麼都感覺不到。

我聽見有人喊我的名字，聲音模糊，從另一邊傳過來。

警察來了，我知道。他們終於還是來了。

我望著我的家，渴望屋牆能將我一口吞下、渴望牆角的暗影能將我吞噬，讓我徹徹底底消失不見。

我早該知道，我永遠都不可能逃出它們的手掌心。

我永遠都不可能逃出她的手掌心。

我起身離開地板。成條的布料、皮革黏在手臂上，還有一小片沾在臉頰上。我一一扯下。低頭看著滿地的布條皮革，我強烈地、深切地認為，不論是湯姆、約翰、還有這段時間發生的每一件事——這一切全都不再重要。不是真的那麼重要。重要的始終是她、是我，還有我們兩個。我們注定以這種方式結束。

我頭好痛。我用力按壓太陽穴。

敲門聲越來越急，不達目的不罷休。

我想起最近一次聽見如此急切的敲門聲，是約翰失蹤的那天上午。不對，不是他失蹤那天，而是我初次從詭異的疤面男子口中得知他失蹤的那一天。我再一次感到納悶：他到底是誰，以及他對報警一事何以如此抗拒。前幾天在街上跟蹤我的人究竟是不是他？警方說約翰要跟莎賓一起私奔，這到底是不是真的？我突然意識到，我其實從未真正了解過約翰這個人，我所認識的約翰就只是我倆初識的那個夏天，他呈現在我眼前的朦朧幻影，一座在我最黑暗的時刻、不顧一切想抓住、忽悠閃爍的希望之燈。我轉身走向公寓大門，走向某人瘋狂轉動門把所發出的噪音源頭。門上鎖了。要進來可不容易。

我加快腳步，走進浴室。

它們終究來找我了，那群原本看不見、但露西使其成真現形的幽魅暗影。只是這一回，我知道它們不會走開；說到底，警方都已經相信我必須為約翰的死負責——就算真正下手的人不是我，我至少也是共謀。我是夢遊中低語著罪有應得的馬克白夫人。

我想到約翰的遺體，好奇他們會不會把他葬在這裡，還是送回英國。我想起他的眼睛，他空洞的眼神（至少我想像他的眼神是空洞的。因為最後一次見到他的時候，他的眼睛是閉上的）。「送回出生地」這個主意感覺有點怪，因為他是如此深愛坦吉爾，而她也一度愛著他。將他與坦吉爾分開，這個做法似乎並不正確。不對，應該讓他和她永遠在一起，這才合理。我希望他們能明白這一點。

我抓緊方才從地上拾起的短刀。

從許多方面來看，我的所作所為某種程度也算合理。彷彿從我父母過世之後的這麼多年以來，我一直在等待這一刻：等待我在那天晚上原本就該迎接的終局。若不是因為某種詭異奇蹟，我本該屈服於命運；又或者那根本不是奇蹟。或許只是錯誤。說不定，我本就不該活下來，而那些幽魅暗影只是警告、或是流逝的時光，看顧我、等待我走向步步逼近的死亡。

說不定，我自始至終都朝著這一天前進。這全是出於我自己的意志。

這個想法使我深感安慰——我走向床鋪，同時領悟了這一點。我爬上床，掀開薄被，滑進被單底下。

從聲音聽來，似乎有個大型物體正在撞擊門框。一撞再撞。我擔心這聲音會一直持續下去，一聲一聲，永不停歇。

這時我想起來了。我低頭看看我的手。這聲音會停下來的。

然後，所有曾經發生過的一切也永遠、再也不重要了。

20 露西

前方的人龍終於開始移動。「請出示船票，謝謝。」男人命令道，同時攤開手掌。那個瞬間，她一度考慮掉頭回去：推開苦等近一小時的隊伍，穿過碼頭、回到市中心，就像她初抵坦吉爾那天一樣。她幾乎能感覺舊城區的熱氣迎面襲來、以及隨之貫穿的興奮狂熱，猶如血脈，使整座城生氣勃勃，充滿活力——這股力量持續推送奔流，不捨晝夜，使坦吉爾的其他部分亦得以存活。她好想再一次置身其中，深怕——不，或許她已經知道了——她再也沒機會了。從現在開始、直到永遠，坦吉爾對她而言已成為陌生；唔，不算是陌生，而是過去的片段。一段她可能會不時想起，高舉在燈光下審視回味的過去，但她永遠不會再回來。她不可能回來了。

多希望愛麗絲沒打電話給茉德。

要是尤瑟夫沒有勒索她就好了。

露西將船票遞給查票員，在船尾找了位子坐下來，遠離那群尖叫嬉鬧的孩子；孩子們滿臉大汗，而他們的父母早已然換上無可奈何的疲憊神情，心知眼前是一場必輸的戰役。露西臉上肯定也掛著同樣的表情，因為她明白，這也是她和愛麗絲的終點。她們之間再也沒有機會了。

她挪挪身子，感覺坐墊的質地，同時亦微微側身，認真瞧瞧坐在她隔壁的旅客。女性，年紀稍長，可能比露西大個十歲左右；女子微微一笑、輕輕點頭，舉止流露某種溫和、引人的氣質。露西亦點頭致意，隨意但不唐突——她發現自己竟也能自在回應。突然間，她好想將所有沉重念頭全部拋諸腦後。

這位女士大聲嘆了口氣。「終於解脫了，是吧？」

露西蹙眉，「怎麼說？」

對方比比露西身旁益發炙燙而模糊的舷窗。午後陽光極為強烈，她的臉頰亦已感受到那份逼人熱力。

「離開這裡呀！」女士說。她再一次嘆氣，調整坐姿。「倒不是說我不喜歡摩洛哥，我當然喜歡。只不過每到啟程返家的時刻，心裡總是有股說不出的寬慰，好像我——噢，其實我也解釋不來，但就好像蛻去一層皮之類的。好像我突然之間又能呼吸了。」她轉頭看著露西，「不是有句俗話這麼說嘛？」

「俗話？」露西不自覺地重複。她再一次仔細端詳這名女子，心裡有股說不上來的感覺：她的舉止——戴著手套的雙手，動作亦彷彿精心設計過——有點誇張，露西心想，而她的嗓音明亮堅定，充滿自信，露西發現她竟深深為之著迷。她好奇她是否經常這麼做——與陌生人搭話，彷彿這是世界上最自然的事。她的語氣沉穩自持，彷彿她已十分確定這句俗話確實存在，而她之所以向露西提問、尋求認同，充其量只是禮貌而已。

露西也曾有過這麼一段肯定、自信的時光。彼時，每一件事似乎都輕鬆簡單、合情合理；但後來，那個世界逐漸傾斜、然後整個翻轉過來。最後，雖然它好不容易恢復正常，她卻發現自己站在一片燒焦的廢墟前，沒有一件事令她感到確定。這一回，她需要徹底改變，而且不僅僅是遠走他鄉、偽造履歷這麼簡單。她想到坦吉爾，想到這座城市多變的名稱和多重面貌。數百年來，曾有多少人——多種國籍、使用不同的語言——宣稱這裡是他們的家鄉。坦吉爾是一座轉化蛻變之城，必須不斷改變、修正，只為生存。這是一座讓人蛻變的城市，而這座城市某種程度也改變了她。那個女孩，那個愛得盲目、愛得不顧一切，用盡一切努力只求留住那份愛的年輕女人，消失了。雖然她仍舊相信愛麗絲曾經愛過她，但是在她內心深處，她再也無法明確指出那個時間點了。

露西回望那名女子、亦回過神來，她笑了。「我想，我大概不知道那句俗話哦。」女人眉毛一挑，「沒有嗎？好吧，那大概是我自己想像出來的。」她伸出手，沒脫手套；「我叫瑪塔。」

露西握住她展開的手掌。手心的汗水滲過漿挺的布料；「愛麗絲。」她擠出這個名字，亦稍為改變嗓音，使那個「愛」字的音頻更高、也更字正腔圓。

這回換瑪塔蹙眉。「咦，難不成是我聽錯？我怎麼好像聽出一點英國口音？」她欺身湊近。瑪塔發出的每一個音都拖得又慢又長，宛如盤旋在腦門上的慵懶飛蠅，這讓露西聯想到塵土飛揚的炎熱天氣，以及磚赭色的泥土。

露西莞爾一笑。「我的母親是美國人，但父親是英國人。」她停下來，感覺渡輪正在換檔、然後開始劇烈攪動。「不過，我是姑姑帶大的，她住在倫敦。」

「姑姑？」瑪塔不解。

「是的。」露西回答。她感覺船身正逐漸遠離岸邊，但她努力抗拒回過頭、再看窗外一眼的渴望。她已經向坦吉爾道別了。「雙親在我小時候就過世了。」

瑪塔飛快摀住抹了櫻桃紅的雙唇。「噢，親愛的，太可怕了。」

露西垂下視線。「是啊，是很可怕。」她吐出一聲長歎，感覺這個動作貫穿全身，直到她再也分不清這究竟是寬慰地呼喊、抑或是機械轟隆隆的震動。「不過那已經是好久以前的事了。」

「是呀，也是。」瑪塔熱切地點頭。她張口想說話，卻猶豫了。露西認為她能讀出對方內心衝突的情緒——必須顧及禮貌、但又好奇想問。露西背抵舷窗，依舊拒絕回頭；她倒想瞧瞧最後是哪一方獲勝。

船身乘浪驟升，害瑪塔突然晃了一下、輕輕撞上露西的肩膀。「我想到了！」她喊道。

露西不解，嚇了一跳。「想到什麼？」

「那句俗語呀！」瑪塔回答。她搖搖頭，好似不敢相信露西竟然不明白她在說什麼，好像她們早已一拍即合、結為莫逆。「當地人——噢，不對，是那裡的人——不是有這麼一句話嘛，」瑪塔指指露西身後那片逐漸遠離的坦吉爾海岸。她望著露西，眼神期盼；「到港靠岸的時候你哭，啟程離開的時候也哭。」

終曲
西班牙

夢中的她坐在哈法咖啡館，面前擺著一杯薄荷茶。茶剛送上，薄荷茶的顏色教她驚嘆：上層是濃豔的森林綠，下層是琥珀金。這是她在坦吉爾最美好的時光，她心想。天空深藍，雲朵白得發亮。不知多少次，她由衷盼望能捕捉、記下這一切——寫在紙上也好、畫在畫布上也行——好讓她能將這一刻永遠留在身邊。

每天醒來，她的現實世界幾乎沒有太大的不同。太陽耀眼依舊，高懸在蔚藍空中；只不過，她的窗外並非湛藍如寶石的地中海，而是綠油油、冒出初春新綠的起伏山丘。

今天是星期二。一週之中她最喜愛的日子。

在星期二這天，她會早早起床、磨好咖啡粉放進杯裡（但今天她只準備一杯的量，因為她還要去別的地方）。然後，她爬上樓梯，在露臺上喝咖啡，俯瞰下方的街巷和道道斜坡。露臺的位置夠高，所以她一眼就能望盡這一大片迷宮、以及遠方的山丘。入夜之後，待鎮上大部分的地方逐漸安靜下來，她也能繼續觀察那些還亮著燈的屋子，望著燈光在這座漆黑山城裡熠熠閃爍。

今天，有人搬進對街那棟房子。坐在制高點上，她能清楚看見屋內所有動靜，看他們四處走動，扯掉覆在家具上的白布，拍掉窗上的灰塵、任其落在底下的街道上。他們有一架舊鋼琴，推靠在窗戶對面的牆上；待她喝完咖啡，琴聲也正好從那扇窗流瀉出來。兩個流浪人，想去看看這世界。世界是如此遼闊……她坐在那兒，笑著聽他們唱歌，盡可能拖延、延長這一刻。

今天，她就要離開這間屋子了。

她在巴士站耐心等候，向這些日子以來逐漸熟悉的每一張面孔點頭致意：一對開餐館的夫妻（鎮上只有三間餐館），每回總是為她送上啤酒和一碟小菜（某種她不認得的魚，吃起來很油、很鹹、但很滿足）；一名流浪漢（他幾乎都住在醫生家後面那幢廢棄棚屋裡），還有其他更多且同樣熟悉的笑臉。她逐一點頭，但並未交談。這個小鎮上似乎沒有人懂英語或法語，所以她樂得跟他們保持距離，躲在語言的屏障後面。

她登上巴士，在司機面前站定。「馬拉加。」她說，遞出符合數目的硬幣。

這趟車程約莫一個鐘頭，但一路心情愉快。她一個人坐，望向窗外，看著飛速掠過、蜿蜒起伏的山路，還有綠色原野中欣欣向榮的紫色與黃色小花。有時候，她把頭靠在車窗上、眼皮輕顫，好希望司機就這麼一直往前開，永遠不要停下來；這時候的她感到知足又滿意，幾乎可說是平靜了。

來到馬拉加，她好似遭到各種噪音的無情攻擊——她已經習慣小山城的靜謐。這裡人太多，匆忙往來穿梭；明明兩地氣候幾乎相同，但這裡的天氣不知為何竟相當炎熱。總而言之，這地方就是令她不舒服，因此在走了一兩條街之後，她的上衣濕答答黏在背上，呼吸也變得又急又重。她把墨鏡往鼻梁上推，試著遮擋些許陽光。

抵達目的地之後，她發現她窩在房間角落，孤伶伶的。

她知道，茉德傾向讓愛麗絲返回英國，但直到目前為止，醫生仍反對長途移動，因此茉德只好退而求其次、派私人護士過來照顧她（護士是個年輕的紅髮女孩。想到她可能得一輩子待在西班牙，她嚇壞了）。至少這裡不是坦吉爾——幾個月前，茉德這麼說過，邊說邊搖頭。茉德告訴她愛麗絲被找到那天的精神狀態，她做的安排，還有她和警方的爭執（她好說歹說，終於說服對方，最適合安置她姪女的場所是馬拉加的療養院，而非坦吉爾的監獄牢房。）況且她也都打點好了：她請愛麗絲的朋友——一位名叫蘇菲．透納的幹練女子——按照她的指示代為安排。最後警方終於讓步，因為以當下的情勢而言，這整件事已經變得太困難、太混亂了。獨立已然到來，他們急著重新開始，只想專注於他們自己的事務；至於僑民的問題就丟給他們自己的國家去煩惱吧。他們樂得把這名英國女孩逐出坦吉爾海岸。

她站在床邊，低頭看著這個她曾經認識且一度深愛過、如今卻有如行屍走肉的女孩。這感覺實在奇妙——負責照顧愛麗絲的這幾個月來，她時常在想：她對她的感情日益乾涸、漸漸消逝，於是她知道，終於到了要離開的時候了。

床上有張小紙片。她伸手按住，發現紙上寫了她的名字。幾個禮拜前，護士已提醒過她，表示愛麗絲執著於這個名字的情況越來越嚴重，而且還會把這些碎紙條藏得房裡到處都是。

她把紙條塞進口袋。

她傾身，在女孩額頭印下一吻，轉身離去。她沒有回頭。此生亦不再相見。

她走向馬拉加銀行，步履沉重。

她的出現令櫃檯出納員大吃一驚——因為，他們過去都是派遞送員將定期津貼親送給蘇菲．透納女士，再轉交給愛麗絲．希普萊小姐。她搖搖頭，笑了笑，解釋她現在狀況好多了，而照護她的女士也已經返回英國，因此她親自前來提領她的信託基金——昨天她剛過生日，現在她可全權支用這筆款項了。看見行員蹙眉、困惑的臉，她輕遮臉龐探問：「噢，糟糕，難道是我姑姑忘了交代？」

「不是的，señorita（西文：小姐），不是這樣的。」他們急得臉都紅了。行員圍著她，對這位甜美的英國女孩報以和藹微笑。她看著他們，睜大眼睛、全然信任，使他們明白她有多麼孤單和脆弱：這裡不是她的國家，而她也不會說他們的語言。於是他們想起自己的女兒，滿懷擔憂，最後也就妥協了。畢竟這女孩有證明文件——愛麗絲．希普萊的護照——和當初前來開戶那位氣質威嚴的夫人的姓氏一模一樣，這層關聯應該不是巧合。那位夫人用這個帳戶支付照顧姪女的費用（她在醫院療養）。他們並未問起是哪方面的病痛，但現在看來，她已經痊癒了。

既然信託基金設立在她名下，他們也沒有理由拒絕她。

回到街上，她滿臉的笑，愜意寬慰。她掂掂手提箱的重量，感覺到未來，感覺生氣勃勃。她可不是小偷——她給自己找理由——她並非奪去一切，她只是拿走該她的、欠她的部分。那些愛麗絲承諾卻又違背的誓言：她在某個微涼秋夜低喃訴述、卻在另一個苦澀冬夜燃燒殆盡的美好人生。

她走上林蔭大道，前往「老衛兵之家」；她已習慣並且愛上這間酒館的陳釀紅酒（譯註：lágrima trasañejo，釀造五年以上的馬拉加傳統滴製葡萄酒）。她決定點一杯，以茲慶賀。於是，她漫步走在貫穿市區、宛如城市動脈的林蔭大道上，看著兩相依偎的情侶、看著熱鬧出遊的家庭停在花販攤車前，然後再往前幾步又是另一攤；他們悉心揀選、討價還價，最後終於敲定買賣。

走進酒館，她的心情徹底放鬆。

看著酒保拿粉筆在吧檯前做記號，數字從2變成3。以前，日子不太順利的時候，她會買一小瓶烈酒帶回家喝；最慘的時候，她乾脆直接在城裡找旅館住一晚。但今天，這只沉甸甸的手提箱讓她知道，往後再也不會有這種日子了。

她向酒保示意結帳。巴士再過不到半小時就要開了，她可不能錯過。印在車票上的城市名字象徵希望，一個她不能再拖延的夢想。她遞出幾枚硬幣，酒保迅速一數，探進口袋撈出數目正確的零錢找還；但她搖搖頭，暗示對方留作小費。現在她也負擔得起這些費用了。他點頭致謝。

露西看著酒保從口袋掏出布巾、往木頭吧檯一抹，記錄杯份的數字就這麼消失了。酒保繼續擦拭，直到檯面變得乾淨明亮，彷彿她從來不曾來過這裡。

致謝

感謝我的經紀人Elisabeth Weed，感謝她從廢稿堆中撈出《愛麗絲的訪客》、並且看見這份原稿的潛力。過去這一年來，這份稿子改了又改、她讀過不知幾回，但每一次的回應都令人鼓舞、充滿信心，為此我永遠感激。而我也要向The Book Group經紀公司團隊致上最深的謝意，特別是本書最初的另一位讀者Dana Murphy，感謝她深刻獨到的建議。我還要感謝Ecco出版社每一位成員持續不墜的熱情，尤其是我的編輯Zachary Wagman。因為有他的支持和指導，今日各位讀到的《愛麗絲的訪客》才終於成形，得以存在。

臉譜小說選 FR6559

愛麗絲的訪客

Tangerine

原著作者	克麗絲汀・曼根 Christine Mangan
譯　　者	力　耘
書封設計	莊謹銘
責任編輯	廖培穎
行銷企畫	陳彩玉、朱紹瑄、薛　綸
業　　務	陳紫晴、林佩瑜、馮逸華
出　　版	臉譜出版
發 行 人	凃玉雲
總 經 理	陳逸瑛
編輯總監	劉麗真 城邦文化事業股份有限公司 台北市民生東路二段141號5樓 電話：886-2-25007696　傳真：886-2-25001952
發　　行	英屬蓋曼群島商家庭傳媒股份有限公司城邦分公司 台北市中山區民生東路141號11樓 客服專線：02-25007718；25007719 24小時傳真專線：02-25001990；25001991 服務時間：週一至週五上午09:30-12:00；下午13:30-17:00 劃撥帳號：19863813　戶名：書虫股份有限公司 讀者服務信箱：service@readingclub.com.tw 城邦網址：http://www.cite.com.tw
香港發行所	城邦（香港）出版集團有限公司 香港灣仔駱克道193號東超商業中心1/F 電話：852-2508 6231　傳真：852-2578 9337
新馬發行所	城邦（馬新）出版集團 Cite (M) Sdn Bhd. 41-3, Jalan Radin Anum, Bandar Baru Sri Petaling, 57000 Kuala Lumpur, Malaysia. 電話：603-9056 3833　傳真：603-9057 6622 讀者服務信箱：services@cite.my
一版一刷	2019年11月 版權所有，翻印必究（Printed in Taiwan）
I S B N	978-986-235-790-3 售價400元 （本書如有缺頁、破損、倒裝，請寄回本社更換）

城邦讀書花園
www.cite.com.tw

國家圖書館出版品預行編目資料

愛麗絲的訪客／克麗絲汀・曼根（Christine Mangan）著；力耘譯. -- 一版. -- 臺北市：臉譜出版：家庭傳媒城邦分公司發行, 2019.11
面；　公分. --（臉譜小說選；FR6559）
譯自：Tangerine
ISBN 978-986-235-790-3（平裝）
874.57　　108017526